"나의 힘에 응해
세계를 구하는
빛이 되어라."

일러스트
사라치 요미

현자의 검 6

Sword of Philosopher

Junki Hiyama
히야마 준키

"이번 전투에 승리를!"

<u>소피아</u>가 사람들에게 밀리지 않는
성량으로 외쳤다.

에이나가 호쾌하게
검을 내려침과 동시에,
칼을 가로로 휘둘러
구디스를 완전히 막았다.

앞에서 마물이 다가왔다.
내가 한 마리를 처리하고
나머지는 소피아와 뒤따르던 에이나가 연계해 처리했다.
그래도 접근하는 적은 오르디아와 리제,
알트 일행이 처치했다.

"전원, 옥좌로!"

"루온 님⋯⋯.
무사하셔서⋯⋯
다행입니다⋯⋯."

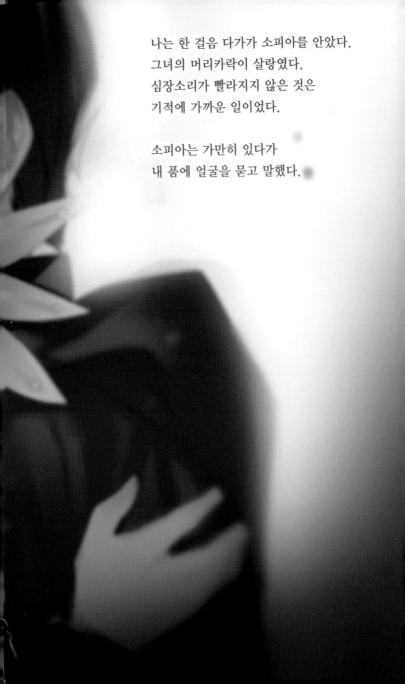

나는 한 걸음 다가가 소피아를 안았다.
그녀의 머리카락이 살랑였다.
심장소리가 빨라지지 않은 것은
기적에 가까운 일이었다.

소피아는 가만히 있다가
내 품에 얼굴을 묻고 말했다.

6

현자의 검

Sword of
Philosopher

INTRODUCTION

조국 해방을 향하여

루온은 동료들과 게임 정보를 공유하고 **소피아**의 조국인 **발크스 왕국**을 해방하기 위해 움직인다.

발크스 왕국을 탈환하면 소피아는 왕녀의 신분으로 돌아간다. 몸을 숨긴 왕과 왕비와도 다시 만나고 앞으로 정식으로 전투에 임해야 하는 소피아의 버팀목이 되기로 맹세한다.

그러나 발크스 왕국 해방 전에 **5대 마족 구디스**의 움직임을 포착한다. 구디스가 게임에서 일으킨 이벤트는 마물 대량 발생. 방치할 수 없어서 **에이나**가 속한 「**새벽의 자유 기사단**」과 함께 구디스의 거성으로 향한다.

불의 마족 구디스를 무찌르기 위해 **루온** 일행은 **천사의 유적** 기술로 공중에 띄운 성을 공략한다.

그리고 든든한 아군과 함께 막바지에 접어든 마족과의 전쟁을 뚫고 나아간다.

현자의 검

Sword of
Philosopher

6

작가
히야마 준키

일러스트
사라치 요미

옮긴이
이은혜

Sword of Philosopher
CONTENTS
6

제 29 장	재회	013
제 30 장	불의 마족	055
제 31 장	전사들	087
제 32 장	해방 전쟁	129
제 33 장	왕비와 왕녀	179
제 34 장	왕도 결전	231

일러스트 : 사라치 요미

제29장 재회

아라스틴 왕국에서 전쟁이 큰 전환점을 맞이했다. 나는 동료들에게 나의 정체와 앞으로 일어날 일을 설명했고, 그들은 그것을 받아들인 뒤 함께 싸우기로 약속했다.

드디어 전쟁이 가경에 접어들었다. 마물이 몰려올 남부 침공의 날이 점점 다가왔고 인간 연합군의 맹주 카난도 움직이기 시작했다.

그리고 신령은 마왕이 쓰는 대륙 붕괴 마법 『라스트 어비스』를 막을 방법을 만들며 준비가 착착 진행됐다.

그 큰 전투를 앞에 둔 우리는 해야 하는 일이 있었다. 동료 소피아의 조국 탈환…… 즉, 발크스 왕국 해방이었다.

게임 『엘더즈 소드』에서 발크스 왕국 해방은 큰 이벤트지만, 주인공 한 명을 제외하고는 필수 이벤트가 아니었다.

그 한 명의 주인공인 기사 에이나, 소피아의 사촌동생이자 발크스 왕국의 기사인 그녀는 남부 침공 전에 반드시 거쳐야 하는 중요한 이벤트였다.

이번에는 에이나가 아닌 소피아가 그 전투를 치렀다. 게임과 크게 달라질 것이 분명했다. 소피아가 진두에 서기도 하지만 아라스틴 왕국 전투로 판명된 것 때문이기도 했다.

발크스 왕국을 지배하는 마족 세르다트. 그가 적잖이 관여한 아라스틴 왕국전은 게임과 결말은 똑같지만 크게 달랐다. 발크스 왕국전도 달라질 것이었다.

그러니 우리는 최대한 준비해야 했다.

"지금보다 힘든 싸움이 될 거야."

아라스틴 왕국 수도 라하이트를 떠나는 날, 카난 왕이 우리에게 말했다.

"그러니 마왕에게 맞서기 위해 사람들을 하나로 모아야 해. 루온 씨, 소피아 누나와 발크스 왕국을 부탁해."

"응, 맡겨줘."

그 대답을 남기고 여행길에 나선 나와 동료들은 아라스틴 왕국을 떠나 목적지에 도착했다.

"저 저택인가?"

동행한 오르디아가 물었다. 얼굴에 긴장이 서렸다. 마족의 힘 때문에 저들이 경계할까 우려되는 모양이었다.

우리 시선 끝에는 저택이 있었다. 3면이 산으로 둘러싸인 건물 주변에 다른 집은 없었다. 유일하게 산이 없는 서쪽으로 가다보면 마을이 나오지만 그 전에는 인가가 없었다.

이곳은 수련하던 시절에 만난 기사 포레의 형이 소유한 별장. 게임에서는 그가 잠복했으나 현실이 된 지금은 발크스 국왕도 같이 있었다.

"사역마로 관찰했으니까 무사한 건 분명해. 건물 내부는 못 봐서 몸 상태는 모르지만…… 아무튼 갑자기 와서 놀라겠지?"

"그렇겠죠?"

옆에 있는 소피아가 대답했다. 나와 함께 여행하다 오랜만에 조국의 땅을 밟았다.

이곳까지 오르디아가 만든 흑룡을 타고 왔다. 적에게 들키지 않게 주의해서 이동하느라 다소 시간이 걸렸지만 말에 비하면 하늘과 땅 차이였다.

그리고 같이 온 사람은 나와 동행하는 천사 유노와 다른 한 명.

"내가 클로디우스 폐하를 만나는 게 몇 년 만이지?"

지일다인 왕국의 왕녀이자 소피아가 언니처럼 따르는 리제였다.

"참. 루온, 이곳에 왕비님도 계셔?"

"항상 관찰한 게 아니라 그것까진 모르겠어. 사역마에게 적의를 품은 자를 발견하면 반응하도록 명령했으니까."

"일단 저택에 들어가 볼까?"

리제가 말했다. 이곳에는 유노를 포함해 다섯 명이 있었다. 아라스틴 왕국에서 함께 싸운 실비와 쿠자는 없었다.

아라스틴 왕국에서 의논하여 실비는 그녀의 거점 마을 가나이제로, 쿠자는 그의 고국인 나테리아 왕국으로 가서 발크스 왕국 해방에 힘을 보탤 아군을 모으기로 했다.

리제는 고국 지일다인 왕국으로 간다는 선택지도 있었으나, 이전에 엮였던 라디에게 편지를 보내는 것으로 대신하고 소피아와 동행했다.

"소피아와 리제는 괜찮겠지만, 날 환영해줄까?"

조금 불안했다. 그도 그럴 것이 소피아의 아버지 클로디우스 왕에게 「소피아를 검술 스승에게 데려다주라」는 의뢰를 받았을 뿐, 내가 직접 훈련시키겠다는 취지는 전하지 않았다. 내 이름이 제법 퍼졌으니 종자 소문을 듣고 소피아가 함께 여행 중이라고 파악했을 가능성은 있어도, 그 점은 어떻게 생각할까?

"매몰차게 대하진 않을 거야. 걱정하지 마."

리제의 위로를 받으며 저택으로 다가갔다. 우리가 저택에 침입한 것을 알았는지 저택 문이 열렸다.

안에서 낯익은 인물, 기사 포레 올라크가 나왔다. 그는 방문자를 보고 중얼거렸다.

"······왕녀님."

"무사해서 다행입니다, 포레."

그 말에 포레가 한순간 무언가를 꾹 눌러 참는 표정을 지었다. 다시 만나서 울컥했을까?

"왕녀님도 무사하셔서······ 아니, 소문대로라면 걱정할 필요 없겠군요."

포레가 나를 보았다.

"이야기 많이 들었습니다, 루온 공."

"······혹시 얼마나 알고 계세요?"

"피스일리아 왕국의 소동을 해결한 것. 그리고 아라스틴 왕국에서 여러모로 활약한 것은 알고 있습니다. 정보가 단편적이었지만, 왕녀님과 함께 있다고 확신했습니다."

"대륙 정세도?"

"나라를 해방하는 데 필요한 일이니까요."

포레가 대답하고 리제를 보며 말했다.

"리젤레이트 왕녀님, 오랜만에 뵙습니다."

"오랜만이야. 폐하와 왕비님은?"

"안에 계십니다. 소피아 왕녀님, 먼저 두 분부터 뵈시죠."

"네."

고개를 끄덕이고 소피아가 앞서 걸었다. 나는 약간 긴장하며 저택으로 들어갔다.

우선 소피아만 따로 만나기로 해서 다른 사람은 저택 객실에 대기했다. 우리가 머물 방을 마련해줬지만 여기서 쉴지 말지 상의부터 해야 했다.

"가르크."

내가 방 중앙에 있는 소파에 앉아 신령의 이름을 부르자 작은 가르크가 오른쪽 어깨에 나타났다.

"상황 어때?"

『일단 작업은 순조롭다. 모든 신령이 모여서 그런지 예정보다 빨리 진행되는군.』

가르크의 본체는 근거지인 숲에 있었다. 그곳에서 신령 아즈아, 페우스와 함께 『라스트 어비스』의 대책을 마련 중인데 엄청난 광경일 게 틀림없었다.

『지금 당장 이쪽은 문제없다. 루온 공, 마족 쪽은 어떠한가?』

"아직 구디스가 가만히 있기는 한데…… 곧 날뛸 이유가 생기겠어."

에이나가 속한 『새벽의 자유기사단』이 구디스의 성으로 가고 있었다. 성은 나타나지 않았다. 그들이 그곳으로 갈 이유는 없지만 구디스가 나타날 징조로 마물이 출현해 조사하러 갔을 가능성이 컸다.

이대로 성에 가까워지면 이벤트가 시작될 것이다. 시간이 없었다.

"남은 5대 마족은 전혀 움직임이 없으니까 다음 상대는 구디스겠군."

『루온 공은 그쪽에 주력하고 발크스 왕국 해방은 그 뒤인가?』

"응. 남부 침공 전까지 전력을 정비할 수 있을지 걱정되지만……."

구디스를 쓰러뜨리면 5대 마족 중 넷을 무찌른 것이 된다. 그것을 계기로 마왕이 마물을 대대적으로 진군시키는 남부 침공 이벤트가 개시…… 즉, 남부에서 군세가 몰려오기 전에 발크스 왕국을 공략해야 했다.

스케줄이 빽빽하게 느껴지는데 구디스를 무찔러도 당장 사흘 뒤에 남부 침공이 발발하지는 않으리라. 마왕은 전이마법을 쓰지 못 하니 거대군세를 움직이려면 크고 작은 준비가 필요했다. 그 기간이 어느 정도일지는 모르니…… 어떻게 보면 도박에 가깝다. 뭐, 카난이 준비 중이라서 만약 발크스 왕국 해방 전에 남부 전투가 시작되어도 어떻게든 될 것이다.

"루온, 물어볼 게 있는데."

문득 리제가 입을 열었다.

"지금 순서가 남부 침공 뒤에 마왕과의 결전…… 그 전에 정령의 힘을 합친 검을 만드는 거지?"

"맞아."

"비장의 카드를 만드는 데 시간이 얼마 안 걸린다면 빨리 실행하는 것도 방법이지 않을까?"

"……조금이긴 하지만, 시간이 있으니까?"

"응."

"가르크, 어때? 저번에 성수 콜로나레시온이 만든 소재로 검을 만든다고 했잖아. 금방 준비할 수 있어?"

『말은 해놓았다.』

가르크가 리제를 보며 말했다.

『콜로나레시온은 협조적이지만, 지금 당장 만들 수 없는 문제가 있다. 우리 신령과 정령의 힘을 합치고 심지어 현자의 핏줄이 쓰려면 사용자의 힘을 확인해야 만들 수 있다.』

"아, 성수가 있는 곳에 가야하는 거구나?"

『그렇다. 지금 소피아 왕녀는 콜로나레시온에게 가기 어렵지. 발크스 왕국 전투가 끝나면 이야기가 다르다만.』

"알았어."

그때, 문을 두드리는 소리가 나서 내가 대답하자 문이 열리고 포레가 들어왔다.

"루온 공, 폐하께서 부르십니다."

"저만요?"

"네. 왕녀님께 사정을 들으시고 꼭 하고 싶은 말이 있다고 하십니다."

뭐, 뭐지……. 나는 긴장하며 동료들에게 다녀오겠다고 말하고 방을 나갔다. 유노도 예의를 지켜 남았다. 아니, 무슨 말이 나올지 모르니 도망친 거지.

포레를 따라 복도를 걷던 중, 소피아와 마주쳤다.

"어, 소피아는 왜 돌아와……?"

"루온 님과만 대화를 나누고 싶다고 하셨습니다."

무, 무슨 일이지…….

"혹시 어디까지 말했어?"

"탈출한 뒤에 있었던 일과 루온 님에 관해 대강……."

전생 이야기도 했단 말이군. 나는 알겠다고 말한 뒤 마침내 국왕이 기다리는 방에 도착했다.

노크하고 문을 연 포레가 손으로 안쪽을 가리켰다. 감사를 표하며 들어간 내 눈에 의자에 앉은 두 사람이 들어왔다.

뒤로 문이 닫히고 두 사람을 살폈다. 클로디우스 왕은 법의 대신 하얀 귀족 옷을 입었는데 위엄과 중후함은 이전과 똑같았다.

그리고 다른 사람…… 간소한 흰 드레스를 입은 여성은 왕비가 분명했다.

"아, 저."

"처음 뵙겠습니다. 클로디우스의 아내인 미네르바입니다."

아름답게 인사하는 왕비, 미네르바. 이전에 리제가 말했다. 소피아는 왕비님을 쏙 빼닮았다고.

사실이었구나. 소피아의 어머니임을 한눈에 알아볼 수 있는 은발과 파란 눈. 젊어 보이고 말로는 표현할 수 없는 기품에 무엇보다 깊은 모성을 지닌 왕비가 그곳에 있었다.

"루온 공, 이리로."

클로디우스 왕이 손으로 그들 맞은편 자리를 가리켰다. 나는 고개를 끄덕이고 잔뜩 긴장해서 자리에 앉았다.

"일단 소피아에게 대강의 이야기는 들었다. 딸을 이끌어주어 정말 고맙네."

"지금까지 말씀드리지 못해 죄송합니다."

"사과할 것 없네. 소피아는 루온 공이 안 된다고 해도 싸우는 길을 모색했을 테니. 그러지 않고 딸을 받아주고 함께 싸워줘서 고맙네."

"저도 고마워요. 정말…… 고맙습니다."

왕비가 이어서 말했다. 그래도 나는 죄송함이 앞섰다.

"저, 왕녀님이 경위는 말씀드렸습니까?"

"음. 전생에 관해 들었고, 전쟁에 관한 정보를 가지고 있다지."

"……왕녀님은, 저를 인정해줬습니다. 하지만 저는 마왕을 무찌를 자격을 고려해서 그녀가 마왕과 싸우도록 움직였을 뿐입니다. 폐하께 규탄 받아도 싸다고 생각합니다."

"중신 중에 무슨 짓이냐고 비판하는 자가 있긴 하지."

왕이 말했다. 내 어깨에 힘이 들어갔다.

"하지만 나는 그렇게 생각하지 않아. 소피아는 마족의 소행을 목격하고 폭주했을지도 모르네. 무작정 강해지려고 했을지도 모르지…… 나는 그렇게 될 수도 있었다고 생각하네. 제크에스 왕자처럼."

왕비가 고개를 끄덕였다. 그들은 생각이 같은 모양이었다.

"소피아는 올바른 방법으로 올바른 사람 밑에서 강해졌네. 그리고 왕위를 잇는 자의 마음가짐을 깨닫고 자기가 무엇을 해야 하는지, 나라를 어떻게 이끌고 싶은지 위정자의 사고방식도 가졌지. 그 아이는 올곧게 강해지고 성장했네. 지금까지 보호한 것도 포함하여 루온 공에게는 아무리 감사해도 부족하네."

"그건……"

"루온 공은 불안했겠지. 하지만 한마디만 들어주게. 나는 루온 공에게 큰 마음의 빚이 있고 동시에 딸을 지키며 이끌어 준 것에 감사하네. 루온 공은 올바르게 행동했어. 걱정할 것 없네."

"모든 사정을 숨긴 것도 다 생각이 있어서겠죠."

왕에 이어 왕비가 말했다.

"루온 님이 대륙을 구하기 위해 애쓰는 이상, 우리는 비난하지 않습니다. 그리고 소피아가 마왕을 무찌를 자격을 가지게 된 것은 루온 님의 탓이 아니지 않습니까?"

"그건, 그럴지도 모릅니다만……."

"저는 소피아가 마왕을 무찌를 자격을 가져서 자랑스럽고 다행이라고 생각합니다. 루온 님이 이끌어준 그 아이는 분명 올바르게 힘을 쓰겠죠. 당신은 이 대륙에 다대한 공헌을 하고 있습니다. 그것을 잊지 말아요."

나는 대답하지 못하고 고개를 숙였다. 왕과 왕비에게 인정받으니 마음이 후련해졌다.

"루온 공, 이후의 일을 이야기하지."

왕이 말했다. 나는 고개를 들고 그가 말하기를 기다렸다.

"소피아에게도 말했네만, 현재 발크스 왕국 수도 피린테레스에 있는 마족과 맞서 싸울 군대를 조직하고 있다. 기회를 노려 국내 각지에서 일제히 봉기해 피린테레스로 전진한다는 것이 기본방침이다."

게임과 똑같았다. 다만, 발크스 왕국 전투는 첫 전투와 수도 방어전만 부각되고 다른 부분은 내레이션으로 넘어가서 모르는 게 많았다.

"루온 공이 가진 정보로는 어떤가?"

"전술은 똑같습니다. 다만, 적의 대장인 세르다트는…… 제 정보보다 강할 가능성이 있습니다."

"제크에스 왕자 일 말이로군."

나는 고개를 끄덕였다.

"하지만 세르다트가 강해졌다고 해도 갑자기 국내에 있는 마물까지 강해지지는 않았을 겁니다. 한꺼번에 봉기해 영토를 탈환하고 왕도로 향해도…… 일단은 문제없습니다."

"음. 주의할 점은 있나?"

"전투가 시작되면 세르다트가 피린테레스에 있는 인간을 전부 수도 밖으로 몰아냅니다. 그들을 서둘러 보호하지 않으면 피해가 생길지도 모릅니다."

"수도가 점령되어 압정에 시달리며 사는 백성을 전부 내보낸다고?"

"세르다트는 내부 사정이 알려지거나 수도에 적이 있지는 않을까 우려하고 있습니다. 피린테레스는 마물만 있는 마도가 됩니다."

"결전의 때인가……."

"네. 제가 아는 줄거리로는, 결전이 시작되면 폐하와 왕녀님이 탈출한 비밀통로로 성에 들어가 세르다트와 정면대결을 펼치는데…… 다시 말씀드리지만, 세르다트의 상황은 제가 가진 정보와 달라졌습니다. 제 말을 있는 그대로 믿지 말고 어떤 전황에도 대응할 수 있게 준비해야 하지 않을까요?"

"알겠다."

왕이 무겁게 고개를 끄덕였다.

"루온 공은 이다음에 5대 마족과 싸우는 게지?"

"네. 기사 에이나가 속한 기사단이 그쪽으로 이동 중입니다. 혹시 가능하다면 발크스 왕국 해방전에 그들의 도움을 받고 싶군요."

"기대하지……. 루온 공, 마지막으로 하나만 부탁하네."

왕이 뜸을 들였다. 나는 수도 없이 긴장하며 기다렸다.

"딸아이를, 부탁한다."

"저도 소피아를 부탁합니다."

그것은 왕과 왕비가 아닌 아버지와 어머니의 말이었다.

"네, 반드시 지키겠습니다."

두 사람은 고개를 끄덕이고 미소 지었다. 이야기는 끝났다.

원래는 오르디아의 흑룡으로 곧장 에이나에게 가려고 했으나 저녁이 다되어서 하룻밤 머물기로 했다. 이곳은 위험하지 않은 평화로운 지역. 아주 잠깐, 세상이 평화로워진 착각이 들 정도였다.

"이렇게 편하게 쉬는 건 마지막일지도 모르겠어."

나는 중얼거렸다. 시각은 밤, 장소는 복도. 괜히 창문을 열어 별을 바라보며 그런 생각을 했다. 에이나와 합류하면 쉬지 않고 싸우게 될 것이 분명했다. 발크스 왕국을 해방하고 여유가 생기더라도 마왕과의 결전에 대비해 여러 가지 해야 할 일이 있을 것이다. 그러니 이렇게 편하게 지낼 기회는 마왕과 결판을 내기 전까지는 없으리라.

"어둡네."

그때, 리제가 말을 걸었다.

"뭐 마음에 걸리는 거라도 있어?"

"마왕과의 전쟁이 끝날 때까지는 이렇게 편안한 시간이 없겠다는 생각을 했어."

"아, 그러게. 그렇다고 일부러 시간을 내지는 않겠지만."

"그렇지……. 소피아는?"

"국왕과 이야기하고 있어. 네가 동석하지 않았으니 작전회의는 아니겠지."

"그렇구나."

"루온 님."

갑자기 옆에서 목소리가 날아왔다. 소피아가 아니라 왕비였다.

시선을 옮기자 미네르바 왕비가 미소 지으며 다가왔다.

"잠이 오지 않습니까?"

"아뇨, 잠깐 산책 중이었습니다. 곧 잘 거예요."

"그래요."

이렇게 보니 생긋 웃는 모습이 정말 소피아와 똑같았다. 원래는 소피아가 왕비를 닮았다고 해야겠지만.

"한 가지 여쭐 게 있습니다."

리제가 왕비에게 말했다.

"저에게?"

"네. 소피아 일로요."

리제의 눈빛이 진지했다. 왕비에 관해서는 상시 진지하게 대하려는 태도였다.

대체 무엇을 물어보려는 거지? 나와 근처를 날아다니는 유노는 리제가 말하기를 기다렸다.

"소피아의 이야기를 듣고 왕비님도 아셨겠죠."

"알다니요?"

리제가 무슨 이유에선지 고개 돌려 나를 보았다.

"소피아가 루온을 어떻게 생각하는지요."

자, 잠깐만.

나는 굳어버렸다. 잠깐, 리제. 그 질문은…….

"아, 그거 말이군요. 잘 알죠."

왕비가 재미있어하며 입가에 손을 가져갔다.

"루온 님 이야기를 하는 것을 보니 어떻게 생각하는지 그대로 보이더군요."

왕비에게도 들키다니……. 소피아의 총명함은 부모님에게 물려받은 게 분명했다. 그러면 왕비뿐만 아니라 국왕도 알겠군.

"그 점을 어떻게 생각하시는지 궁금합니다."

"리, 리제……."

"루온도 확인해두는 편이 낫잖아?"

"그건…… 무슨 의미로?"

"함께 할 수 있을지 없을지. 루온도 속으로는 엄청 관심 있지?"

왕비가 키득 웃었다. 리제, 소피아를 향한 내 마음을 에둘러서 알리다니.

"왜? 들어보자."

유노가 거들었다. 유노가 충분히 할 법한 말이었지만, 글쎄……. 왕이 「딸을 부탁한다」고 했지만 지금 말하는 의미는 절대 아닐 텐데…….

"그에 관해서 제가 할 말은 하나뿐이에요."

하나. 리제와 유노가 침묵하는 사이, 왕비가 말했다.

"저는 둘의 문제라고 생각해요."

응……? 나는 고개를 갸웃거렸다. 둘의 문제?

"왕비님, 무슨 말씀이십니까?"

리제가 거듭 묻자 왕비가 미소 지으며 말했다.

"소피아는 언젠가 왕위를 계승할 겁니다. 그래서 자기 자신을 자제하며 진심을 말하지 않았겠죠."

"만약에 말인데."

이번에는 유노가 입을 열었다.

"루온과 소피아가 함께하게 되면 당연히 루온도 성에 들어가는 거지?"

"그럴지도 모르죠. 그것도 두 사람의 생각에 달렸다고 봅니다."

"루온이 성에 들어가는 것 자체는 문제없어?"

음, 나도 그 점이 걱정되는데.

"전쟁은 소피아가 마왕을 무찌르며 끝이 나겠죠. 소피아의 목숨을 구하고 인도하며 함께 싸운 영웅이 성에 들어온들 불평할 사람은 없을 겁니다."

왕비의 말은 「나와 소피아가 받아들이면 문제없다」는 뜻인가?

"잘 됐다, 루온."

리제가 방긋 웃으며 말했다.

"공인받았네?"

"뭐라고 대답해야 할지 모르겠는데."

"이제 소피아의 마음만 남았어. 그게 가장 어려울 테지만."

"그 아이는 완고하니까요."

왕비가 웃으며 말했다. 그녀는 나에게 살짝 고개를 숙였다.

"루온 님, 저와 남편은 당신이 어떤 결단을 내리든 받아들이겠습니다."

"그건…… 저와 소피아가 어떻게 되든 상관하지 않겠다는 말씀이십니까?"

"네."

시원한 대답. 나는 황송할 따름이었다.

솔직히 전쟁만 신경 쓰느라 그 이후의 일은 생각하지 못했다.

"마침 둘이 같이 있으니 부탁할게요."

왕비가 이어서 말했다. 무슨 일인가 자세를 고치고 기다렸다.

"발크스 왕국 전투의 주역은…… 틀림없이 소피아가 되겠죠?"

"카난 왕의 소문을 이용하니 그렇게 되겠지요."

리제가 덧붙이자 왕비가 고개를 깊이 끄덕였다.

"어깨가 무거울 거예요……. 저는 소피아가 루온 님 덕분에 그 무게를 버틸 수 있게 되었다고 생각합니다. 하지만 이 상태가 이어지면 언젠가 한계가 올 거예요. 그러니 앞으로도 소피아의 든든한 버팀목이 되어주길 바라요."

"물론입니다."

나는 힘차게 대답했다. 리제도 동조했다.

"약속하겠습니다. 소피아는 소중한 친구니까요."

"둘 다 고마워요. 그리고…… 루온 님."

"네."

"루온 님이 소피아에 관해 어떤 답을 내리느냐는…… 두 사람이 정할 일이니 저와 남편은 개입하지 않겠습니다. 하지만……

부모로서 부탁드립니다만, 언젠가 답을 내려주길 바랍니다. 그것이 어떠한 것이든."

얼버무리고 도망치지 말라는 말이었다.

"소피아와 제대로 이야기하겠습니다."

나는 분명하게 말했다.

"약속드리겠습니다. 전시상황이라 언제가 될지는 모르겠습니다만…… 함께 답을 내리겠습니다."

"고마워요. 그리고 내일 에이나에게 간다지요? 그 아이도 잘 부탁해요."

"네, 물론입니다."

나는 힘차게 대답했다. 평온한 밤이 깊어갔다.

다음 날 아침, 우리는 왕과 왕비의 배웅을 받으며 여행을 떠났다. 에이나가 속한 새벽의 자유기사단과의 합류가 우리의 목적이었다.

"국내 상황은 여기서 정리하지. 그대들은 마족을 부탁한다."

"여러분, 무운을 빕니다."

두 사람의 말에 우리는 고개를 끄덕이고 오르디아의 흑룡에 올랐다. 아라스틴 왕국에서 페우스에게 배운 연락용 사역마를 대기시키고 싶었지만 이번에는 힘들었다.

쓸 수는 있어도 수가 한정돼 세 마리만 파견할 수 있었다. 지금은 실비, 쿠자, 카난 왕에게 보내놓아서 관찰용 사역마만 배치했다. 본격적인 전투가 시작되기 전까지는 크게 움직일

일이 없으니 일단은 괜찮을 것이다. 국왕에게 양해를 구했으니까 실비 일행과 합류한 뒤에 다시 파견하면 됐다.

용이 날기 시작하고 나는 사역마로 상황을 확인했다. 5대 마족 구디스에게 큰 변화가 생겼다.

"……징조가 나타나기 시작했어."

"구디스 말씀이십니까?"

소피아의 물음에 나는 고개를 끄덕였다.

"구디스 이벤트는 설명했지? 시작되려는 모양이야. 곧 대량의 마물이 생겨나고 거점이 나타날 거야."

구디스의 거점은 서쪽에 있으나 발크스 왕국에 있지는 않았다. 이 마족의 목적은 현자의 힘을 이용한 실험으로, 힘을 이용해 다량의 마물을 만들어 선봉장에 세우는 실험을 하고 있었다. 대륙에 있는 천사의 유적에 잠든 도구와 기술 검증도 했다.

구디스의 거성에는 천사의 기술이 쓰여서 이번 전투로 연구 성과를 파악할 수도 있었다.

"구디스는 대륙 중앙을 뒤덮을 규모의 마물을 만든다고 했죠?"

소피아가 물었다. 나는 고개를 끄덕이고 대답했다.

"맞아. 내버려두면 막대한 피해가 생길 거야. 그리고 시간이 지나면 마물도 강해져."

"거성이 나타났을 때 정리해야겠군."

오르디아의 의견에 리제도 그렇다고 동의했다.

"루온, 새벽의 자유기사단과 합류하고 최대한 빠르게 구디스에게 가는 거지?"

"맞아. 의도하지는 않았지만, 그들은 구디스의 거성으로 가고 있으니까. 기사단……이라기보다는 에이나와 한 팀이 되어 싸울지도 몰라."

"현자의 힘은 에이나에게 넘어갈까?"

"모르겠어. 빛이 누구에게 갈지는…… 운도 필요하니까."

이 부분은 지켜보는 수밖에 없다.

"걱정해도 소용없는 일이야. 아무튼 우리는 되도록 희생이 적어지는 쪽을 우선해서 움직이자."

내가 내린 결론에 모두 고개를 끄덕였다. 그때, 갑자기 소피아가 웃었다.

"왜 그래?"

"새삼…… 루온 님과 터놓고 이야기하길 잘했다 싶어서요."

지금까지는 레핀과 몰래 의논하고는 했으니까.

"아, 예전이 별로였다는 말은 아닙니다."

"나도 알아. 대신 다 말했으니까 열심히 해주기야?"

"물론입니다."

"그리고 내 정보가 무조건 정확하지는 않아. 현실이 시나리오를 그대로 따라가지는 않으니까 혹시 위화감이 들면 사양 말고 말해줘."

동료들에게 말했을 때 머릿속에 사역마의 보고가 들어왔다. 구디스의 변화는 아니었다. 이것은…….

"실비의 연락이야."

"가나이제에 무슨 일 있나?"

리제의 중얼거림에 「글쎄」라고 대답하며 시선을 옮겼다. 용의 등에는 우리 외에 새처럼 생긴 사역마 한 마리가 있었다. 이것이 페우스의 가르침으로 쓰게 된 사역마로, 내 곁에 있는 사역마는 파견한 사역마와 상호연락을 취할 수 있었다.

『아아, 들려?』

사역마에게서 실비의 목소리가 나왔다.

"응, 우리는 들려."

『진짜 연결되네……. 난 숙소에 있는데 그쪽은 대화 가능해?』

"지금 흑룡을 타고 나는 중이야. 문제없어."

『그러면 보고할게. 가나이제에서 많은 투사의 협조를 얻어 냈어. 루온의 조언대로 일레이 씨와 이야기한 덕분에 예상보다 많은 사람이 함께 싸우겠다고 약속했어.』

"좋은 소식인데? 하지만 적이 섞여있을 가능성도 있어."

"그건 합류해서 판단하는 수밖에."

바람의 정령 레핀이 소피아 옆에 나타나 말했다.

"적이 있다한들 그쪽도 일단은 군세가 합류하고 움직이는 게 낫다고 생각할 테니까 지금은 내버려둬도 될 거야."

『그래? 난 아직 가나이제에 있는데 어떡할까?』

"발크스 왕국 해방전에 참가하려면 지금 움직여야 하나? 카난이 각국과 연계해서 병사를 모은다는 이야기가 나오고 있으니 그 이유를 대고 가나이제를 떠나는 건 어때?"

『적당하네. 알았어. 그쪽은 어때?』

"구디스와의 전투가 가까워지고 있어. 조만간 격파할 테니 왕국 해방전까지 시간이 얼마 남지 않았어."

『알았어. 고려해서 움직이지. 무슨 일 있으면 연락할게.』

목소리가 끊겼다. 나는 한숨을 내쉬었다.

"착착 준비되고 있네……. 레핀, 배신자 확인 방법 말인데."

"정령들이 도와주니까 오래 걸리지 않을 거야."

"잘 됐다. 이제 나와 리제가 요청한 지원군이 때맞춰 올지가 문제네. 하지만 사태가 움직이기 시작했으니 어떤 상황이 닥치든 하는 수밖에."

동료들이 고개를 끄덕였다. 흑룡이 목적지로 돌진했다.

우리는 기사단 근처에 도착했다. 용을 타고 만나는 것은 피하고 숲에 내려 합류하기로 했다. 그런데 조금 서둘러야 하는 사태가 벌어졌다.

"마물 습격 이벤트가 일어난 모양이야."

시각은 밤. 어둠 속에 불을 밝힌 기사단 야영지가 습격당했다.

"구디스와 관련된 거야?"

이동 중에 유노가 물었다. 나는 고개를 가로저었다.

"다른 마족이야. 에이나는 가끔 이런 습격 이벤트가 일어났으니까 그중 하나일 거야."

"이런 상황에는 일어나지 않아도 되는데."

리제의 말에 내심 동의했지만 마족은 기사단을 내버려둘 수 없었다.

새벽의 자유기사단은 내 고향인 피스일리아 왕국을 전전하며 많은 곳에서 전과를 올렸다. 기사단 소속인 에이나도 마족을 토벌하는 등의 공적을 세워 단원에게 인정받았다. 시나리오와 비슷하게 진행됐다. 마족이 눈에 띄는 그들을 성가시게 여기고 습격한 것이었다.

　"일단 가까이 가자. 가서 습격한 마족을 확인하자고."

　"확인해서 어떡하려고?"

　유노의 물음에 나는 그녀를 보았다.

　"어떤 마족이 습격했는지 확인하고 이번이 몇 번째 습격인지 알아내서 가장 적절하게 움직일 거야."

　"……왠지 마족이 불쌍해."

　리제가 쓴웃음 지으며 말했다.

　"우리가 적의 행동을 전부 꿰뚫어보고 있을 줄은 상상도 못 하겠지?"

　"그럴 거야. 그래도 방심하지 마. 여러 번 말했지만, 나는 대강의 줄거리만 알 뿐이야. 모든 이벤트가 그대로 진행되지는 않을 거야."

　우리는 다시 움직여 거점 근처에 도착했다. 우리는 마물에게 포위된 야영지에서 조금 떨어진 곳 그늘에 숨어 상황을 살폈다. 다행히 어두워서 마족과 기사는 우리를 알아차리지 못했다.

　"기사끼리 죽고 죽여라. 우리 마족에게 칼을 겨눈 것을 뼈저리게 후회해라!"

곧 기사를 위협하는 마족과 마물을 발견했다. 나는 그 말을 듣고 알아차렸다.

"다섯 번째…… 마지막 습격이야."

"루온, 어떻게 알았어?"

"마족이 게임과 똑같이 말했어. 다섯 번째 습격 때 배신자가 나와서 저런 대사를 했거든."

유노에게 대답하며 나는 생각했다.

"이 이벤트 이후로는 마족 습격도 없고 배신자도 나오지 않지만, 기사단은 의심암귀에 빠지고 말아. 현실에서도 마찬가지일 테니까 정령의 힘을 빌려 그런 사람이 없다는 걸 확인시켜주는 게 좋겠어."

"내가 나설 차례네."

나는 소피아 옆에 나타난 레핀에게 말했다.

"맞아. 레핀의 힘을 빌리면 신속하게 구디스와 싸울 수 있어."

"루온 님, 아까 마지막이라고 말씀하셨습니다만."

소피아의 지적에 나는 그렇다고 대답했다.

"습격 이벤트는 이번이 마지막이야. 물론 게임 속 이야기라서 기사단이 더 활약하면 또 모를 일이지만, 이후에 전투에 돌입하니까 습격은 없을 거야."

"알겠습니다. 그러면 어떻게 할까요?"

"듣기 안 좋지만, 이번 전투를 이용해 주도권을 잡아야겠어. 야영지를 포위한 마물을 섬멸하는 역할과 영지에 들어가서 마족을 처리하는 역할로 나누자. 당당하게 나서면 기사단과 이야기도 잘 통하겠지."

"그러면 나와 오르디아가 밖을 맡을게."

리제가 제안했다. 나는 알겠다고 대답하고 마물을 확인했다.

"두 사람이라면 어렵지 않게 처치할 수 있겠어. 아라스틴 왕국에서 훈련한 경험을 살리면 고전하지 않을 거야."

"알았어. 루온과 소피아는 안쪽을 맡아야 하는데 둘이서 마족 처리할 수 있지?"

나는 에이나가 떠올랐다. 예전에 그녀와 재회했을 때 그녀는 「소피아 왕녀는 네게 호감이 있다」고 말했다. 내가 그녀와 계속 함께 있었다는 걸 알면 무슨 생각을 할까.

그러나…… 그런 일까지 고려할 여유는 없었다.

"에이나와 함께 일했던 사람들도 있는 데다 무엇보다 소피아도 있으니 갑자기 나타나도 혼란스럽지는 않을 거야."

"희생자 없이 처리할 수 있을까요?"

"야영지에 있는 마물도 배신한 마족이 만든 것이긴 한데 아라스틴 왕국에서 만난 마족보다 약하니까 전력으로 싸우면 일격에 처리할 수 있어."

"정해졌네."

리제가 말했을 때 마족이 기사단을 공격하려고 했다. 우리는 서로의 얼굴을 쳐다봤다.

"우리가 움직이면 적이 혼란에 빠질 거야. 그때를 놓치지 말고 처리하자."

"그래. 루온, 소피아, 힘내."

"리제 언니와 오르디아 씨도요."

"응."

리제와 오르디아가 좌우로 갈라졌다. 나와 소피아는 그늘을 벗어나 야영지로 달려갔다.

"소피아, 야영지 입구의 적을 쓰러뜨리자마자 마족을 노리자."

"네."

우리는 짧은 대화를 나누고 돌진했다.

마족이 당장에라도 기사들을 공격하려던 때 리제와 오르디아가 마물을 공격했다. 야영지 주변에 마물의 비명이 울려 퍼지자 기사들이 마물의 돌격 신호로 인식하고 몸을 굳혔다.

하지만 곧 마물이 내지른 비명이 단말마라는 것을 깨닫고 밖으로 시선을 옮겼다.

"뭐지……?"

배신자 마족도 반응했다. 의아한 표정으로 어둠을 힐끗 보고 상황을 파악했다.

"기사는 야영지에 모인 게 다일 텐데. 누가 온 거냐?"

의문을 꺼냈지만 기사는 대답하지 못했다. 그 사이에도 리제와 오르디아는 마물을 물리쳤다. 마족은 어떻게 해야 하나 망설였다.

에이나와 기사들이 그때를 놓치지 않고 공격에 나서자 마족은 즉각 반응해 팔을 휘둘렀다.

마법이 발동하고 바람의 칼날이 기사들을 막았다. 기사들은 방어를 선택했다. 마법 공격에 몇 걸음 밀려난 자도 있지만 부상자는 없었다.

그 사이, 마족 주위에 마물이 나타났다. 야영지를 포위하는 것에 그치지 않고 내부를 공격하려는 건가. 그 행동으로 이전부터 습격을 준비한 것이 느껴졌다.

"상관없다. 일단 너희부터……."

마족이 이어서 말하려 했을 때 나와 소피아는 야영지 입구에 있는 마물을 처치했다. 마족이 이변을 느끼고 우리 쪽을 봤다.

"너희는 누구냐?"

나와 소피아는 천천히 빛이 닿는 곳으로 발을 들였다. 에이나가 숨을 삼켰지만 보지 않고 마족에게 대답했다.

"지나가던 모험가다."

나와 소피아는 달렸다. 마족은 곧바로 팔을 휘둘러 마물에게 공격을 지시했으나 우리는 속도를 늦추지 않고 검을 휘둘러 격파했다.

마족이 움찔했다. 직감했으리라, 강적이라는 것을…….

마족은 기사단의 힘으로 어렵지 않게 격파할 수 있었다. 그러나 배신자 때문에 망설이고 의심암귀에 빠지는 바람에 행동에 제약이 생겼다. 그것이 혼란에 박차를 가했다.

하지만 우리와는 상관없는 일이었다. 마족을 무찌르면 혼란도 가라앉을 터였다. 빠르게 끝낸다!

아무리 마물이 덤벼도 멈추지 않는 우리를 보고 마족은 적잖이 당황했는지 얼굴을 일그러뜨리고 팔을 휘둘렀다. 기사들을 공격하려던 마물을 전부 우리 쪽으로 돌리려는 모양이었다. 그런 짓을 하면 승산이 없다는 것 정도는 알 텐데, 우리를 무시할 수 없다고 판단했나?

그것은 옳은 판단이었으나 잘못된 방법이었다. 마물이 일제히 덤벼들었다. 기사 중에는 우리가 지는 상상이라도 했는지 소리를 지르는 사람도 있었다. 나와 소피아는 미리 짜기라도 한 듯 검에 마력을 모았다.

동시에 검을 휘둘렀다. 나는 빛, 소피아는 바람. 두 스킬이 부딪힌 순간, 돌격하던 마물들이 튕겨나가 공중에서 소멸했다.

"뭣……!"

머리가 돌아가지 않는지 마족이 멈춰 섰다. 나와 소피아는 이때를 기다렸다는 듯이 거리를 좁혔다.

마족이 당황해 황급히 물러나려고 했으나 나와 소피아의 공격은 이미 끝났다. 깨달았을 때는 늦었다. 내리친 우리의 검은 마족을 놓치지 않았다.

마족이 얼굴을 일그러뜨렸다. 비명을 지르려고 성대를 쥐어 짰으나 목소리는 나오지 않았고 결국 한마디도 꺼내지 못한 채 사라졌다.

나는 잠깐 소피아를 보았다. 호흡 한 번 거칠어지지 않았고 몸놀림도 아라스틴 왕국전을 거쳐 강해졌다. 이대로라면 결전 때까지 마왕과 싸울 만큼 강해질 수 있겠다.

나는 한 박자 쉬고 기사단 대장으로 보이는 금색 투구를 쓴 사람에게 말을 걸었다.

"괜찮으십니까?"

"……도와줘서 고맙소."

그때, 마물의 비명이 어두운 밤하늘에 울려 퍼지고 끊겼다. 주둔지에 있던 마물은 전부 사라졌고 밖에서는 아무 소리도 들리지 않았다. 바깥도 다 처리한 모양이었다. 습격 이벤트의 피해가 크지 않아 다행이었으나…… 문제는 지금부터였다.

야영지 입구에 인영이 나타났다. 리제와 오르디아…… 그중에서도 리제를 보고 기사들이 술렁였다. 알아보는 사람이 있는 듯했다.

그리고 에이나가 천천히 다가왔다. 소피아에게 꽂힌 두 눈은 떨어질 줄을 몰랐다. 마치 눈을 돌리면 사라질 환영을 보듯이…….

"소피아…… 님……."

"늦게 와서 미안해요."

그 말에 에이나는 천천히 고개를 가로저었다. 눈에 살짝 눈물이 맺혔다.

"아뇨……. 무사하셔서…… 정말 다행입니다……."

"아버님도 무사하시고 현재 왕국을 해방하기 위해 움직이고 계십니다."

"사정이 복잡한가 보군."

대장이 입을 뗐다.

"어떻게 된 연유인지 묻고 싶지만…… 다른 배신자가 있는지부터 확인해야 한다."

"제게 생각이 있습니다. 정령의 힘을 쓰면 되지 않을까요?"

나는 소피아를 보았다. 그녀가 고개를 끄덕이자 레핀이 나타났다.

"바람의 정령왕입니다. 사람의 감정을 잘 읽으니 마족과 내통하는 자가 있다면 알 수 있을 겁니다."

"정령의 왕? 그렇다면 바로……."

"네. 일단 확인이 끝나면 다시 이야기하기로 하죠."

내 말에 대장이 고개를 끄덕였다. 일단 기사단과 합류하는 데는 성공했다.

그 뒤로는 레핀과 소피아와 계약한 정령 아마리아가 주도해 기사 중에 배신자가 있는지 확인했다. 밤이 깊어 쉬고 싶었지만 참아야 했다.

문제가 생기면 바로 대응할 수 있게 오르디아가 그들 곁을 지켰다. 나는 기사들과 조금 떨어진 곳에 앉아 정령들의 검사를 지켜봤다.

소피아와 에이나는 다른 곳에서 회포를 풀었고 리제는 새벽의 자유기사단 대장과 얼굴을 맞대고 협의에 들어갔다. 구디스 토벌 협조를 받기 위해서였다.

우리는 사전에 이 주변에 마족이 있다는 정보를 듣고 왔다고 설명하기로 협의했다. 원래는 국가의 도움을 받아 마물을 토벌하려고 했으나 마물이 발생 중이라 시간이 없으니 자유기사단이 도와줬으면 한다……. 미리 협의한 경위는 대충 이러했다. 앞선 전투로 우리 실력은 입증됐고 소피아와 리제, 두 왕녀의 요청이었다. 배신자 조사도 도왔으니 십중팔구 통할 것이었다.

에이나는…… 우리 동료가 되는 선택지도 있지만 어떻게 할지는 그녀의 판단에 맡기기로 했다. 따라서 동료가 되기 전까지는 내 정체를 포함해 아무 말도 하지 않을 것이다.

"도와줄 것 같아."

주위를 날아다니던 유노가 말했다. 그녀의 말이 맞았다. 습격 이벤트 덕분에 이야기가 어떻게 진행될지 쉽게 알 수 있었다. 우리 생각대로 진행될 것 같았다.

"……옆자리, 비었나?"

갑자기 옆에서 말을 걸어 고개를 돌리니 에이나가 서있었다.

"응, 비었어. 소피아는?"

"리제 왕녀님과 함께 대장과 이야기 중이다."

에이나가 옆에 앉았다. 무슨 일이지? 유노는 내 어깨에 앉아 조용히 그녀가 말하길 기다렸다.

"먼저…… 왕녀님을 구해줘서 고맙다."

"아, 으응."

"그리고 그……."

에이나는 말을 꺼내지 못했다. 음, 그렇겠지. 예전에 한 말이 생각났을 거야. 나도 그랬다.

유노가 입을 막고 필사적으로 웃음을 참는 모습을 보니 짜증이 났다.

잠시 미묘한 정적이 흘렀다.

"……할 말이 많지만, 넣어두지. 지금은 왕녀님이 무사하신 걸로 충분해."

"저번 일은 꺼내지 말자고?"

유노, 부추기지 마! 속으로 따지니 에이나가 쓴웃음 지었다.

"루온 공, 하나만 확인하고 싶다."

"응, 그래."

"루온 공은…… 어떻게 생각하나?"

몹시 대답하기 어려운 질문이었다. 나와 에이나 사이에 침묵이 자리 잡았다. 나는 열심히 머리를 굴려 대답했다.

"우선 그…… 나는 소피아와의 일보다 마왕 토벌이 먼저라 실상 그런 생각을 할 수가 없어. 그리고 소피아의 지위 문제도 있고……."

"왕비님은 두 사람 문제라고 했지만."

유노, 부탁이니까 끼어들지 마……. 그녀의 말에 에이나가 당황했다.

"왕비님이 그렇게 말씀하셨나?"

"응."

"그런가. 내가 뭐라 할 상황이 아니군. 왕비님이 인정하셨다면 당연히 폐하도 인정하셨을 테니까."

한 가지 확신했다. 국왕을 포함해 사촌언니 에이나도 인정했다. 친족에게 인정받고 싸우다보면 소피아가 주인으로 받드는 나도 틀림없이 전 대륙에 알려지겠지.

소피아가 정치적인 의도로 그런 것은 아니지만 결과적으로 그런 효과를 가져왔다. 그러니까 혹시나 빠져나갈 구멍을 막는다고 해야 하나?

나와 그런 식으로 함께하게 되면 소피아는 반발할 게 분명했다. 그게 바로 왕비님이 말한 「두 사람의 문제」인가. 나와 소피아가 받아들이면 된다. 방해물은 이미 배제되었다. 하지만 솔직히 소피아와 함께하는 모습이 잘 상상되지 않았다.

"그리고 내가 말하지 않아도 루온 공은 알 테지."

에이나가 말했다. 내가 마주 보자 그녀가 작게 웃고 말했다.

"평소에는 자제해서 숨기지만, 지금까지 여행한 이야기를 들어보니 어떻게 생각하는지 명백하더군."

"공식적인 자리 말고 사적인 자리에서는 미처 숨기지 못한다고?"

"그렇다."

일단…… 공식적인 자리에서는 괜찮다니 됐다 치자.

나는 그녀에게 한 가지 물어보았다.

"에이나, 소피아와 다시 만났는데 어떻게 할래? 우리한테 올래? 아니면 기사단에 남을 거야?"

"그건 왕녀님에게 말했다. 난 기사단과 함께 싸웠어. 기사단 내에서 실력 있는 축이라는 자부심도 있고 왕녀님과 함께 싸우고 싶기도 해."

대답은 그렇게 했지만 표정이 어두웠다.

"하지만 그쪽 일행의 전투를 보고 난 아직 멀었다고 확신했다. 나는 소피아 님과 나란히 서서 싸울 기량이 못 돼."

"그런 생각하기엔 일러."

"그렇게 생각하지 않나?"

옥신각신. 흠, 동료는 많을수록 좋을 것 같기는 한데…… 아, 그래!

"그러면 제안 하나 할게. 이번에 같이 싸워보고 어떻게 할지 결정하는 건 어때?"

"이번 전투에……?"

"지금부터 마족과 싸워야 하는데 어떻게 될지 예상도 안 돼. 마족의 거점에 들어갈 가능성도 있어. 그때 소피아와 짝을 이룰 사람이 있으면 마음이 든든할 거야."

"왕녀님을 감안해서……."

"동료들과 같이 싸우면 나는 후위에 설 때가 많고 리제는 오르디아와 같이 싸우니까. 소피아와 짝이 될 사람이 없어. 그러니까 이번 전투를 통해 어떻게 할지 판단하는 거야."

구디스와 싸우고 나서 어떻게 할지는 나중에 이야기하면 된다고 생각하고 있으니 에이나가 허공에 시선을 두고 말했다.

"알겠다. 루온 공이 그렇게 말한다면야."

에이나가 대답했을 때 소피아와 리제가 텐트에서 나왔고 정령들도 작업을 마쳤다. 나와 에이나는 적당한 때 자리에서 일어나 정령들에게 다가갔다.

"마족의 기척이 느껴지거나 내통한 사람은 없어."

레핀이 말했다. 게임도 마지막 습격이 끝나면 오늘 같은 일은 벌어지지 않았으니 괜찮을 것이다.

"소피아, 앞으로 어떻게 할지 방침은 세웠어?"

"네. 우리가 보유한 마족 정보를 기초로 움직이기로 했습니다."

"그러면 내일부터 기사단과 함께 행군하겠군."

그녀가 고개를 끄덕였다. 지금까지는 일이 잘 풀렸다. 구디스와의 전투도 기사단이 반발하지 않으면 우리가 주도하고 싶었다.

소피아와 리제가 있으니 어렵지 않을 테고 문제없겠지……. 나는 앞으로의 일을 생각하며 이만 쉬기로 했다.

기사단과 함께 5대 마족 구디스에게 가던 중 상황이 극명해졌다.

사역마로 모은 정보로 거성이 나타난 것을 알게 됐다. 즉, 구디스가 본격적으로 움직이기 시작했으며 공략할 수 있게 되었다. 마물과 싸우며 전진하다 성 근처에서 전투가 벌어질 것으로 예상됐다.

가장 중요한 구디스의 능력은 사전에 동료들에게 알려줬다. 불을 다루는 마족이며 원거리 공격이 메인이고 접근하지 못하게 불로 벽을 만들어 철저하게 진로를 방해했다. 참고로 불을 돌파하려면 허공에 떠있는 하얀 마력원을 파괴해야 했다.

마력원은 일정시간이 지나면 다시 생성되기 때문에 임기응변으로 싸워야 했다. 동료들이라면 돌격해도 마력장벽을 구사하면 대미지를 받지 않을 것 같지만 안전한 방법으로 가고 싶었다.

가장 효과적인 전법은 벽을 돌파하고 접근전으로 끌고 가는 것이지만 우리 전력으로는 원거리에서 마법으로 싸워도 승산이 있었다. 다만, 이 상황에는 나와 소피아만 싸울 수 있었다. 그녀도 마법보다는 접근전을 잘하니 빠르게 결판을 내려면 접근하는 게 좋아보였다.

전투가 벌어지자마자 화염 내성을 마법으로 강화하는 등 머릿속으로 계획을 세우는 사이, 마물이 나타났다. 그러나 대부분 기사단이 맡아서 우리는 움직이지 않았다.

"루온 공."

문득 기사단 대장이 내게 말을 걸었다.

"전투가 벌어지면 거성이 있을 시, 내부를 토벌해야 전투가 끝난다. 그 역할은……."

"저희가 맡겠습니다."

내가 즉각 대답하자 대장은 말을 잃었다.

"문제는 마물 확산입니다. 이미 성에서 마물들이 나와 돌아다니고 있습니다."

"마족의 목적이 뭔가? 이 주변을 지배하는 것인가?"

"그건 모르지만, 마왕이 거점에 있는 마족에게 침공하라고 지시했을 테니 그냥 두면 분명히 피해가 커질 겁니다."

"그렇군."

대장이 동의했다. 에이나도 근처에서 대화를 들었는지 살짝 고개를 끄덕였다.

"지금 제 사역마가 상공에서 성을 살피고 있습니다. 마물이 확산하면 바로 알 수 있는데 되도록 성 주변에 붙잡아두고 싶습니다."

"주변국이 도와주겠지만, 지금 당장은 무리다."

"네. 그러니 저희가 막겠습니다. 이게 피해가 커지지 않는 유일한 방법입니다."

구디스는 레드라스 때처럼 밖으로 마물을 내보내기 때문에 내부에는 마물이 적다는 설정이었다. 성에 들어가기만 하면 구디스가 있는 곳까지 충분히 갈 수 있었다.

"마물이 주로 외부에 있으니 내부는 경계가 덜할 겁니다. 그리고 사람이 많으면 움직이기 힘들죠. 저희가 성을 공략할 테니 기사님들은 밖에 있는 마물을 맡아주셨으면 합니다."

내 말에 대장은 생각에 잠겼다. 그는 우리의 전투장면을 더 들어보다가 말했다.

"……알겠다. 만약 성을 공략하기 어렵다는 판단이 들었을 때는……"

"물러날 때쯤은 알아요. 왕녀님이 있으니 무리하지 않겠습니다."

"그러면 우리는 주변국에 지원을 요청하는 전령을 보내겠다. 루온 공이 공략하지 못 하면 각국의 병력으로 대응할 수 있게 준비하지."

"알겠습니다."

대답이 끝나기 무섭게 기사와 마물의 전투가 시작됐다. 종류가 다양한 마물 중에서 특히 스켈레톤 종류의 적이 눈에 띄었다.

검으로 손쉽게 처치할 수 있지만 지금 싸우는 적 중에는 뼈가 철처럼 단단한 『스틸 스켈레톤』이라는 방어형 마물도 있었다. 특별히 강한 것을 제외하면 기사들도 싸울 수 있는 수준인데……. 그때, 스틸 스켈레톤과 기사들이 맞붙었다.

기사들은 망설이지 않았다. 단독으로 움직이지 않고 연계로 맞섰다. 마물의 역량을 느꼈는지 붙어서 싸우지 않고 한대 치고 벗어나는 전법으로 대미지를 줬다.

이 정도면 괜찮겠다. 마물 수가 적어서 수적으로 우세인 기사들이 확실하게 대처했고 얼마 지나지 않아 모두 처리했다.

배신자 때문에 연계에 지장이 생기지 않을까 걱정했는데 문제없을 것 같았다. 정령들 덕분이었다.

"가자."

대장의 부름에 우리는 돌진했다. 그 후로도 전투가 몇 번 벌어졌지만 기사들이 문제없이 처리해서 우리가 나설 자리가 없었다.

마물을 몇 번이나 섬멸했을까…… 마침내 성의 전경이 눈에 들어왔다. 정면에 펼쳐진 평원과 그 안쪽에 숲과 산을 등지고 자리 잡은, 하늘로 우뚝 솟은 붉은 성.

"불길하군."

대장의 짧은 말이 끝나자마자 스켈레톤 부대가 접근했다. 대장은 즉시 공격을 명령해 적을 쓰러뜨렸다.

"루온 공, 작전대로 갈 건가?"

그때, 나는 생각이 한 가지 떠올랐다.

"사역마를 여기 두고 가겠습니다."

"사역마?"

"싸울 수 있는 사역마입니다. 마력에 반응해 싸우니까 아군에게 피해주지 않을 겁니다. 레스베일."

갑옷천사가 부름에 응해 내 뒤에 나타났다. 하얀 날개에 은백색 갑옷을 입은 레스베일의 등장에 기사들이 탄성을 질렀다.

"대장의 지시에 따라 자유롭게 움직이도록 명령하겠습니다."

"존재감이 어마어마하군. 그런데 괜찮겠나?"

"크기 때문에 안에서는 움직이지 못할 수도 있으니까요."

그때, 오르디아가 내 옆으로 왔다. 용을 꺼낼지 말지 묻는 게 분명했다.

"오르디아, 용은 없어도 돼."

"……그래도 되겠나?"

"조종거리가 멀어지면 멀어질수록 신경 써서 사역마를 제어해야 하잖아. 게다가 지금은 원격 조작도 익숙하지 않고."

"……그건 그래."

"그리고 오르디아의 사역마는 너무 커서 눈에 띄어. 성에 있는 마족이 경계할지도 몰라."

오르디아는 고개를 끄덕이며 내 의견에 동의했다. 기사단은 레스베일로만 돕는다.

갑옷천사만 있어도 외부의 적은 기사단이 충분히 대처할

수 있을 것이다. 덧붙이자면 전황을 확인하며 거성 공략을 서두르는 등 우리가 어떻게 행동할지 고려할 수 있으니 일거양득이었다.

"그러면 예정대로…… 에이나, 잘 부탁해."

"발목 잡지 않게 노력하지."

에이나가 고개를 끄덕였다. 우리 쪽으로 온 그녀와 얼굴을 마주 봤다.

"……가자."

조용한 호령에 따라 흩어진 기사들이 마물에 맞서 싸우기 시작했고 우리는 그들을 지나 거성으로 향했다.

제30장 불의 마족

　우리는 마물들을 무시하고 곧장 구디스가 있는 성으로 달렸다. 마물이 우리를 막을지 기사들에게 갈지 망설이는 사이, 우리는 내달렸다.

　우리를 죽이려는 마물도 있었다. 머리 없이 붉은 갑옷을 입고 불을 휘감은 검을 든 마물, 듀라한 계열인 그 마물의 이름은 『헬 파이어』. 검에 마법도 구사하는 뛰어난 마물이었다. 나와 동료들은 그렇다 치고 에이나가 싸울 수 있을지 걱정이었다.

　"저건 무시하면 안 되겠어."

　앞서 달리던 리제가 중얼거렸다. 그와 동시에 오르디아가 달리며 검을 뽑아 다른 마물로 시선을 돌렸다.

　듀라한 옆에는 상반되듯 털이 푸른 늑대가 있었다. 일반 늑대보다 훨씬 큰 『블루 하울링』. 소리를 내질러 스턴을 거는 이 마물은 듀라한만큼 까다로운 적이었다.

　"오르디아! 늑대를 노려!"

　내가 지시하자 오르디아가 늑대를 향해 질주했다. 그에 맞서 적도 오르디아에게 돌격했다.

　헬 파이어는 남은 우리를 표적으로 정했다. 제일 먼저 공격한 사람은 리제였다.

"하아앗!"

마법으로 만든 할버드를 휘둘렀다. 듀라한도 검을 들었고 그들의 무기가 격돌했다. 쇠가 마찰하는 소리가 메아리쳤다.

리제는 과거에 이보다 강한 적과도 싸워봤다. 힘겨루기는 리제의 승, 듀라한의 몸이 크게 뒤로 젖혔다.

에이나가 바로 달려들었다. 검에는 이전과 달리 화염이 아니라 빛이 깃들었다.

빛 속성 마도기인 줄 알았는데 아니었다. 이것은 범용 장검 스킬이었다.

"이야앗!"

기합과 함께 깔끔한 호를 그리며 위에서 아래로 내리치는 이 스킬은 『월광인(月光刃)』. 게임에서는 대미지가 배가 되고 크리티컬율이 상승하는 스킬이 듀라한의 갑옷을 가르고 피부를 찢었다.

그러나 일격에 쓰러뜨리진 못했다. 즉각 소피아가 나섰다. 에이나의 공격에 이어서 거침없이 달려 마물을 스치듯이 공격했다. 그녀의 특기 『청류일섬』이었다.

듀라한은 검을 떨구고 사라졌다. 오르디아도 달려드는 늑대를 정확하게 공격해 처치했다. 난적이기는 했지만 동료들에게는 아무것도 아니었다. 새삼스레 강해진 게 느껴졌다.

발이 묶이는 바람에 주위에서 접근하는 마물은 내가 마법으로 처리했다. 바람 속성 중급 마법인 『드래곤 클로』. 용의 발톱을 본뜬 바람의 칼이 달려드는 마물을 일축했다. 무사히 끝났다.

"흠……."

주위를 둘러봤다. 5대 마족의 힘은 싸우는 순서에 따라 달라지는데 지금 마물의 힘은 세 번째와 네 번째 사이……. 예전에 싸운 다크라이드보다는 강하지만 예상한 만큼 강해지지는 않았다. 성에 들어가도 문제없어 보였다.

"좋아, 단번에 성까지 가자."

"네."

소피아가 대답하고 우리는 달렸다. 도중에 마물과 몇 번 싸웠는데 전부 눈 깜짝할 사이에 처치했다. 연계만 잘 하면 적은 상대가 안 됐다. 구디스가 최대이자 유일한 난관이었다.

그리고 에이나는…… 전투가 끝난 뒤로 입을 굳게 다물었다. 생각이 있는 듯했지만 꺼내지 않고 우리와 함께 전진했다.

성에 가까워지는 만큼 마물의 공격이 거세질 줄 알았으나 마물은 우리를 지나쳐갔다. 그러라는 명령을 받았기 때문일까? 우리가 싸우는 것을 보니 마물로는 상대가 안 된다고 깨닫고 성에서 받아치려는 속셈일까? 그러고 보니 구디스 이벤트에 「나는 너희의 전투를 보고 대책을 세웠다」라는 대사가 있었다. 성에서 받아치려는 것일지도 모르겠다.

다양한 추측을 하면서도 다리를 움직인 끝에 마침내 성에 도착했다. 활짝 열린 문에서 마물은 나오지 않았다. 1페이즈는 끝났어도 시간이 지나면 마물은 2페이즈, 3페이즈에 줄줄이 나타날 것이다.

"가자."

내 말에 오르디아가 앞장서서 성으로 들어갔다. 다섯 명이 모두 안에 발을 들인 순간, 문이 닫히기 시작했다.

나는 뒤돌아봤다. 조금 멀기는 하지만 기사들이 싸우는 광경이 보였다. 사기가 높아서 괜찮겠다고 판단했을 때…… 문이 닫혔다.

주변에 마물은 없었다. 나는 동료들에게 주의하라고 하고 탐색을 시작했다. 게임 정보 덕분에 구디스의 방으로 가는 방법을 알기는 하지만, 지금까지 경험한 것을 생각하면 구조가 복잡해졌을 테니 방심은 금물이었다.

"……성이 하늘을 찌를 듯이 생겼으니까 아래보다는 위로 가야 마족을 만날 가능성이 크겠어."

내가 조언한 순간, 정면에서 마물이 나타났다. 밖에 있는 마물과 비슷한 수준이었다. 우리는 접근하는 마물을 공격해 별 문제없이 쓰러뜨렸다.

"일단 위로 가자."

모두 고개를 끄덕였다. 사정을 아는 소피아, 리제, 오르디아는 순순히 따랐다. 에이나는 소피아가 내 의견을 따라줘서 그런지 별 말 없이 따랐다.

우리는 별다른 문제없이 위를 향해 전진했다. 여기서도 마물과 몇 번 마주쳤지만 전부 즉시 처리했다. 지금까지는 순조로웠다.

큰 방해 없이 나아가다보니 이내 위로 가는 계단이 끊겼다.

붉은 문이 보여 열어보니 넓은 회랑이 있었다. 방이나 주변에 다른 길은 없었다. 이곳이 종착점이었다.

회랑 중앙에 복잡한 문양이 새겨진 마법진이 하나 있었다. 구디스가 천사의 유적에서 손에 넣은 기술로 만든 전이장치였다. 상공에 있는 성으로 전이하는 효과가 있는데…….

"함정이라기엔 눈에 띄는군."

에이나가 말했다. 경계할만했다. 게임에서는 당연하다는 듯이 전이하는데 현실은 그렇지 않았다.

동료들은 내가 안전하다고 하면 믿겠지만 이번에는 에이나도 있으니 그럴싸한 설명을 붙이기로 했다.

"……천사의 유적에서 느낀 마력과 비슷해."

내 말에 에이나가 미간을 찌푸리며 말했다.

"천사의 유적?"

"유적에 몇 번 들어가 봐서 알아. 이 성에 있는 마족은 천사의 유적에 들어가서 그들의 기술을 이용할 수 있는 방법을 조사했을 거야."

"이 장치가 무엇인지 아나?"

"내가 본 건 유적 내부를 이동할 수 있는 마법진이었어. 문양이 비슷하니까 이것도 그런 쪽일 거야."

일단 내가 그렇게 말하긴 했으나 마법진에 들어가기 망설여질 것 같았다.

그래서 나는 발을 뗐다.

"무슨 장치인지 내가 확인해볼게."

"루온 공, 괜찮겠나?"

"마력 장벽이 있으니까 이상한 곳에 떨어져도 괜찮아."

소피아는 문제없는 줄 알면서도 조금 긴장한 것처럼 보였지만 나를 말리지는 않았다. 나는 마법진 위에 올라갔다.

그러자 마법진을 중심으로 빛이 났다. 에이나가 내 이름을 부르려한 순간, 빛이 시야를 뒤덮었고 나는 전이했다.

정신을 차리니 정면에 꾸미지 않은 회색 철문이 있었다. 게임에도 있던 문이었다. 나는 아래를 보았다. 이 방은 특징이 있었다.

"오……."

작게 탄식했다. 주머니에서 유노가 날아올랐다.

"오……!"

나와 다르게 감탄을 내뱉었다.

전이한 방의 바닥을 바깥 풍경을 투과하는 특수소재로 만들어놓았다. 마치 유리로 만든 방 같아서 바닥에 오르면 깨질 것 같았다.

"대단한데……."

유노가 감탄했다. 바로 아래, 저 멀리 우리가 있던 구디스의 성이 보였다. 즉, 이 방은 제법 높이 떠 있었다. 바닥이 무너져도 마법을 쓰면 문제없다고는 하지만 오금이 저리는 것은 어쩔 수 없었다.

"천사의 유적에 있는 기술이 틀림없어."

"맞아……. 일단 돌아가자."

마법진 밖으로 나갔다가 다시 올라가자 빛나기 시작하더니 원래 장소로 돌아왔다.

"루온 공, 문제는 없었나?"

에이나가 물었다. 나는 고개를 끄덕였다.

"이 마법진은 안 위험해. 근데 한마디만 할게."

나는 한숨 돌리고 말했다.

"옛날에 천사가 남긴 기술을 쓴 건 분명해. 이 마법진은 성 위에…… 하늘에 떠 있는 건물과 연결되어있어."

"하늘 위에?"

리제가 물었다.

"바닥이 투명해서 아래로 성이 보였어. 고소공포증이면 발도 못 뗄 거야."

오르디아를 제외하면 이 세계에서 고층이라 할 수 있는 건물에 사니 일반인보다는 높은 곳에 익숙하겠지만, 이런 높이는 처음일 터였다. 과연 어떻게 반응할까?

이번에는 오르디아가 입을 열었다.

"마족에게 가려면 지나가야만 하는 길이잖나? 그러면 가는 수밖에 없군."

"응. 날 따라와."

나는 다시 마법진에 올랐다.

놀라서 소란 피우는 사람은 없을 줄 알았다. 그래도 어떻게 반응할지 조금 궁금했는데…….

"유노, 다들 굳었어……."

"그러게."

모두 마법진에서 한걸음 나와 아래를 보고는 놀라서 발을 멈췄다.

"……저기, 루온."

그들 중 리제가 제일 먼저 말을 꺼냈다.

"이거 혹여나 바닥이 부서지기라도 하면……."

"유리처럼 보이지만 다른 소재야. 안 부서져."

발로 바닥을 툭툭 찼다. 유리와 다르게 딱딱했다.

"루온! 깨지면 어떡하려고?!"

"루온 공, 신중하게 가는 게 어떤가? 부주의하면 위험해."

"……지금 리제와 에이나가 무섭다는 건 알겠어."

어쩔 수 없지. 소피아와 오르디아는…….

"소피아, 괜찮아?"

"좀 망설여집니다만……."

다시 마법진에 올라 이전 장소로 돌아가고 싶은 모양이었다. 하지만 전진해야 한다는 것을 알아서 실행에 옮기지는 않았다.

마지막으로 오르디아에게 물었다.

"……다리가 굳어서 못 움직이겠지?"

오르디아가 묵묵히 꾸벅 고개를 끄덕였다. 솔직해서 좋았다.

이러고 있으면 끝이 없을 테니 바닥이 무너져도 괜찮다는 것을 이해시키고 가자.

"아, 소피아. 레핀을 불러줘."

"무슨 일이야?"

나는 모습을 드러낸 정령에게 부탁했다.

"혹시 불의의 사태가 벌어지면 바람 마법의 힘으로 모두를 구해줘."

"응, 알았어. 그런 일이 벌어져도 괜찮게 준비해둘게."

"부탁해. 자…… 이제 만약의 사태가 벌어져도 문제없으니까 가자."

잠시 뒤, 우리는 문을 지났다. 이 앞은 구조가 달랐다. 벽 윗부분은 투명하고 아랫부분과 바닥은 지상에 있는 성과 똑같았다. 밑이 보이지 않아서 그나마 나았다.

"여기서는 싸울 수 있을까?"

"솔직히 싸움이 거칠어져서 밖으로 나가떨어지는 걸 상상하면……."

리제가 겁에 질려 중얼거렸다. 게임에는 함정이 없었으니 문제없을 테지만…….

"함정에 주의하며 가자. 마법으로 수상한 곳은 없는지 확인할게."

나는 마력을 방출하며 걸었다. 이러면 마물이 다가올 가능성이 있는데 전혀 낌새가 없었다.

게임에는 적이 나타났는데…… 그때, 눈앞에 변화가 생겼다. 바닥에 둥근 마법진이 떠올라 빛이 나고 악마가 나타났다.

아하, 바닥에 마물을 만드는 마법진을 설치한 모양이었다.

통로 바닥이 일반적인 것은 투명하면 생성 마법진을 사용할 수 없어서인가? 나는 동료들을 살폈다. 아직 표정이 딱딱하지만 당장 눈앞에 적이 나타나니 그쪽에 의식이 쏠렸다. 문제는 없겠다.

악마가 돌격하며 전투 개시. 그래봤자 한 마리뿐이고 다른 마물과 별반 다르지 않았다. 리제가 할버드로 악마의 주먹을 막자 에이나와 소피아가 옆에서 공격해 무찔렀다.

오르디아는 나설 차례가 없었지만 표정을 보니 전투가 벌어지면 문제없이 행동할 것 같다 판단하고 다시 전진했다. 갈림길이 적어서 헤매지 않고 문이 있는 방에 도착했다. 양쪽 문을 밀어서 여니 또 전이 마법진이 있었다.

"위로 더 가야 하나?"

오르디아가 말했다. 목소리가 조금 떨렸다.

어쩔 수 없이 내가 먼저 마법진에 올랐다. 그곳은 보다 위쪽. 대지가 멀어지고 발밑에 구름이 있었다. 여기까지 오니 현실감이 없었다.

"아직 종착점은 아닌가 봐."

내가 앞서서 다음 플로어로 걸음을 서둘렀다. 도중에 마물이 몇 번 나타났으나 여유롭게 대처했다. 적의 실력을 보니 구디스와 싸울 때 방심만 안 하면 될 것 같았다.

5대 마족은 하나를 처리할 때마다 다른 마족이 강해졌다. 마물만 봐도 구디스는 세 번째로 격파한 다크라이드보다 강하겠지만 동료들이 눈에 띄게 성장해서 불안하지 않았다.

이대로라면 언젠가 벌어질 남부 침공도…… 어떻게 할 수 있지 않을까? 하지만 대규모 전투이니 여기에 만족하지 않고 더욱 수련해야겠다.

생각 중에 또 전이 마법진을 발견했다. 이게 마지막이었다.

"또 올라가는군요."

나는 소피아가 중얼거리는 사이에 마법진 위로 올라갔다. 빛에 집어삼켜진 뒤 나타난 곳은 역시나 아래가 보이……는데…….

"와아……."

유노가 주머니에서 나와 탄성을 질렀다. 뒤이어 전이한 동료들도 아래를 보고 몸을 굳혔다.

두려워서가 아니었다. 눈앞에 우주에 온 것만 같은 광경이 펼쳐졌다. 우리가 사는 세계가 둥글다는 것을 알 정도였다. 모두 넋을 잃었다.

"아름다워요……."

소피아가 감탄했다. 나는 살짝 고개를 끄덕이고 대륙을 응시했다.

까마득한 천공에서는 마족이 어떻게 움직이는지, 거점은 어디인지 육안으로 확인하기 어려웠다. 무엇보다 대륙을 감싼 푸른 바다에서 눈을 뗄 수 없었다. 흰 구름과 어울려 환상적인 광경이 펼쳐졌다.

"천사도 이렇게 세상을 내려다봤을까?"

리제가 감동해 말했다. 내가 「어쨌을까?」라고 대답하자 그녀가 이어서 말했다.

"그랬다면 어떤 마음으로 그랬는지 알겠어. 계속 보고 싶어."

"신은 하늘에 있다는 말이 아예 틀린 말은 아니네."

내가 중얼거리자 리제가 맞장구를 치고 말했다.

"그래도 계속 보고 있을 수는 없어. 가자."

"응."

나는 대답하고 통로로 향했다. 그때 문득 한 가지 의문이 생겼다.

구디스는 다른 5대 마족과 달리 하늘에서 천사의 기술을 조사했다. 마왕의 지시를 받은 건 분명한데 마왕은 왜 이런 일을 맡겼을까.

생각하는 동안에도 마물이 나타났지만 대처하기 어렵지 않아 시간벌기도 안 됐다. 역시 구디스가 유일한 장애물인가. 그때, 우리 눈앞에 호화찬란한 문이 나타났다. 게임과 똑같았다. 구디스는 이 안에 있었다.

"종착점이군."

에이나가 중얼거리고 마력을 모으자 다른 사람들도 따라했다. 내가 대표로 문을 열어젖혔다. 천장은 돔 형식에 바닥은 통로와 똑같이 평범했으나 벽은 투명해서 우리가 사는 푸른 세계가 보였다.

"잘 왔다."

교활한 목소리가 날아왔다. 저 앞에 검은 로브를 입은 마족이 있었다. 악마처럼 이가 드러났으나 체격은 우람함과는 거리가 먼 마른 몸이었다.

허리가 굽지는 않았지만 목소리 때문인지 여윈 노인으로 느껴질 정도였다.

"여기까지 난리를 치며 왔나보군……. 내 이름은 구디스. 너희 소행의 대가를 치러라."

"너를 쓰러뜨리면 지상에 있는 마물이 사라지나?"

내가 검으로 그를 가리키며 묻자 구디스는 콧구멍을 실룩인 뒤 웃으면서 말했다.

"모조리. 하지만 그럴 일은 없을 거다. 이 자리에서 다 죽을 테니까. 이곳에서 너희가 싸우는 꼴을 보았다. 어떻게 싸울지는 이미 정해졌어."

말이 끝나기 무섭게 문이 닫혔다. 지금까지는 게임과 연출이 똑같았다.

구디스가 마력을 발산하자 나는 즉시 동료들에게 화염 속성 마법의 위력을 경감하는 『플레임 실드』를 걸었다. 그러나 불은 다른 마법과 다르게 기본적으로 공격력이 높았다. 마법을 과신하지 않고 되도록 피하거나 방어하며 싸워야 했다.

구디스가 양손을 펼쳤다. 마족의 좌우에 농구공 크기의 하얀 빛이 생겨났다.

"각오해라."

전투가 시작됐다. 구디스의 말이 끝나자마자 리제와 에이나가 제일 먼저 달려들었다. 그 순간, 흰 구체가 마력을 발하자 우리 앞에 불이 솟구쳤다.

시야를 가로막은 화염 너머로 아지랑이처럼 흔들리는 구디스가 보였다. 리제와 에이나가 멈춰서 어떻게 할지 결단을 내리는 사이, 소피아가 왼손을 뻗어 『라이트닝』을 발사했다.

벼락이 화염을 뚫고 날아갔다. 목표는 하얀 마력구.

구디스가 반응하기도 전에 마법이 하얀 빛을 공격해 소멸시켰다. 화염 벽이 사라졌다.

"이해가 빠르군."

구디스는 여유롭게 중얼거리고 다시 마력구를 만들었다. 게임보다 빨랐다. 큰 차이였다.

다시 생긴 벽이 진로를 막았다. 아까처럼 마법을 쓸까? 억지로 돌파할까? 아니면 검으로 벨까? 그때, 에이나가 화염에 검을 휘둘렀다. 검은 금속에 부딪힌 듯한 소리를 내며 튕겨나갔다.

"이 불, 마력 장벽이기도 한 모양이다."

에이나가 냉정하게 말하는 동안에도 구디스는 마력구를 만들었다. 회랑 여기저기에 불이 피어올랐다. 일렁이는 불로 실내 기온이 올랐다. 목덜미로 땀이 흘렀다. 뛰어넘으려 해도 장벽에 막힐 테니 그렇다면……

소피아가 『라이트닝』을 발사했다. 검은 튕겨냈지만 마법은 관통하는 것을 보고 리제가 입을 열었다.

"마법은 통과하나 봐."

"육체노동은 귀찮으니까."

안쪽에서 구디스의 목소리가 들렸다.

"진로를 막고 마법으로 확실하게 처리한다."

전법도 게임과 똑같았다. 화염 벽으로 접근을 막고 마법으로 공격한다.

"하얀 빛을 파괴하는 수밖에 없나?"

리제가 말했다. 좋아, 그러면…….

"내가 장벽을 부술게."

나는 앞으로 나가며 빛 속성 중급 마법 『뒤랑달』을 발동했다. 왼손에 만든 빛의 검으로 망설임 없이 화염을 공격했다.

손에 살짝 저항이 느껴졌지만 검을 휘두르자 화염이 장벽과 함께 소멸했다. 빛의 검은 마법이지만 화염을 투과하지 않았고 그 위력으로 장해물을 파괴했다.

"호오, 제법이군."

구디스가 중얼거리고 벽을 재생하기 위해 즉시 불을 키웠다. 나는 불을 공격해 다시 벽을 부쉈다.

"접근한다!"

나는 그렇게 외치고 부서진 벽을 넘어 구디스에게 달려갔다. 동료들이 뒤따랐다. 구디스는 두 팔을 펼치고 마력을 모았다.

하얀 구체에 마력을 주입하자 정면에 불이 솟구쳤다.

"접근하는 게 어지간히도 싫은가 봐."

리제가 말했다. 나는 「그러게 말이야」라고 대답한 뒤 코앞까지 임박한 화염 장벽에 빛의 검을 때려 넣었다.

또 장벽이 부서졌다. 구디스는 한순간 눈을 가늘게 뜨고 경계하는 표정을 지었지만 동요하는 모습은 보이지 않았다.

"이 정도는 쉽게 부수는군. 그렇다면……."

마력이 한층 강해지며 앞을 가로막은 장벽의 마력이 두터워졌다.

그리고 마족의 양손에 붉은 빛이 나타났다. 방어에 그치지 않고 공격에 나선 구디스는, 이름은 없지만 빛으로 붉은 탄환을 만들어 공격했다.

반면 우리는 세 번째 화염 벽을 부쉈다. 그러나—.

"먼저 수부터 줄여볼까."

마족의 양손만이 아니라 주위에도 붉은 빛이 나타났다.

"피해!"

공격이 한꺼번에 쏟아지리라 직감하고 동료들에게 외침과 동시에 빛의 탄환이 날아들었다. 나는 급히 마법검과 『뒤랑달』로 공격을 막았다. 튕겨내면 동료가 맞을 수 있으니 막아서 상쇄했다.

동료들은 무사히 공격을 피했다. 그러나 우리는 발이 묶였고 구디스는 재빠르게 다음 행동에 들어갔다.

직감적으로 내 뒤에 화염 벽이 생기리라 예상했다. 옆에는 소피아, 한 걸음 뒤에는 에이나. 그리고 1미터 뒤에 오르디아와 리제가 있었다.

분리된다고 인식한 순간, 우리 사이의 바닥에서 화염이 솟구쳤다.

"실력이 괜찮군. 하지만 지금부터는 내가 주도한다."

뒤에서 마물의 포효가 들렸다. 회랑 바닥에 마물을 생성하는 마법진이 설치되어 있었다. 마법진에서 적이 나타나 오르디아와 리제를 공격했다. 한편, 우리와 구디스 사이에 있던 화염 벽이 사라졌다. 우리는 거리를 두고 대치했다.

"접근전은 희망이 있다고 생각했나본데 틀렸다는 것을 증명해주마."

구디스의 말에 나는 잠깐 생각했다.

오르디아와 리제는 전투에 들어갔다. 그리고 마물은 오는 길에 만난 적과 비슷한 수준. 그것을 고려하면…… 두 사람은 괜찮다고 판단했다. 내버려둬도 마물을 섬멸할 것이다.

그리고 우리를 갈라놓은 화염 벽은 특별한 것인지 그 규모로 마력의 크기를 알 수 있을 정도였다. 온힘을 다하면 부술 수는 있겠지만 마왕과 연락할 방법이 있을지도 모를 구디스와 전력으로 싸우는 것은 피하는 게 나았다.

자기를 보호하던 화염 벽은 어차피 부서질 테니까 없앴나? 아니면 우리를 꼬드기기 위해서? 다시 만들지 않는 건 하나만 만들 수 있거나 마법도 막히기 때문인가? 그렇다면…….

"소피아, 에이나, 할 수 있겠어?"

"네."

"내게 맡겨라."

두 사람이 잇따라 대답했다.

"그러면 나는 지원할게. 끝내자."

소피아와 에이나가 동시에 구디스에게 달려들었다. 그는 오른손바닥에 붉은 빛의 탄환을 모았다. 소피아와 에이나보다 공격 타이밍이 빨랐다. 내가 나설 차례였다.

나는 하급 마법 『홀리 샷』을 발사했다. 힘을 조절해서 5대 마족의 공격을 상쇄할 위력은 없지만 속도를 최고로 강화했다.

지원은 이 정도면 충분했다. 구디스의 오른팔을 공격해 기선을 제압했다. 마족이 만든 빛의 탄환이 사라지진 않았지만 발사하려는데 충격을 받아 멈칫하며 허점이 생겼다.

두 사람은 허점을 놓치지 않았다. 에이나가 앞장섰다.

"야압!"

날카롭게 외치며 위에서 아래로 구디스를 베고 이어서 검을 옆으로 휘둘렀다. 중급 스킬 『천충열파』였다.

에이나는 물 흐르듯 검을 휘둘렀다. 정통으로 공격당한 구디스가 비틀거렸다. 지금이 기회!

이번 공격은 아까보다 치밀하고 속도도 빨랐다. 중급 스킬 『순간의 검』. 다른 스킬보다 허점이 적고 피하기 어려운 공격이었다.

두 번의 공격에 정통으로 당한 구디스는 고통스럽게 신음만 흘렸다. 소피아가 접근했다. 진지한 그녀의 검에 냉기가 감돌았다.

무슨 스킬인지 예측했다. 얼음 속성 상급 마도 스킬 『화이트 댄스』, 연격과 함께 다량의 냉기와 얼음을 내뿜는 스킬. 그녀의 검이 적의 몸에 닿은 순간, 폭발한 얼음이 흉기로 변해 해일처럼 구디스를 집어삼켰다.

"크, 악……!"

구디스는 소리 지르며 몸에 불길을 일으켜 얼음을 녹였다. 냉기는 상쇄했으나 공격을 막지 못 해 불길 위로 얼음이 생겼다.

공격은 이름처럼 춤추는 것 같았다. 마지막 일격에 얼음이 불을 뚫고 마족을 덮쳤다.

화염이 솟구쳤다. 불기둥 같은 화염이 마족을 휩싸자 소피아와 에이나는 즉시 후퇴했다. 냉기도 흩어졌다.

"이 정도로 끝낼 셈이었나? 날 너무 우습게 보는군."

구디스는 반격을 위해 왼손에 마력을 모았다. 허점이 생겼지만 소피아는 달려들지 않았다. 내가 사전에 구디스가 무슨 짓을 할지 알려줬기 때문이었다.

구디스는 접근하면 무술을 썼다. 원거리전에 특화된 마족이라 견제용에 지나지 않아도 우리가 무술에 대응하는 사이에 혼신의 마법을 썼다. 즉, 우리가 접근하면 무술로 막고 왼손의 마법으로 끝낼 의도였다.

나도 마법을 준비하고 언제든 공격에 대응하려 했으나 조금 전 일 때문에 구디스가 경계했다. 타이밍을 노려야 했다.

미리 정보를 줬으니 소피아는 확실하게 대책을 세웠을 것이다.

"에이나, 허점이 생기면 검을."

"알겠습니다."

소피아는 짧은 대화를 나누고 다시 구디스에게 달려들었다. 적은 오른팔을 뻗었다. 손끝에서 하급 마도 스킬『플레임 너클』이 발사됐다.

이름처럼 불에 휩싸인 주먹을 날리는데 5대 마족이 쓰면 충분히 위협적이었다. 소피아는 냉정하게 지켜보다 피했다.

구디스는 즉시 왼손을 뻗었다. 혼신의 마법이었다. 나는 그 것을 막으려고…… 아니, 에이나가 먼저 반응했다.

선수 친 그녀의 『순간의 검』이 구디스의 왼손을 공격했다. 발동하려던 마법이 깨지자 손안에서 마력이 메마른 소리를 내며 빠져나갔다. 구디스의 공격은 실패로 끝났다. 그러나 소 피아와 에이나…… 나는 경계를 풀지 않았다.

구디스의 뒤가 희미하게 빛났다. 왼손 공격도 미끼였다. 진 짜 공격은 지금 생긴 빛, 수많은 붉은 빛의 탄환이었다. 소피 아와 에이나를 가까이 끌어들이고 빛을 쏟아 부어 결판을 내 려는 의도였다.

소피아는 즉시 반응했다. 공격하지 않은 것은 구디스의 공 격을 예측했기 때문. 빛의 탄환에 대응할 방법은 준비됐다.

아마 스킬이나 마법으로 붉은 빛을 한꺼번에 없앨 것이다. 지금의 그녀라면 틀림없이 할 수 있다. 그러나 그 공격은 구디 스에게 쓰는 게 나았다. 지금은 내가 나선다!

"파사의 빛이여, 어둠을 몰아내고 세계를 정화하라, 마도를 구원하라!"

나는 빛 속성 상급 마법 『티르핑』을 시전했다. 빛의 검이 대 상자를 에워싸듯 쏟아지는 이 마법은 연속으로 상대를 공격 하는 마법으로 위력은 동일한 상급 마법인 『궁니르』에 못지않 았다.

단, 이번에는 마법을 살짝 변형했다. 원래는 구디스를 에워싸며 나타날 빛의 검을 소피아 뒤에 출현시켰다.

그 순간, 빛의 검들이 구디스에게 날아들었다. 마족은 노리지 않았다. 목표는 지금 당장 발사될 듯한 붉은 빛의 탄환.

빛에 하나의 예외도 없이 검이 꽂혔다. 마법이 상쇄되며 구디스의 공격이 불발로 끝났다.

"뭣……!"

구디스가 경악했다. 소피아는 허점을 드러낸 마족으로 목표를 변경했다.

"에이나!"

에이나를 부른 그녀의 검이 구디스에게 박혔다. 기술명 없는 단순 공격에 이어 에이나가 세 번째『순간의 검』을 썼다.

"크악……!!"

구디스가 비명을 지르기에 충분하고도 남는 공격이었다. 소피아는 한 걸음 앞으로 나갔다. 검에는 바람, 상급 마도 스킬『풍화영참』이었다.

수없이 쓴 대형 스킬이 구디스의 몸에 박히며 회오리가 생겼다. 마족은 충격과 바람 때문에 몸이 굳어 꼼짝하지 못했다.

에이나가 달려들어 다시『천충열파』를 썼다. 호쾌하게 검을 내리침과 동시에 가로로 검을 휘둘러 구디스를 봉쇄했다.

두 사람은 세련되게 움직였다. 서로를 잘 알기에 가능한 연계. 왕녀와 종자로서 긴 시간을 함께 했기에 만들어진 것이었다.

완벽한 콤비네이션으로 구디스는 마법도, 스킬도 못 쓰게 됐다. 무슨 짓을 하든 내가 아까처럼 막을 테니 난공불락이었다.

소피아가 마무리 동작에 들어갔다. 아라스틴 왕국에서 보여준 4대 정령 결집기『스피릿 월드』는 아니었다. 적과 거리가 너무 가까웠다.

구디스도 알아챘지만 에이나의 집요한 공격에 막혀 대응하지 못했다. 내가 이길 수 있겠다고 느낀 직후, 소피아가 준비를 마쳤는지 거리를 좁혔다. 이번에도 바람이었으나 검에 실린 힘은『풍화영참』을 훨씬 초월했다.

상급 스킬이 아니라 최상급 스킬인가? 바람 속성 최상급 스킬의 명칭은『레전드 블래스트』……

소피아의 검이 구디스를 치자 바람이 회오리를 일으킬 기세로 마족을 에워싸고 칼날이 되어 찢어발겼다.

"크, 아아아아……!"

구디스는 비명을 지르며 도망치려고 몸부림쳤다. 그러나 바람에 갇힌 마족은 꼼짝하지 못 하고 바람의 칼에 당하는 수밖에 없었다.

구디스의 마력이 급속히 시들어갔다. 무자비한 바람의 칼날에 하릴없이 당하던 구디스는 바람이 멎자 천천히 쓰러졌다.

그리고 먼지가 되어 마족이 있었다는 흔적도 남기지 않고 사라졌다. 우리의 승리였다.

흰 마력구가 사라지고 화염 벽도 순식간에 없어졌다. 리제와 오르디아 쪽을 보니 다친 데 없이 멀끔한 모습으로 다가왔다.

"수가 꽤 많았지만, 어떻게 싸우기는 했어. 너희도 안 다친 모양이네."

"얼마나 있었어?"

"우리가 있는 곳을 뒤덮을 기세였어."

그런데 안 다쳤단 말인가. 마물 수준을 생각하면 전투 자체는 어렵지 않았겠지만, 숫자로 밀어붙이면 힘들었을 텐데…… 심지어 다치지 않고 돌파하다니. 리제와 오르디아의 레벨이 많이 올랐다.

"그래도 역시 성의 마족은 강했어."

끝나고 보니 전투는 무난했지만, 세 번째 5대 마족보다 강력한 스킬을 써야했던 것은 사실이었다. 실제로 소피아가 최상급 스킬을 썼고…….

"소피아, 마지막 스킬 말인데."

내가 부르자 그녀는 뒤돌아보며 가슴에 손을 대고 숨을 몰아쉬었다.

"결정타로 강력한 스킬을 써야겠다는 생각에 최근에 습득한 스킬을 써봤습니다만…… 제어가 능숙하지 않아서 완벽하게 쓰려면 시간이 필요할 것 같습니다."

최상급 스킬을 체득해도 그녀는 아직 멀었나보다.

발크스 왕국 해방전은 어떻게 될까. 소피아는 『스피릿 월드』의 위력을 최대한 끌어내고 싶은 것 같지만, 이 스킬은 발동에 상당한 시간이 걸리고 조건이 갖춰져야 쓸 수 있었다. 뭐, 꼭 써야할 때는 내가 방패가 돼서 시간을 벌면 되고 마왕전에 그렇게 될 가능성이 컸다. 소피아는 이런 전법을 싫어하겠지만.

그런 생각을 하던 중, 갑자기 방이 흔들리기 시작했다.

"뭐지……?"

리제가 주위를 둘러봤고 나는 이제 무슨 일이 일어날지 깨달았다.

"이 방은 마족이 제어하고 있었어. 그 녀석이 죽었으니……."

"무너진다는 말이야?!"

유노가 소리 질렀다. 동료들이 긴장했다.

어떻게 하지……? 그때, 나는 방 한쪽에 있는 전이 마법진에 주목했다.

"저기로!"

달리며 외쳤다. 동료들도 뒤따라 마법진으로 달려갔다.

내가 앞장서서 마법진을 밟자 둥실 떠오르는 느낌이 나며 시야가 하얗게 물들었다. 그리고 눈앞에는…… 첫 번째 전이 마법진이 있던 대회랑이 보였다. 마법진은 사라졌다. 상공에 있는 성으로 가는 길이 막혔다.

"살았군."

오르디아가 안도의 한숨을 내쉬고 말했다. 싸울 때는 의식하지 못 했지만 무서웠을 것이다.

"밖에 있는 마물도 사라졌을 거야."

나는 게임이 어떻게 진행됐는지 생각했다. 구디스를 무찌르고 회랑으로 돌아오면 현자의 힘이 빛이 되어 나타났다.

잠시 뒤, 마법진이 있던 바닥에서 하얀 빛이 둥실 떠올랐다.

"적인가?"

"아니야."

에이나의 물음에 리제가 대답했다.

"소피아와 오르디아는 저 빛을 흡수했어. 해롭지 않아."

"소피아 님도……?"

리제가 사정을 모르는 에이나에게 뭉뚱그려 대답했다. 에이나를 어떻게 해야 할까.

이번 전투에서 에이나는 소피아와 매우 좋은 콤비네이션을 보여줬다. 그녀는 겸손해할지 몰라도 나는 충분한 전력이 된다고 판단했다. 기사단과 균형을 맞추기도 해야 하니 그녀의 거취는 스스로 정하게 둬야겠다.

빛이 우리에게 다가왔다. 가만히 지켜보자 빛이 마치 빨려 들어가듯…… 에이나에게로 갔다.

소피아와 오르디아는 막지 않았다. 빛이 선택했으니 그들은 흡수할 수 없다고 확신했는지도 모르겠다.

이윽고 빛이 에이나의 몸으로 들어갔다. 에이나가 빛이 흡수된 가슴께를 문지르고 속삭였다.

"신기한 힘이다……. 마족의 것은 아니군."

"우리는 자초지종을 압니다."

갑자기 소피아가 말했다.

"하지만 그걸 말할 수는……."

"저는 현재 기사단으로 활동하고 있으니 자세히 말할 수 없다는 말씀이시군요."

에이나가 눈치채고 말하자 소피아가 조금 미안한 표정을 지었다.

"괜찮습니다. 그건 나중에 듣겠습니다. 여러분, 돌아가죠."

우리는 에이나에게 고개를 끄덕이고 성을 나가기 위해 걸음을 뗐다. 마물이 사라진 한산한 통로를 지나 성을 나오니 성 입구 근처에 기사단이 있었다.

"무사하십니까?"

대장이 우리 앞으로 왔다.

"갑자기 적이 사라져서 성으로 왔습니다. 마족을 무찌른 모양이군요."

"네. 그래서 지금부터……."

"어떻게 할지는 일단 나중에 이야기하죠. 지원군이 섞여서 조금 혼란스럽습니다. 여러분의 이후의 방침부터 정해주십시오."

내가 알겠다고 대답하자 기사들이 야영 준비에 들어갔다. 낮을 지나 저녁에 접어든 시각. 나는 하늘을 올려다보고 드디어, 라고 생각했다.

『힘든 싸움이 시작되겠군.』

가르크가 말했다. 나는 그렇다고 작게 대답하고 동료와 함께 성을 떠났다.

5대 마족을 쓰러뜨렸다. 드디어 게임에서 가장 큰 전투, 남부 침공 이벤트가 시작된다. 아직 마왕이 남부에 마물과 마족을 모을 낌새는 보이지 않았다. 이벤트가 시작되고 본격적인 전투가 벌어지기까지 유예기간이 있었다.

구디스를 무찌른 밤, 나는 텐트에서 동료들과 의논했다. 멤버는 소피아와 유노, 리제와 오르디아. 에이나는 우리와 움직일 지, 기사단과 함께 할지 새벽의 자유 기사단 대장과 상의했다.

"좋아. 그럼 상황 보고부터 할까?"

우리는 텐트 안에 동그랗게 둘러앉았다. 가운데에는 연락용 사역마가 있었다. 현재 실비와 쿠자, 그리고 카난과 연결됐다.

"현재 우리는 구디스를 처치했어. 카난부터 부탁해. 상황이 어떻게 돌아가고 있어?"

『그쪽이 마족을 처치하는 동안, 각국의 협조를 얻었어. 루온 씨가 아는 게임과 얼마나 차이가 날지는 모르겠지만, 남부로 쳐들어올 적을 막을 태세를 갖추기 시작했고.』

"빠르네요."

소피아가 놀라워했다. 각국과 교섭하는 것을 생각하면 믿기 힘든 성과였다.

『솔직히 말하면 온전히 내 힘으로 해낸 건 아니야. 협력자가 있어서 원활하게 진행됐어.』

"협력자……?"

『나야.』

들어본 목소리였다.

"페우스?!"

『정답. 아라스틴 왕국에서 한심한 모습을 보였으니 카난 왕을 돕기로 했어.』

페우스의 본체는 가르크의 근거지인 숲에 있었다. 카난과 같이 있는 페우스는 분신일 것이다.

『신령 페우스의 권속이라는 명목으로 각국과 교섭하면 마족의 귀에 들어갈 수 있어서 위험해. 그래서 정령 샐러맨더의 대표로 카난 왕의 교섭에 대동했어. 우리가 조사한 바, 마왕의 움직임이 활발해졌으니 지금 인간이 결집하지 않으면 이번에야말로 멸망한다고 말이야.』

그, 그랬구나. 카난의 언변만이 아니라 정령도 함께해서 교섭이 원활하게 진행된 거로군. 준비가 신속한 이유를 알겠다.

"지금 상황은 순조롭네……. 페우스가 나왔으니 『라스트 어비스』대책 이야기를 해볼까? 가르크, 페우스, 어때?"

『계획은 거의 세워졌다. 조만간 완성될 거다. 준비되는 대로 본격적으로 실행한다.』

가르크가 든든하게 말했다.

『아즈아가 마법을 자세히 알아서 가능했다. 대항 마법을 구축하려면 시간이 필요한데 지금 정세라면 마왕이 출진하기 전에 완료될 거다.』

"신령이 아니라 정령이 실행할 거지?"

『그렇다. 우리 정체가 들키면 위험하니까.』

"인간이 요란하게 움직이면 교란시킬 수 있겠어. 발크스 왕국전은 눈속임용도 되겠군."

준비는 착실하게 진행됐다. 그러면 다음은…….

"실비는 어때? 구디스와 싸우기 전에 보고 받긴 했는데."

『아직 이동 준비 중이야. 참전할 투사들이 지시를 잘 따라줘서 일단은 문제없어.』

"쿠자는?"

『알레테와 힘을 합쳐 인원을 모은 참이야. 그런데 지일다인 왕국은 카난 왕의 요청도 들어줄 예정이라 인원이 많지는 않아.』

"그건 어쩔 수 없지. 일단은 인원 모집도 순조롭네."

"루온 님, 발크스 왕국전에 관해서는……."

소피아가 말했다. 나는 살짝 고개를 끄덕이고 설명했다.

"전에 말했지만, 다시 말할게. 게임에서 새벽의 자유 기사단을 포함한 발크스 왕국 해방군은 옆 나라인 로베일 왕국에 모인 뒤 국경을 넘어 수도 피린테레스로 진군해."

"폐하 쪽은 어떻게 움직여?"

리제가 물었다.

"게임에서는 기사 포레를 중심으로 싸우는 것 같던데."

"응. 서진(西進)하는 동안 국내 부대가 마물을 막으며 시간을 벌어. 발크스 왕국에 있는 마족 셰르다트는 수도 근교 게릴라전을 우려해 수도에서 사람들을 쫓아내어 피린테레스를 마도로 만들어. 서진한 해방군이 마도를 공격하고 주인공들은 샛길을 이용해 성으로 가서 셰르다트를 쓰러뜨리는 식으로 진행됐어."

"서진하는 동안, 대규모 전투가 벌어질 텐데…… 몇 번 일어나는지 알아?"

"게임에서는 한 번이었는데 그렇지는 않겠지? 게임에서는 전투 경과를 생략했어. 수도를 치기 전에 여러 번 싸워야할 거야."

"그들을 이끄는 건 당연히 소피아지?"

리제의 지적에 소피아에게 시선이 쏠렸다. 당사자는 긴장한 얼굴이었다.

"제 위치상 이해는 하지만…… 제가 맡아도 되겠습니까?"

"소피아밖에 없어. 우리는 연합군이야. 게다가 소속이 제각각이라 통솔하기도 힘들어. 하지만 소피아라면…… 나라를 해방하기 위해 들고 일어나 마족을 쓰러뜨려온 소피아라면 통솔할 수 있어."

『로베일 왕국에 말해놨어요.』

카난이 우리에게 말했다.

『루온 씨의 말을 듣고 소피아 누나를 지원해달라고 부탁했습니다. 로베일 왕국은 이미 우리에게 파견하는 병사와는 다른 부대를 편성하고 있을 거예요.』

"그렇습니까? 불안하지만…… 나라를 구하기 위해서입니다. 모든 것을 짊어지고 싸우겠습니다."

소피아가 결연하게 말했다. 나는 그녀와 끝까지 싸우겠다고 조용히 결심했다.

게임에서는 에이나가 이끄는 형식으로 이벤트가 진행됐다. 그 점을 생각하면 소피아도 이 역할을 맡을 수 있었다.

신령도 도와주니 통솔 자체는 어렵지 않을 것 같았다. 전투가 벌어졌을 때 모인 사람들이 제대로 연계해서 싸우느냐가 문제였다.

『소피아 누나 이야기가 머지않아 각국에 알려질 겁니다.』

다시 카난이 말했다.

『거점에 있는 마족을 격파하고 아라스틴 왕국에서도 마족을 무찔렀다는 소문이 퍼지기 시작했습니다. 무용담이 알려지면 기운도 날 테고 소피아 누나가 병사를 통솔하기 쉬울 거예요.』

"알겠습니다. 그런데 카난, 루온 님에 관해서 도는 소문도 있습니까?"

『왕녀와 함께 싸우는 사람이라는 소문이 있기는 한데 그렇게 퍼지진 않았어.』

무난한 내용이었다. 그다지 알려지지 않은 것은 소피아의 임팩트가 그만큼 크다는 뜻이었다.

『루온 씨가 미묘한 위치에 있긴 하지만, 걱정 안 해.』

"왜요?"

『소피아 누나의 태도를 보면 알아.』

무슨 말이야? 고개를 갸웃거렸다. 리제와 오르디아는 알겠는지 연신 고개를 끄덕였다. 유노와 새끼 가르크도 똑같은 반응. 이해하지 못 한 사람은 당사자인 나와 소피아뿐이었다.

『이 이야기는 여기까지 하자. 소피아 누나는 이제 로베일 왕국으로 가는 거지?』

카난이 물었다. 소피아는 정신을 가다듬고 「그래요」라고 대답했다.

"로베일 왕국과 이야기가 끝났다면 새벽의 자유 기사단과 함께 그곳에 가서 준비하는 게 상책이겠죠."

"기사단과 이야기해보자. 에이나에 관해서는 어떻게 해?"

내 질문에 소피아가 살짝 고개를 숙였다.

"루온 님, 그…… 실력이 어떻다고 보십니까?"

"지금 기량은 우리보다 뒤떨어져. 하지만 함께 싸우면 자기도 모르는 사이에 강해질 테니 문제없을 거야."

"알겠습니다. 루온 님의 말을 전하고 에이나에게 결정하라고 하겠습니다."

"응, 그러는 게 좋겠어. 방침은 정했고…… 아, 카난. 발크스 왕국전에 집중하고 싶어서 연락용 사역마를 되도록 그쪽에 쓰려고 해."

『그래도 돼. 관찰은 계속 할 거잖아? 문제 생기면 그 사역마에게 메모라도 보여줘서 상황을 전달할게.』

"그럼 그렇게 하자."

서로 연락은 못 해도, 문제는 파악할 수 있으니 괜찮겠지.

드디어 전투가 대단원에 접어들었다. 앞으로 이전보다 어려운 상황이 이어질 것이다.

예전에 함께 여행한, 시간 역행 마법으로 이 전투를 수차례 반복한 리엘의 정보에 의하면 아무리 시간을 돌려도 인간은 남부 침공에서 패했다. 마왕은 대륙 붕괴 마법『라스트 어비스』를 준비했으나 쓰는 척도 하지 않고 승리를 거두었다.

이번에야말로 이기겠다. 이제부터 본격적으로 대륙을 구하기 위한 전투가 시작된다. 그 첫걸음, 발크스 왕국 해방전.

이 전투에 승리하고 마왕을……. 담담한 결의와 함께 밤이 깊어갔다.

제31장 전사들

　사정을 아는 멤버끼리 상의를 마친 후, 소피아는 자유 기사단과 의논해 함께 로베일 왕국에 가기로 했다. 게임에서는 그들이 주축이 되어 발크스 왕국 해방전을 이끌었다. 현실에서는 어떻게 될지 모르겠으나 중요한 전력임에는 틀림없었다.

　소피아와 다시 이야기한 에이나는 어떻게 할지 고민한 끝에 소피아를 호위하겠다는 결론에 도달했다. 올바른 선택이라고 생각했다. 소피아는 이번 전투에서 총대장을 맡았다. 나는 전선에 서서 소피아를 지키기 힘들었다. 총대장은 호위가 필요한데 에이나가 적격이었다.

　우리는 이른 아침부터 기사단과 함께 이동했다. 거성에 있던 마족을 처치해 기사단의 표정이 편안했다. 본격적인 전투는 나중이니 지금은 편하게 있어도 되겠지?

　"루온 공."

　걷는 중에 에이나가 다가왔다.

　"에이나, 무슨 일이야? 소피아의 호위는 어쩌고?"

　"리제 님께 부탁했다."

　따지고 보면 리제도 호위대상인 것 같은데? 아니야, 됐다…….

　"루온 공과 하고 싶은 이야기가 몇 개 있다."

"사정은, 들었어?"

말할지 말지 소피아에게 맡겼는데……. 에이나가 고개를 끄덕였다.

"경악할만한 내용이었다."

"정보가 너무 많아서 머리가 터질 뻔했지?"

"그랬지. 사정을 알았으니까 하는 말은 아니다만…… 소피아 님 일로 협의하고 싶은 게 있다."

에이나가 운을 떼고 말했다.

"이번 전투, 소피아 님의 안전이 가장 중요하고 마족이 노릴 위험이 크다. 이야기에 암살은 없었던 모양이지만."

"내가 아는 정보와 차이가 있으니까 정말 그런 일이 없다고 단언할 수는 없지. 네가 걱정하는 게 맞아."

"그런가. 그래서 호위 말인데, 나만 있으면 마음이 놓이지 않으니 적임자로 보이는 사람이 있으면 보내줬으면 한다."

"기사가 아니어도 돼?"

"상관없어. 그리고 개인적인 견해다만, 군대를 이끌고 왕녀의 체면을 세우느라 정신적으로 괴로운 전투가 될 거다. 외부의 기사가 호위하면 소피아 님도 스트레스가 쌓일 테지. 평시 상황에서는 편하게 있으셨으면 하니 혹시 스스럼없이 이야기할 인물이 있다면 소개 부탁한다."

"리제는? 실력은 말할 것도 없잖아."

"당장 부탁하고 싶은 전력이지만, 리제 님도 호위대상이 아닌가?"

응. 그건 나도 동의한다.

"아라스틴 왕국에서 함께 싸웠던 실비가 소피아를 위해 검을 쓰겠다고 했으니 부탁할만한데…… 실비는 전선에 세워도 좋을 것 같아."

"다른 후보는 없나?"

"오는지 확실하지는 않지만, 피스일리아 왕국에서 함께 싸운 커티는 어때? 저번 전투 후로 소피아와 안면을 트고 나름 속사정을 말하는 사이가 됐거든."

그녀는 기사 바르자드 쪽에 있었다. 지금도 그 곁에 있다면 경험도 쌓았을 테니 호위로 충분할 것이었다.

"그 사람 말인가……. 후보로 생각해도 되겠군."

"암살을 경계하는 건 이해하는데 호위가 그렇게나 필요해?"

"사실은 다른 이유도 있다."

"뭔데?"

되묻자 에이나가 먼 곳을 보았다.

"루온 공은 전선에서 싸우겠지. 상황에 따라 소피아 님도 전선에 나가겠다고 하실 수 있으니 그걸 막을 역할이라고 할까……."

아……. 갑자기 유노가 웃었다.

"에이나는 설득 못 한다고?"

"나는 어디까지나 종자이니……."

무슨 말인지는 알겠다. 전선이 위험해지면 소피아가 도우러 가겠다고 할 수 있었다. 소피아 실력이라면 적을 쓸어버릴 가능성이 크지만 에이나는 총대장인 그녀가 가볍게 움직이지 않길 바랐다.

"인원이 많으면 쉽게 설득할 수 있지 않을까 하는 생각도 좀 있다."

"그런 거였군. 알았어. 다른 사람을 찾으면 에이나에게 보고할게."

"부탁한다."

에이나는 소피아에게 돌아갔다. 흠, 실비는 확실한데 다른 사람은 올지 모르겠네.

"사람을 얼마나 모을 수 있을까?"

문득 유노가 중얼거렸다. 나는 어깨를 으쓱하고 말했다.

"할 일은 다 했어. 이제 열매가 맺히길 바라야지."

"상황이 어려워지면 루온이 적을 쓸어버릴 거야?"

"아라스틴 왕국에서 회의할 때, 그건 되도록 피하기로 했으니까 내가 전력으로 싸우는 건 마지막 수단……."

말을 멈췄다. 유노가 고개를 갸웃거리는 사이에 생각했다.

남부 침공, 아무리 마왕도 이 전투가 시작되면 작전을 변경하지 않을 것이다. 상황에 따라 다르겠지만 내가 전력으로 움직일 때로는 그때가 가장 적절했다.

"어쨌든 할 일은 하나야."

나는 잠시 뜸을 들이고 유노에게 말했다.

"되도록 희생을 줄이고 이긴다……. 이번 전투가 끝나도 남부 침공이 있어. 침공이 끝나도 최종결전이 기다려. 그때까지 힘내야지."

"좋아, 힘내라, 루온."

"좀 더 마음을 담아서 응원해주라."

그런 대화를 나누며 기사단과 함께 로베일 왕국으로 전진했다.

목적지로 이동하는 동안, 정세에 조금씩 변화가 생기기 시작했다. 인간이 결속했다. 그 중심에 아라스틴 왕국의 카난 왕이 있었다. 그가 마족과 싸우고 각성한 소식이 다른 나라에 퍼졌고 페우스의 뒷받침으로 남부 침공 준비에 속도가 더해졌다.

단, 마왕 토벌 준비라는 명목으로. 남부에서 적이 몰려온다는 정보가 내 머리에서 나온 것이라 의심하지 않게 배려한 결과였다.

그와 동시에 소피아가 화제가 되었다.

"소문이 순식간에 퍼진 모양이야."

나는 이동 중에 들른 역참마을에서 정보를 수집하고 결론을 내렸다. 목적지까지 하루 남은 상황. 저녁을 먹고 밤이 된 시각에 기사단과 함께 이동 중이지만 숙소는 달라서 테이블에 둘러앉은 사람은 에이나를 포함한 다섯 명뿐이었다.

"특히 발크스 왕국 주변은 그야말로 소문이 들끓는다. 소필리아 왕녀가 살아있고 마족을 토벌하며 강해져 나라를 구하기 위해 동료를 데리고 돌아왔다고."

"일단 긍정적으로 봐줘서 다행입니다……."

소피아가 말했다. 그러나 표정은 심각했다.

왜 그런지 알았다. 간단하게 말하면 소문에 살이 붙기 시작했다.

동료들도 들었는지 리제가 입을 열었다.

"내가 들은 소문으로는 정령의 힘을 결집해 하늘도 가르는 마법을 쓸 수 있대."

"마법이 아니라 스킬이지만, 마음만 먹으면 하늘 정도는 가를 수 있을 것 같네."

"루온 님, 놀리십니까?"

소피아가 살짝 곤란하다는 표정으로 묻기에 나는 고개를 가로 저었다.

"얼마나 강한지 직접 보면 소문과 똑같지 않아도 이해할 거야."

"그럴까요? 제가 쏜 빛이 세상을 정화한다는 소문도 들었습니다만······."

"이렇게 단기간에 그런 소문이 퍼지다니 대단한데? 근데 잘하면 정화할 수 있을 것 같지 않아?"

"루온 님, 역시 놀리시는 거 아닙니까?"

"진지하게 말하면 국민은 불안했을 겁니다."

에이나가 우리 대화에 끼어들었다.

"소피아 님의 등장에 여러 나라가 살았다 싶었겠죠. 대륙 서부의 대국인 발크스 왕국을 점령한 마족이 언제 자기들을 공격할지 몰라 전전긍긍했을 겁니다. 그럴 때에 소피아 님이 공적을 세우고 나타났습니다. 그랬기 때문에 사람들은 불안을 떨치기 위해 소피아 님을 화제로 삼았을 겁니다. 설득력이 있으니 소문도 커지고요."

"역시 막기는 힘들겠죠?"

소피아가 에이나에게 묻자 그녀는 고개를 끄덕였다.

"힘들 겁니다. 그래서 말인데 소피아 님, 기사단 대장과도 의논했습니다만, 부탁드리고 싶은 일이 있습니다."

에이나가 결심했다는 듯이 말을 꺼냈다. 소피아는 긴장했다.

"부탁이요?"

"아시는 바와 같이 이번에는 여러 나라에서 사람을 모아 싸웁니다. 소피아 님이 통솔할 그들을 대동단결하기 위해 드리는 부탁입니다."

아, 그러고 보니 에이나가 주인공일 때 그런 이벤트가 있었지.

"모든 병사가 모였을 때, 소피아 님이 직접 연설을 해주셨으면 합니다."

"연설……."

소피아가 긴장해서 중얼거렸다.

"의도는 알겠습니다만……."

"그러고 보니 말을 안 했네."

나는 소피아를 부추겼다.

"게임에도 그런 이벤트가 있었어. 연합군이라 정리가 안 돼서 주인공이 대동단결하기 위해 연설해서 사기를 높였지. 필요한 일일지도 몰라."

"루온 님, 주인공이라고 하셨습니까?"

"응. 게임에서는 에이나가 연설했어."

"새삼 주인공이라 하니 느낌이 이상하군."

소피아에게 사정설명을 들은 에이나가 쓴웃음 지었다.

"다만, 왕녀님이 살아계시니 제가 아니라 왕녀님이 하셔야 합니다."

"뭔가 예상보다 당혹스러워하는데."

"지금까지 공식석상에 나선 적이 없으니까."

리제가 지적했다.

"나는 위문이다 뭐다해서 연설을 해봤지만, 소피아는 없으니 당혹스러울 거야."

그 말에 소피아가 무슨 생각이 났는지 나를 보고 말했다.

"루온 님, 게임에서는 어떻게 연설했습니까?"

"컨닝이잖아."

나도 모르게 태클 걸고 말았다. 유노가 갑자기 웃음을 터뜨렸고 소피아는 난감한 표정을 지었다.

"아, 아무것도 참고하지 않고 말하기는 어렵습니다……."

진짜 당황했네. 하긴 에이나도 혼자서 연설내용을 생각한 게 아니니 참고거리가 필요하겠다.

"알았어. 내용이 정확하게 기억나지는 않으니까 주의하고. 리제는 연설한 적 있으니까 도와줘."

"최선을 다할게. 사기와 연결된 일이니까."

"부탁드립니다. 저기…… 생각하고 싶은 게 있으니 먼저 방으로 돌아가겠습니다."

소피아가 자리에서 일어났다. 그녀를 배웅하자 에이나가 한 마디 했다.

"호위가 필요하지 않겠나?"

"지금은 괜찮을 거야. 소피아에게는 정령이 있으니 무슨 일 있으면 바로 알아챌 테고. 갑작스러운 이야기에 생각을 정리하고 싶을 테니 혼자 있게 해주자."

리제의 말에 나는 고개를 끄덕였다. 그때, 생각났다.

"에이나, 암살을 고려해서 호위를 뽑는다고 했잖아. 그거 의도를 가지고 접근하는 사람을 막는 의미이기도 해?"

"언급하지는 않았지만, 그런 의미도 있다. 다만 지금은 전시 중이라 노골적으로 접근하지는 않을 거다."

에이나가 나와 눈을 맞추고 말했다.

"오히려 루온 공이 걱정이다."

"나?"

"소피아 님 위주로 소문이 나서 루온 공은 화제에 잘 오르지 않는다. 카난 왕이 주로 소피아 님의 소문을 흘렸으니 당연하지만, 앞으로 싸우면서 루온 공도 입방아에 오르겠지."

"나한테 접근하는 사람이 있을 거라고?"

"특히 여성이 접근할 가능성도 있지."

오, 허니 트랩이라는 건가?

"주의할게. 소문을 듣고 접근하는 사람은 타산적일 테니까 알아서 대충 대응하면 되겠지?"

"순수하게 가까워지고 싶어서 접근하는 여성은 없을 거란 말인가?"

"여행하면서 한 번도 없었으니까 괜찮지 않을까?"

루온은 나름 괜찮게 생겼지만 전생하기 전에는 미친 듯이 힘을 좇느라 사람을 거부했고, 수련으로 강해지고부터는 분위기가 달라졌는지 이성이 다가오지 않았다.

"이야기 좀 해야겠네."

갑자기 리제가 말문을 열었다. 무슨 말이지?

"음, 결론부터 말하면…… 루온은 꽤 인기 있어."

"응……?"

고개를 갸웃거렸다. 전혀 모르겠는데.

"못 믿겠다는 눈치지만, 사실이야. 같이 식사하다 보면 루온을 신경 쓰는 여자가 꽤 있어."

"정말이야……?"

"정말이야. 지금은 없지만."

무슨 말이야? 무슨 말인지 몰라 또 고개를 갸웃거렸다.

"알기 쉽게 말하면 루온을 보고 가까워지려는 사람은 있는데 옆에 미인에 기품 있고 주인인 네게 헌신적인 여자가 있어서 아무도 다가오지 않는다고."

아, 그런 거였구나.

"소피아가 의도하지 않게 방충 역할을 했구나……."

"맞아. 루온, 몰랐어?"

"전혀. 유노, 나 인기 있어?"

"나한테 물어봤자…… 아, 수련할 때 루온이 마음에 든다는 식으로 말한 여자가 있었어. 결국 발전 없이 끝났지만."

저, 정말? 하지만 결과적으로는 다행인가?

"하던 이야기로 돌아가자."

리제가 헛기침을 하고 말했다.

"루온도 일단은 조심해. 수상한 사람이 말 걸어도 따라가면 안 돼."

"내가 애도 아니고……. 사정을 알았으니 주의할게. 리제는 소피아를 신경 써줘. 무슨 일 있으면 바로 연락하고."

"응, 알았어."

우리는 회의를 끝내고 해산했다.

다음 날부터 소피아는 끙끙대며 돌아다녔다. 리제와 에이나는 웃으며 그녀를 도왔다.

연설 내용은 기억나는 범위에서 말했다. 나머지는 소피아에게 달렸다. 그녀의 첫 공식석상. 그 처음이 기사들의 사기를 고양하는 연설하는 자리니까 긴장하는 게 당연했다. 도와주고 싶어도 할 수 있는 게 없으니 그녀가 힘내길 바랄 뿐이었다.

그런 변화를 겪으면서 우리는 목적지에 도착했다. 로베일 왕국 서부에 있는 성채. 원래는 군사 연습장으로 쓰는 곳으로 제법 규모도 크고 견고했다. 참고로 조금 떨어진 곳에도 다른 요새가 있었다. 마물이 종종 발생하는 지역인지 군사 연습장 외에도 방비해놓았다.

"오래 기다리셨습니다."

가장 큰 요새 문으로 가자 한 기사가 마중을 나왔다. 검은 눈과 갈색 머리카락에 웃는 얼굴이 인상적인 이 잘생긴 청년은 내가 아는 얼굴이었다. 게임에 등장하는 기사였다.

"로베일 왕국 기사 울크 오디스입니다. 로베일 왕국의 지원 군으로 왔습니다."

게임에서는 로베일 왕국의 한 마을을 들르면 동료로 삼을 수 있는 인물이었다. 궁정을 지키는 엘리트 기사로 창술이 특기였다.

"사정은 들었습니다. 식량 수배를 포함한 전투 준비는 전부 우리가 담당할 테니 여러분은 쉬십시오."

그는 말을 마치고 허리를 숙였다.

"카난 왕께 소피아 왕녀님이 로베일 왕국에 있던 마족을 무찔렀다는 이야기를 들었습니다."

로베일 왕국의 협조를 순조롭게 받을 수 있게 카난이 손을 쓴 모양이었다.

"여러분이 없었다면 피해가 심각했을 겁니다. 그 은혜에 보답하기 위해 최선을 다하겠습니다."

"우리도 조력에 감사합니다. 잘 부탁드립니다."

소피아의 말에 울크가 힘차게 고개를 끄덕이고 우리를 요새 안으로 안내했다.

"방은 어떻게 할까요? 독방도 있고 공용방도 있습니다만."

"소피아는 리제와 같은 방을 쓰는 게 좋지 않을까? 요새가 안전하긴 해도 호위는 필요하니까."

"그러네요."

그녀가 내 의견에 동의하자 우리는 방으로 안내받았다. 소피아와 리제가 한 방. 나와 오르디아가 한 방을 썼다.

"지원군이 모일 때까지는 한가하겠어."

오르디아가 방에 들어가서 말했다. 나는 톡 쏘았다.

"계속 자는 건 아니겠지?"

"별다른 용무가 없으면 그러려고 했는데. 나가봤자 좋은 일도 없을 테고."

마력에 민감한 사람은 마족의 힘을 알아챌 수도 있지만, 지나친 생각 아닌가? 아니, 그걸 핑계로 자려는 속셈인가.

"그래, 때가 될 때까지는 마음대로 해. 나는 사역마로 대륙정세를 알아볼게."

"그러면 나는 사역마를 조종하는 훈련이라도 하지."

그런 대화가 오간 후, 문 두드리는 소리가 났다. 대답하자 소피아와 리제가 들어왔다.

"죄송합니다. 상황을 확인해두고 싶어서요."

"그래."

소피아와 리제에게 의자를 권하고 나는 서서 말했다.

"클로디우스 왕은 은밀히 움직이는 중이고 마물은 습격할 낌새도 없어. 실비와 쿠자는 곧장 이쪽으로 오고 있으니까 거리는 있지만, 전투가 벌어지기 전에 도착할 거야."

"카난 쪽은 어떻습니까?"

"아라스틴 왕국에서 타국의 중요인사와 이야기를 나누는

것 같아. 페우스도 도와주니까 걱정하지 마."

"문제는 이쪽이지."

리제가 입가에 손을 대고 말했다.

"로베일 왕국이 전면적으로 협력해주고 새벽의 자유 기사단이 참전한 데다 각지에서 지원군이 오고 있어. 하지만 수도를 탈환할만한 전력이 될까?"

"그건 실제로 모여야 알 수 있겠지. 하지만 너무 비관적일 필요는 없어."

소피아가 알려졌다면…… 발크스 왕국을 해방하기 위해서라는 대의명분이라면 의외로 사람이 모일 것 같았다. 게임과 비교해도 전황이 괜찮아서 오히려 예상을 뛰어넘을지도 몰랐다.

하지만 리제의 걱정도 이해가 되는데……. 그때, 생각이 떠올랐다.

"머릿수를 늘리지는 못 하지만, 능력 하한선을 끌어올려서 실력 수준을 높일 수는 있어. 한정된 인원으로."

내 말에 리제가 미간을 좁혔다.

"수준을 높여?"

"우리 장비는 마력 활용을 고려해서 만든 거라 무턱대고 강한 무기를 쓰려고 하면 반발력 때문에 오히려 싸우기 어려워. 그래서 우리 무구를 강화하기는 어렵지만…… 예를 들어서 병사에게 퇴마능력이 있는 무기라도 주면 공격력이 크게 오를 거야."

"맞는 말이지만, 자금이 문제잖아."

"참전하는 모든 전사에게 장비를 지급하기는 어렵지만……

일부는 가능해."

"자금을 마련할 수 있다고?"

"응. 수련할 때 모은 소재를 돈으로 바꾸면 가격이 꽤 될 거야."

나는 핀트 마을에서 커티에게 준 오리하르콘을 떠올렸다. 현실에서는 쓰기 까다로운 소재라 지금 우리가 쓰려면 일이 여간 복잡한 게 아니었다. 돈으로 바꾸면 금액이 꽤 돼서 상당량의 무기를 마련할 수 있었다.

"환금성이 높은 소재를 우선해야겠어. 희귀금속은 팔기보다는 쓰는 게 낫나……? 아, 그러면 가공할 줄 아는 장인을 찾아야 되는구나."

"그것도 로베일 왕국에 부탁해야겠군요."

소피아의 말에 나는 고개를 끄덕였다.

"그리고 발크스 왕국을 해방하면 즉시 무기를 만들 줄 아는 사람을 모아야 해."

"왜 그래야 합니까?"

"마왕을 무찌를 검을 만들어야하니까 어차피 인간 장인의 힘이 필요하잖아?"

"기억해놔야겠다."

리제가 동의했다. 나는 마음속으로 그러면, 이라고 중얼거리고 말했다.

"이건 나보다 소피아가 주도해야 잘 모일 거야."

"그러네요. 루온 님은 동료들의 동향을 주시해주세요."

"알았어."

일단 해산했다. 동료들이 바빠지겠다.

거점에서 실비와 쿠자가 오기를 기다리는 동안, 나는 사역마로 대륙 정세를 관찰하기로 했다. 로베일 왕국을 통해 소피아가 요새에 있다는 소식이 각국에 퍼졌는지 예상 이상의 움직임이 있었다. 벌써 요새에 도착한 병단도 있을 정도였다.

무작정 받아들이면 마족과 연관된 사람까지 들일 수 있었다. 레핀이 나설 차례였다. 그녀는 실프의 둥지에서 동포를 불러와 사람들을 조사했다. 왕인 레핀의 힘으로 능력이 향상된 실프들이 바람의 힘으로 마족과 연관된 사람을 찾았다. 아직까지는 적대적인 사람이 나오지 않았고 트러블도 없었다. 대륙 남부에 뚜렷한 움직임도 보이지 않았다. 그러나 아즈아가 『바다 상황이 조금 변했다』고 보고했으니 게임처럼 남부에서 마물이 몰려오는 건 틀림없었다. 나중에야 상황이 명확해지겠다.

한편, 또 큰 변화가 있었다.

"주인공이 이쪽으로 오고 있다고?"

요새 복도를 걷던 중, 유노가 외쳤다.

"게임 주인공은…… 오르디아와 에이나는 여기 있으니까 나머지 세 명도 온다는 거야?"

"응. 라디는 리제가 편지를 보냈으니까 올 법한데 필리와 알트도 이리로 오고 있어."

함께 싸운 이래 그들을 관찰해왔다. 마족을 토벌하다가 소문을 들었는지 지원군과 함께 요새로 오고 있었다.

알트는 길드 쪽에서 용병을 모아 오는 중이었다. 왜 그랬지? 5대 마족과 싸워봤으니까 이번에 힘 좀 썼나? 각국의 의용군도 이쪽으로 진로를 잡았다. 사역마로 관찰할 수 없는 부분도 있지만, 해방군으로는 충분할 듯했다.

"이 엉성한 군대를 통솔하려면 소피아를 더 크게 부각해야겠는데……. 연설이 중요한 열쇠가 되겠어."

"자꾸 복잡해지네?"

"나는 걱정 안 해. 처음에는 동요했지만, 소피아는 자기 위치를 알고 이런 일도 각오했을 테니까 제대로 해줄 거야."

내가 하는 일은 요새 경비와 사역마로 마족을 관찰하는 정도였다. 나에게는 전장에나 나가서야 활약할 기회가 오겠다.

"루온은 뭐 안 해?"

대뜸 유노가 물었다. 나는 어깨를 으쓱하고 되물었다.

"뭘?"

"아니 왜, 여태까지 리더 역할을 도맡았으니까 자리 하나 부탁받을만하잖아."

"아라스틴 왕국에서도 기사들과 손을 잡기는 했지만, 글쎄……."

혹여나 소피아를 인도하는 인물이라고 소문이 퍼졌다면…… 부탁할 가능성이 아예 없지는 않았다.

그러면 나는……. 그때, 리제가 나타났다. 무슨 일인가 싶어서 다가가자 그녀가 말을 걸었다.

"어라, 루온. 순찰 중?"

"응. 리제는 뭐하고 있었어?"

"회의하느라 지쳐서 쉬는 중이야. 열심히 연설문을 생각하는 모습은 흐뭇하지만."

머리를 싸매고 고민하는 소피아가 눈에 선했다.

"내용은 문제없고?"

"루온의 정보와 내 조언 덕분에 형태는 갖췄어. 나머지는 소피아 몫이야. 같은 문장이어도 말하는 사람에 따라 연설이 주는 인상이 크게 달라지니까."

"그건 나도 못 도와주니까 최선을 다해주길 바라는 수밖에."

나는 문득 리제가 신경 쓰였다. 아니, 예전에 신경 쓰였던 기억이 되살아났다는 게 맞겠다.

그녀는 소피아를 동생처럼 아꼈으나 때때로 자기 몸을 던져서까지 보호하려고 했다. 이유가 뭘까?

물어봐도 대답해줄는지…….

"있잖아, 리제."

내가 의문을 느끼는 사이, 유노가 먼저 입을 열었다.

"소피아를 신경 쓰는 이유가 있어?"

유노도 나와 똑같은 생각을 한 모양이었다.

"이유? 동생 같아서 그런다는 건 이유가 못 돼?"

"소피아를 목숨 걸고 지키려는 이유로는 부족한 느낌? 리제도 왕녀님이라 중요한 건 매한가지잖아."

유노의 주장에 리제는 생각에 잠겼다.

"구체적인 이유는 없는데……. 그래, 남들은 집착한다고 느낄 수도 있겠다."

"정말 아무 이유 없어?"

"굳이 말하면 나에게 인생 지침을 보여준 사람이라 도와주고 싶다고 할까."

리제가 복도에 있는 창문으로 밖을 보았다.

"아라스틴 왕국에서 차 마실 때, 내가 싸우게 된 계기는 소피아라고 했지? 그거 사실이야. 이렇게 무기를 들어서 나라를 지키고 있잖아. 그래서 나는 소피아에게 감사하고 온힘을 다해 돕고 싶어. 하지만 뭐……."

리제는 쓴웃음 지었다.

"소피아가 나라 생각하느라 무리하는 것처럼 내가 무리한다는 거 인정해. 나를 이 길로 인도해준 고마움이 깔려있다 보니 어떻게든 돕고 싶어져."

"마음은 높게 사지만, 리제도 지일다인 왕국의 중요한 사람이니까 자중해줘."

못을 박자 리제가 갑자기 나를 시큰둥하게 쳐다봤다.

"그러는 루온이 제일 무리하는 것 같은데."

"나는 괜찮아. 딱히 책임질 것도 없고."

"책임질 거 있어. 소피아 앞에서 사라지면 그야말로 소피아의 인생이 뒤집어질 정도의 영향력이 있다고."

리제가 나를 손가락으로 가리켰다.

"그러니까 루온도 반드시 살아남아. 마왕과의 전쟁이니 목숨을…… 걸어야 할지도 몰라. 그래도 소피아를 위해 살아남아."

결과적으로 나는 소피아와 사이가 깊어졌다. 과연 잘한 일일까.

 만약 수련 중에 마주치지 않았다면 성에서 구출하고 끝이었을까? 아니, 소피아는 강해지려고 할 테니 성을 탈출한 이후의 전개는 달라지지 않을 것 같았다.

 "고민이 있어 보이는데."

 유노가 태클을 걸었다. 나는 머리를 긁적이며 말했다.

 "소피아와 여행한 게 새삼 잘한 일인가 싶어서. 본인에게 말하면 화내겠지만."

 "그에 대한 대답은 딱 하나야."

 유노가 팔짱을 끼고 말했다. 리제도 신경 쓰이는지 유노를 주시했고 나도 말하기를 기다렸다.

 "잘했다, 못했다가 아니야. 이 전쟁에 이겨서, 그러길 잘했다고 생각하게 해."

 그 말에 나는 쓴웃음 지었다. 그래, 맞다.

 "유노 말이 맞아. 이 계획이 옳았다고 자신 있게 말할 수 있게 힘내자."

 "그리고 루온은 영웅이 되어 발크스 왕국의 높은 분이 되고."

 "쓸데없는 말 하지 마……. 애초에 불가능하잖아, 그거."

 "불가능하지는 않지."

 리제가 끼어들었다.

 "루온이 노력하기 나름 아니겠어?"

 "노력할 생각 없는데……. 아무튼 전쟁에 이겨서 모두가 웃을 수 있는 세상을 만들기 위해 최선을 다하자."

대화가 끝났다. 리제는 방으로 돌아갔고 나는 다시 순찰을 돌았다.

그 후 내게도 일이 들어오기 시작했다. 우선 기술자를 만나 내 자금과 소재로 무구를 강화했다. 특히 무기 강화로 병졸도 마물에게 충분한 대미지를 줄 수 있게 했다.

그러나 내가 가진 것만으로는 모든 전사를 강화하기 힘들었다. 전원에게 보급하는데 필요한 돈이 그야말로 국가 예산급이기 때문이었다. 그래도 조금이라도 하한선을 끌어올릴 수 있고 무엇보다 절대로 질 수 없는 전투였다. 할 수 있는 모든 일을 하자.

한편, 소피아도 착착 준비해나갔다. 들은 바에 의하면 연설할 때 입을 의상까지 준비했다고 한다. 이 기회에 장비도 바꾸자고 타진해봤지만, 지금 상황에는 서둘러도 좋은 장비는 못 만드니 지금 장비로 전투에 임하기로 했다. 섣불리 새 장비를 썼다가 지장이 생길 가능성을 고려하면 무난한 선택이었다.

레핀과 다른 정령들도 돕기 위해 모였고 마족과 손을 잡은 패거리도 없었다. 경계해야 하지만, 에이나와 리제가 호위 중이니 소피아는 걱정하지 않아도 될 것 같았다.

실비와 쿠자는 합류 후 전력을 고려해 둘 다 전선에서 싸우기로 협의했다. 국왕과는 연락용 사역마를 파견해 의논을 거쳐 준비되는 대로 적의 동향에 맞춰 움직인다는 결론에 이르렀다.

그리고 게임 주인공들이 요새에 도착했다. 할 일이 늘어서 만나지는 못 했다.

모인 이들은 우리 쪽 준비가 끝날 때까지 가까운 마을에 대기하다가 소피아가 연설할 때 모이기로 했다. 인사는 그때 주고받자 결론을 내리고 일처리를 하다가 마침내 그 날이 왔다.

"인파가 엄청난데……?"

요새 창문으로 사람들을 내려다보며 감상을 밝혔다. 밖에는 이번에 함께 싸울 사람들이 모여 소피아의 연설을 이제나저제나 기다리고 있었다. 여기 모인 사람이 전부는 아니었다. 급히 달려온 타국 기사와 대표, 그리고 기사와 궁정 마술사와는 다른 용병 등이 소피아의 연설을 기다렸다.

"많군요……."

소피아가 옆에서 중얼거렸다. 공식 연설……. 이런 자리에서 첫 연설이라니 가혹했다. 그러나 그녀의 존재만으로 사기가 오르고, 이번 연설로 연합군이 결속할 수 있는지 결정되기 때문에 노력해줘야 했다.

"괜찮아? 소피아."

"불안……하네요. 5대 마족과 싸울 때보다 긴장되는 것 같습니다."

근처에 있던 리제가 소피아의 어깨에 손을 올렸다.

"긴장하는 게 당연해. 연습한 대로만 연설하면 돼."

"그래요……. 옷을 갈아입죠."

"그럼 이쪽으로."

에이나가 소피아를 안내했다. 나는 밖에 나가 인사라도 하고 올까.

"주인공들을 만나게?"

유노가 주위를 날아다니며 물었다.

"응. 소피아한테 안 가?"

"난 됐어. 루온을 따라가는 게 재미있을 것 같고."

"뭐야, 그게……."

뭐, 됐다. 나는 새로운 마음으로 요새 밖으로 갔다. 자세히 보니 뿔뿔이 흩어지지 않고 소속 부대끼리 모여 연설을 기다리는 중이었다. 제일 먼저 눈에 들어온 기사단으로 다가갔다. 아라스틴 왕국 사람들이었다.

"루온 공, 이번에도 잘 부탁합니다."

이전에 함께 싸운 기사 아틸레가 기사단 대장으로 파견됐다.

"아틸레 씨가 부대장이에요?"

"네. 동료인 셰르크와 장군은 나라를 지키고 있습니다."

전투가 끝난 직후인데도 지원해줘서 무척 고마웠다.

"얼마나 공헌할 수 있을지 모르겠습니다만, 최선을 다하겠습니다."

"잘 부탁해요. 그리고 이번에 연설하는 사람 말인데……."

"폐하께 들었습니다. 깜짝 놀랐지 뭡니까."

"설마 왕녀 둘이 전투에 참가할 줄은 몰랐겠죠."

아틸레가 고개를 끄덕였다. 나는 손을 흔들어 인사하고 다른 곳으로 갔다.

이번에는 지일다인 왕국의 기사단. 그곳에도 아는 얼굴이 있었다.

"오랜만이야."

"아, 루온 씨."

라디와 그 주변에 네스톨도 있었다. 전과 다르게 궁정마술사와 기사 복장을 했다.

"루온 씨도 발크스 왕국 해방전에 참가하는구나……. 그러고 보니 소피아 씨는?"

"다른 곳에 있어. 실비도 있고."

"오, 그래?"

"실비가 가나이제에서 사람을 모아 달려왔어."

"아, 그래서 아는 얼굴이 섞여있었군."

네스톨이 말했다. 그도 가나이제 출신이라 아는 사람이 많은 모양이었다.

"지인들이 지금 모습을 보고 뭐래?"

"네가 기사?! 라며 놀라던데."

"둘 다 지일다인 왕국에 뼈를 묻을 생각이야?"

내가 묻자 라디와 네스톨이 서로 얼굴을 마주 보았다.

"네스톨, 어떻게 할까?"

"대우가 괜찮으면 이대로 눌러앉아도 좋지."

생각 중이구나. 마왕이 습격한 이상 상황이니 평화로워진 뒤에 어떻게 할지는 그들에게 달렸다. 일단 리제에게 라디 일행을 잘 봐달라고 슬쩍 부탁해두자. 안 좋은 대우를 받으면 나도 마음이 불편하니까. 대화를 마치고 다른 사람에게 인사하러 가려고 했는데…… 먼저 나를 알아본 사람이 있었다.

"루온 씨!"

나를 부르는 목소리가 들렸다. 아, 이 목소리는…….

"필리 씨야."

유노의 지적과 함께 시선을 옮기니 웃으며 그와 파트너인 콜리가 다가왔다.

"오랜만이에요."

"솔직히 그렇게 오래된 건 아니지만……."

힐끗 라디 쪽을 보니 서로 대화 중이었다. 소개는 나중에 하는 게 좋겠다.

필리 일행에게는 소피아는 물론이고 리제 일도 말하지 않았는데…… 괜찮겠지, 뭐.

"소문 듣고 왔어?"

"네. 훈련도 일단락됐고 지원군……이라고 해야 하나? 같이 싸우는 분들도 있어요."

알고 있었다. 헤어질 때 말한 광야의 주민이라 불리는 사람들이었다. 자세히 보니 필리 뒤에 그들로 보이는 일당이 있었다. 전투능력은 명확하지 않은 부분이 있지만 게임에는 강하다는 투로 묘사됐다.

"그런데 루온 씨, 소피아 씨는?"

"다른 곳에 있어. 아."

또 아는 얼굴이…… 그보다 사역마로 관찰하지 않은 사람이 눈앞에 나타났다. 타우레저 왕국에서 엮인 리리샤였다.

"너도 이번 전투에 참가하는구나?"

"그쪽은 국가의 지시로 왔습니까?"

"응. 아라스틴 왕국과 협조하는 그룹과 발크스 왕국 해방을 위해 움직이는 그룹으로 나뉘었어. 나는 이쪽."

그녀는 주위를 둘러보았다.

"그런데 네 종자는?"

"다른 곳에 있습니다."

설마 매번 설명해야 하나? 마음속으로 중얼거리는 사이, 리리샤가 성실하게 필리 일행에게 자신을 소개했다.

흠, 아직 인사하고 싶은 사람이 있는데 이래서는 어렵겠다고 생각하던 차, 상대측에서 나를 알아보고 다가왔다.

"여, 우리 제자, 몸은 어떠냐."

"안녕하세요, 일레이 씨. 나쁘지는 않아요."

검술 스승 일레이였다. 실비에게 전해들은 바로는 우리와 헤어지고 피스일리아 왕국에서 잠깐 일을 하다가 본거지인 가나이제로 돌아갔다고 했다.

"그나저나 장관이네. 설마 소속이 다른 사람이 이렇게나 모일 줄이야."

"통솔할 수 있을지 모호하지만요."

"그건 발크스 왕국의 왕녀님이 어떻게 하나로 묶느냐에 달렸지."

일레이가 머리를 긁적였다.

"소문이 과장됐을지 몰라도 마족을 토벌했다니까 실력은 있겠지. 왕녀님의 위엄이 있을지가 가장 큰 문제인데…… 힘을 보여주면 어떻게든 되지 않겠어?"

지금 여기서 「사실은 소피아가 왕녀」라고 말하면 무슨 반응을 보일까? 신경 쓰이지만 나는 끼어들지 않았다. 애초에 어떻게 말해야 할지 모르겠다. 그런데 일레이를 봤는지 한 무리가 이쪽으로 다가왔다.

"그쪽도 어떻게 살아남았네?"

먼저 커티가 입을 열었다. 피스일리아 왕국 사람들이 다가왔다. 기사 바르자드가 제일 먼저 눈에 들어왔다. 내가 인사하자 상대도 응했다.

"무사해서 다행이군. 피스일리아 왕국에서 만난 뒤로 소식이 없어서 어떻게 지내는지 궁금했어."

"여기저기 돌아다녔어요. 피스일리아 왕국 대표는 당신입니까?"

"그래. 거점을 세운 마족과 싸운 경험에 자유 기사단과 적잖이 교류도 쌓았다보니 나라에서 적임이라고 생각한 모양이야."

그랬구나. 그런데 참…… 다 아는 얼굴이었다. 커티는 필리 일행과 다시 만나서 기쁜지 신나게 이야기꽃을 피웠다.

그리고 여기서 아는 얼굴이 더 늘었다.

"어라? 그러고 보니 소피아 씨는 어디 갔어?"

커티 일행 뒤에 있던 루온의 소꿉친구 사라가 말을 걸었다.

"하나만 묻자. 네가 왜 여기 있어?"

"오면 안 되냐?"

"그렇게 말한 적 없거든. 싸울 수 있겠어?"

사라는 외투를 걸치고 있었다. 그 외에는 고향에 돌아갔을 때 본 것처럼 간단한 장비를 착용하지 않았을까?

"아무리 그래도 전선에는 못 서지. 후방 지원으로 동행했어."

"내가 꼬드겼어."

커티가 끼어들었다.

"평소처럼 연락을 주고받다가. 사라가 루온의 전과를 듣고 뭔가 마음먹은 게 있나 봐."

"그래? 남한테 폐 끼치면 안 돼."

"걱정하지 마. 그건 그렇고 소피아 씨는……."

사라가 요란하게 손으로 입을 막았다.

"아…… 포기했구나……."

"깨달았다는 듯이 말하지 말지? 지금은 다른 곳에 있어."

거짓말은 아니지만 유노가 옆에서 입을 틀어막고 웃는 게 짜증났다.

"리엘은 어쨌어?"

"여기야."

리엘이 다가왔다. 나는 가볍게 손을 들어 인사했다.

"잘 지낸 모양이네."

"응. 자료는 쓸 만했어?"

"물론이지. 정말 큰 도움이 됐어."

"여기저기 잘 써줬지?"

리엘이 밝은 표정으로 말했다. 그가 반복한 마왕과의 전쟁 중 그나마 상황이 나은 축인 모양이었다.

"리엘, 사역마는?"

"다른 곳에 대기 중이야. 연락도 없이 마물을 끌고 올 수는 없으니까."

"그것도 그렇지. 참, 리엘, 오르디아도……"

"오! 루온이잖아!"

이번에는 누가 날 불렀다. 이름을 부른 것을 보니 나도 아는 사람이었다. 리엘도 기억하는 눈치라 먼저 외쳤다.

"알트 씨……?!"

"그쪽도 참전하다니…… 아니지, 마족과 싸운 경험을 생각하면 당연한가?"

그와 이그노스, 캐룬과 길버트 그리고 알트의 동생인 스텔라도 있었다. 사역마로 관찰한 덕에 이 멤버로 무슨 일을 받은 건 알고 있었다.

"라틀라스 숲에서 싸운 멤버 그대로네."

"응, 마족과 싸웠잖아. 캐룬과 길도 생각한 게 있는지 그 뒤로도 같이 다니기로 했어."

"아는 사람이 많네?"

옆에서 사라가 말을 걸었다. 나는 어깨를 으쓱했다.

"여행하다보면 자연스럽게 늘어나는 법이야."

"그건 그렇지만, 전쟁에 참가할 사람을 이만큼 모으는 건……"

"마족이나 마물과 적잖이 엮인 사람들이야. 나라의 요청으로 온 사람도 있지만, 다들 생각한 바가 있지 않을까?"

대화 도중, 주위가 술렁이기 시작했다. 무엇 때문인지 알았다. 요새 문이 열린 것이다.

드디어 연설이 시작된다. 지인에게 둘러싸인 이 상황에 소피아가 등장하면 어떻게 될지 불안하지만, 이제 와서 이동하기는 불가능해보였다.

속으로 될 대로 되란 식으로 말했을 때 성문에 인영이 나타났다. 사람들의 시선이 그곳으로 쏠렸다. 내 주위에 있는 사람들도 예외는 아니었다.

나도 그들처럼 그곳을 주시했다. 성문 앞에 큰 연단 놓고 그 위에서 연설하기로 했다.

근처에서 에이나와 리제가 호위하고 있을 텐데 내 눈에는 보이지 않았다. 주위가 술렁였지만, 이내 자연스럽게 가라앉고 단상에 소피아가 나타났다. 평소와 다르게 의례용 기사복이라고 하는 정장을 입었다.

『마왕의 습격으로 수많은 이들이 목숨을 잃었습니다.』

그녀가 말하기 시작했다. 바람 마법이나 무언가로 목소리를 확산시켰는지 모든 사람이 들을 수 있을 만큼 명료했다. 목소리가 살짝 울리는 건 음량을 올려서일까?

『대륙의 나라들이 농락당하고 제 조국인 발크스 왕국도 마족에게 습격당했습니다. 마왕을 봉인한 현자의 핏줄이기에 제일 먼저 공격당한 거라고 말하는 사람도 있습니다. 그것은……
사실이겠지요.』

그녀는 평온하게 말했다. 긴장한 것 같지 않았다.

『처음에 저는 그저 도망치는 수밖에 없었습니다. 저는 무력
하고 무서웠습니다. 하지만 언젠가 반드시, 나라를 구하겠다는
결의를 마음에 품고 오늘까지 자신을 갈고닦아 사람을 해치는
마물과 마족을 무찔러 왔습니다. 그 공적이 결실을 맺었습니
다. 여러분이 이곳에 모여 나라를 해방할 힘이 되었습니다.』

소피아는 말을 끊었다. 사람들은 묵묵히 그녀의 말을 기다
렸다.

『여러분이 저를 어떻게 생각하는지는 제각각 다르리라 봅니
다. 제가 그 기대에 부응할 수 있을지 알 수 없습니다. 그러나
저는 모든 것을 걸고 이 전투를 승리로 이끌기 위해 검을 들
겠다고 맹세합니다.』

누군가가 함성을 질렀다. 내 주위에 있는 사람들도 소리를
질렀다.

모두가 소피아를 칭송했다. 연설은 성공했다. 소피아가 있
음으로써 전사들을 하나로 묶을 수 있었다.

소피아가 사람들에게 밀리지 않는 성량으로 외쳤다.

『이번 전투가 마왕 토벌의 시작이며 이를 계기로 대륙 해방
의 물꼬가 트이기를! 그리고 이번 전투에 승리를!』

주먹을 치켜들며 소리 지르는 사람들. 사기가 고양된 그들
의 목소리는 대지를 뒤흔들 정도였다.

현자의 핏줄, 비극의 왕족, 마족을 토벌한 공적……. 소피아의 연설에 감동한 이유는 저마다 다르겠지만, 결국은 그녀의 나라를 해방하고자 하는 굳은 의지가 사람들의 마음을 울렸다.

연합군이니 크고 작은 혼란이 있을 것이다. 그러나 소피아가 큰 역할을 해낸 덕에 결속해서 싸운다는 것으로 뜻이 통일된 것은 사실이었다.

무조건 괜찮다고 할 수는 없어도 일단 체재는 갖췄다고 볼 수 있었다.

"저기……."

그리고 나는 한숨을 내쉬고 싶은 기분에 시달리며 말했다.

"무슨 말인지 알겠어. 물어보면 대답할 테니까…… 나를 말없이 뚫어져라 보는 것 좀 안 하면 안 될까……."

여행을 통해 소피아를 알게 된 사람들이 모두 나를 쳐다봤다. 그들의 반응을 보고 유노가 대폭소했다. 나는 유노를 보며 협박했다.

"유노, 요새에 가서 보자."

그러나 웃음은 멈추지 않았다. 내 알 바야? 라는 식이었다. 난 깊은 한숨을 내쉬었다. 나는 사라를 보았다. 다른 사람들은 놀란 반면, 그녀는 머리를 싸맸다.

"사라, 왜 그러고 있어?"

"야단났다. 왕녀님인 줄 알았으면 그렇게 안 대했지……."

너 무슨 짓 했냐.

"왕녀든 아니든 평범하게 대해줬으면 하는데……."

내 말에 사라가 나를 보며 말했다.

"그래, 사정을 설명하지 않은 루온 잘못인 걸로 하자."

"내 탓하기야?! 그보다 머리를 싸맬 정도로 무슨 짓을 한 거야?"

"말 안 해. 무덤까지 안고 갈 거야."

"무슨 짓을 한 거야……"

내 머리를 싸매고 싶어졌다. 이번에는 리엘을 봤다. 그도 입가에 손을 대고 있었다.

"이걸로 마족이 가진 마력이 현자에게서 유래됐다는 게 거의 확정됐군. 그러면 그 빛을 흡수한 인간은 현자의 후예. 즉 이번 전투는 현자의 후예와 마왕의 싸움이라고 할 수도……"

"리엘, 현실로 돌아와. 고찰은 나중에 하라고."

내가 부르자 그가 고개를 돌렸다.

"루온 씨는 이번 전투 사정을 알고 있었어?"

"소피아가 빛을 흡수했을 때 추측은 했어. 설명하지 못 한 건 미안해. 소피아가 공론화되면 마족이 노릴 가능성이 있어서."

"왕녀에 관한 소문이 많은데."

이어서 바르자드가 입을 뗐다.

"거짓말이 많을 줄 알았는데 대부분 사실이었군."

"결과적으로 거성을 지은 마족 넷과 싸웠으니까요."

"그 뒤로 계속 싸운 건가……"

알트가 경악했다.

"그게 왕녀의 결단이었다는 거야?"

"사정이 있어서 말하자면 기니까 넘어갈게. 소피아는 그저 연설한 대로 마왕을 무찌르기 위해 싸우는 거야. 그건 틀림없는 사실이야."

"그런 마족을 넷이나⋯⋯."

필리가 중얼거렸다. 그의 머릿속에 5대 마족 다크라이드가 떠오른 게 분명했다. 아, 그러고 보니 그와 콜리에게 보충 설명을 해야지.

"필리, 내 동료 중에 리제라고 있잖아."

"네? 아, 네."

"리제는 지일다인 왕국의 제1 왕녀야."

"뭐⋯⋯?!"

콜리와 함께 놀랐다. 지극히 당연한 반응이었다. 그리고 커티가 내 말을 덥석 물었다.

"루온, 두 왕녀님과 여행한 거야?"

"다른 동료도 있어. 오르디아도 같이 있고."

"아, 그 사람도⋯⋯. 흠, 소문은 그렇다 치고 실력을 생각하면 루온이 왕녀님들을 인도했다고 봐도 돼?"

"나는 어디까지나 방향만 가리킬 뿐이야. 그 외에는 소피아도 리제도 자기 의지를 따라."

난 사라와 커티에게 말했다.

"커티, 사라. 그리고⋯⋯ 일레이 씨. 부탁이 있는데."

세 사람 중 커티가 제일 먼저 입을 열었다.

"부탁? 새삼스레?"

"소피아 호위를 맡은 에이나가 부탁했어. 소피아를 호위할 사람을 더 늘리고 싶대. 총대장은 여러모로 부담이 많잖아? 부담을 조금이라도 덜려면 아는 사람이 많은 편이 나을 것 같아서 세 사람에게 부탁하고 싶은데……."

"내, 내가?"

사라가 자기를 가리켰다. 나는 고개를 끄덕였다.

"마족에게서만 지키는 게 아니야. 이번 전투로 소피아 주위가 어수선해질 테니까. 혼자 있게 하고 싶지 않아. 누가 같이 있어줬으면 좋겠어."

나는 설명하며 바르자드를 보았다.

"기사 바르자드, 커티와 사라의 거취는……."

"본인 뜻을 존중하지. 나는 상관없어."

"미안하지만, 난 힘들어."

바르자드에 이어 일레이가 말했다.

"투사 제어의 일익을 맡았거든. 왕녀 호위에 관심은 있지만, 아쉽게 됐군."

"그래요? 그럼 커티와 사라는 어때?"

"지명해줬으니 기꺼이 받아들일게."

"나도 얼마나 열심히 할 수 있을지는 모르겠지만, 할게."

커티와 사라가 잇따라 승낙했다. 그리고 나는 다른 사람을 보았다.

"캐룬, 관심 있어 보이는데?"

"힘들겠다 싶어서. 난 알트나 스텔라와 있는 게 좋아."

"그래? 알았어. 그럼 소피아가 요새로 돌아갔으니 우리도 갈까?"

연설을 들으러 온 사람들이 요새 앞을 떠나기 시작했다. 모두의 표정에 이번 전투를 이기기 위해 끝까지 싸우겠다는 기개가 넘쳤다. 연설은 성공했다.

끓어오르는 군중을 곁눈질하며 요새로 들어가 커티, 사라와 소피아를 만나게 해줬다. 소피아가 「오랜만입니다」 하고 정중하게 맞이하자 두 사람은 뭔가 웃긴 듯했다.

"왕녀님이라고 밝혔으니까 왕녀님처럼 대해도 돼."

"제 성격상 그럴 수 없습니다. 그리고 제가 검을 들 수 있었던 것은 여러분 덕분이기도 합니다. 잘난 척할 수는 없죠."

세 사람은 웃었다. 난 내 역할을 마쳤으니 방으로 돌아가려고 했다.

그 때—

"루온 님, 저기, 연설은 어땠습니까?"

긴장한 얼굴. 나는 웃으며 대답했다.

"대단했어. 대성공이야. 더 자신을 가져."

"……감사합니다."

왠지 내가 연설을 지도한 것 같지만 나는 정보만 제공하고 실질적으로는 아무것도 하지 않았다. 일단 방으로 돌아간 나는…… 여전히 자고 있는 오르디아를 보고 쓴웃음 짓고 출격하는 날까지 기다리려고 했으나…… 이야기가 엉뚱한 방향으로 나아갔다.

"루온 공, 잠깐 시간 괜찮나?"

연설이 있던 밤, 나는 에이나의 갑작스러운 부름에 회의실로 갔다. 그곳에는 울크와 아틸레, 바르자드 같은 기사들…… 참전국 대표들이 모였다.

"미안하다. 꼭 부탁할 것이 있어서."

"부탁?"

나는 되묻고 대표들에게 다가갔다. 나는 그들의 시선을 받으며 이야기를 들었다.

"이번에 연합군이라는 형태로 발크스 왕국 해방전을 시작한다. 국내에서 호응할 기사들이 있지만, 그들이 모일 때까지는 우리가 주력이다."

게임과 똑같았다. 연합군으로 수도 피린테레스로 가는 건 분명했다.

"각국의 기사단은 별 문제없지만, 길드 소속 용병과 투사가 있다. 왕녀의 연설로 뜻을 모으긴 했으나, 그들을 통솔할 사람이 필요해."

"아, 그 역할을 지금 정하려고?"

스스로 말하고 나서 이 자리에 불린 이유를 깨달았다. 저기, 그거 설마…….

"눈치챈 모양이군. 루온 공에게 맡기고 싶다."

"내, 내가?! 하지만 작전은……."

"리더를 맡아줬으면 한다. 작전은 이렇게 모여서 협의할 거다."

에이나가 시무룩하게 말했다.

"투사에, 용병에, 광야의 주민까지……. 그들을 통솔하려면 어느 정도 힘이 있는 인물이어야 해. 실력 면에서 보면 루온 공은 충분하다. 그리고 참전한 그룹에 물어봤다. 길드 용병과 투사들에게 어느 나라의 지휘를 받고 싶은지 물었다."

에이나가 나와 눈을 맞추고 말했다.

"결론부터 말하면 제각각이었지만, 공통적으로 루온 공의 이름이 나왔다."

아, 아차! 투사를 통솔하는 사람은 실비와 일레이. 용병은 알트와 길버트. 그리고 광야의 주민은 필리가 선두에 서서 내 이름이 나왔구나!

"피스일리아 왕국군도 그 지휘 하에 들어갈 생각이다. 기사 바르자드와 연계하면 어느 정도 제어할 수 있을 것으로 보고 있다."

설마 이야기가 이런 식으로 나한테 돌아올 줄이야. 에이나의 말에 나온 사람들은 나와 소피아가 여행을 통해 알게 되어 모인 사람들이었다. 실력을 얼추 아니까 내 이름이 나와도 이상하지 않았다.

"그냥 물어만 보는 건데…… 거절할 수 있어?"

"강요는 않겠어. 기사 바르자드와 협의해서 지휘한다고는 하나 리더가 되는 데는 각오가 필요하니까. 루온 공이 힘들다면 전선부대에 배치하고 리더는 기사 바르자드에게 부탁할 거다."

그러면 바르자드는 본래 부대도 통솔해야 하니 부담이 커지겠군.

어떡하지……. 머릿속으로 고민하기 시작했을 때, 나는 문 득 왕비님의 말이 떠올랐다.

『소피아의 든든한 버팀목이 되어주길 바라요.』

그것은 단순히 곁에서 지켜달라는 부탁이 아니었다. 연설을 듣고 확신했다.

지금까지는 함께 여행하고 함께 싸우기만 하면 됐다. 그러 나 그녀는 역사의 무대에 섰다. 소피아의 『버팀목』이 된다는 것은 지금처럼 행동하면 안 된다는 것을 뜻했다.

소피아는 함께 싸우면 충분하다고 할지 모르나 주변 사람 들은 어떨까. 계속 그녀 곁에 있으려면 본 실력을 못 내도 그 에 상응하는 공헌을 해야 했다.

에이나의 요구를 따르면 공적을 세울 수 있었다. 물론 타인 의 목숨이 걸렸으니 각오가 필요했다.

전략적으로 말하면 사령부는 투사를 포함한 우군을 어떻게 지휘해야 할지 판단을 망설이고 있었다. 그런 상황에 내 이름 이 나왔다. 나에게 리더를 맡겠냐고 물어보는 게 당연했다. 이것은 필연일지도 모르겠다.

"소피아와 나란히 싸우려면…… 나도 각오를 해야겠지."

"루온 공?"

내 말을 제대로 듣지 못했는지 에이나가 이름을 불렀다. 나 는 아무것도 아니라고 둘러댔다.

"알았어. 내가 적임이라고 판단했다면 할게."

"고맙다, 루온 공."

대화를 마친 후 얼마간 정보를 교환하고 회의실을 나갔다.

"루온, 큰일 났네?"

유노가 말했다. 나는 「그러게 말이야」라고 대답했다.

"소피아는 전진했어. 앞으로도 소피아와 노력하려면 이 정도는 해야지."

"오, 그래. 소극적이었던 방침이 180도 바뀌었어."

"그러게. 나도 소피아의 연설을 듣고 뭐라도 해야겠다는 생각이 들었나 봐."

그녀는 사람들에게 외쳤다. 나도 그녀를 따라 내가 할 일을 하자는 생각을 하며 방으로 돌아갔다.

제32장 해방 전쟁

다음 날 기사들이 한창 준비하던 때, 요새 앞에 투사와 길드 소속 용병 등 정규군과 다른 사람들이 모였다.

그중 유일하게 국군 대표로 피스일리아 왕국 부대가 있었다. 나는 어제 소피아처럼 단상에 서서 그들을 내려다보았다.

단상 앞에서 바르자드가 경위를 설명했다.

"우리는 연합군이라는 이름으로 발크스 왕국으로 진격한다. 이렇게 모인 전사들은 소속이 저마다 다르기 때문에 이대로 두면 위험하다. 따라서 리더를 정하기로 협의 결과, 루온 마던 공에게 부탁하게 되었다."

이 시점에 나에 관한 정보가 나돌았다. 「소피아를 인도한 사람은 루온」이라는 내용이었다.

그래서 나에 관해 이러저러한 말이 있는 모양인데 특히 『하늘의 검사』라는 별명을 아는 사람은 내 공적을 보고 신뢰했다. 지인이 많아서 그쪽으로 친근감을 느끼는 패턴도 있었다.

아무튼 이번에 리더를 맡은 부대에는 지인도 섞여있었다. 의사소통이 잘 될 것 같았다.

"루온 공, 인사하지."

바르자드의 권유에 나는 심호흡하고 입을 열었다.

"먼저, 나를 아는 사람의 추천으로 이 자리에 섰지만……
첫째로 최선을 다하겠다고 약속한다."

머릿속에서 말을 고르며 말했다.

"그리고 하나만 약속해주길 바란다. 발크스 왕국 전투가 끝
난 뒤에도 마왕과의 전쟁은 계속 되고 할 일이 있다. 그러니
자기 몸을 희생하거나 무모한 돌격은 하지 않는다. 가볍게 죽
음을 선택하지 말 것. 그것만 가슴에 새겨줘."

박수가 쏟아졌다. 나는 「부탁한다」고 덧붙이고 인사를 마쳤다.

일단 호감을 사고 이의 없이 해산. 그 후, 나는 바르자드와
함께 요새 회의실로 불려가 회의에 들어갔다. 그곳에는 어젯
밤 얼굴을 마주한 각 군의 대표가 모여 있었다.

제일 먼저 바르자드가 말을 꺼냈다.

"정찰에 의하면 발크스 왕국의 수도인 피린테레스에서 다수
의 마물이 이쪽으로 오고 있다고 한다."

전초전인가. 게임에도 이런 움직임이 있었으니 어떻게 나올
지 읽을 수 있었다.

"현재 발크스 왕국 내에 있는 해방군은 준비가 끝나 싸울
수 있는 상황입니다."

내가 말하자 회의실에 있는 사람들이 내게 주목했다.

"그들은 클로디우스 왕의 호령으로 전투를 시작할 겁니다.
하지만 국내 군세만으로 피린테레스로 가기는 힘드니 중간에
합류하겠죠."

게임에서도 그랬다. 첫 전투를 기해 아군의 기세를 올리고

국내에 있는 발크스 왕국 정규군과 클로디우스 왕을 만나는 것이 당장의 목표였다.

첫 전투에 승리하면 전력 결집이라는 이벤트로 합류했다. 게다가 이번에는 게임과 달리 왕이 직접 이끌었다. 사기가 높을 테니 활약해줄 것이었다.

나는 머릿속으로 게임 정보를 고려하며 말했다.

"첫 전투에 이기면 발크스 왕국 내 정규군이나 클로디우스 왕과 합류할 수 있을 겁니다."

"사기를 높이기 위해서라도 첫 전투는 중요하죠."

울크가 말했다. 지도를 보며 심사숙고했다.

"보고에 의하면 적의 수가 상당합니다. 선불리 싸웠다가는 궁지에 몰릴 겁니다. 하지만 그것만 돌파하면 탄력이 붙어 해방으로 가는 길이 편해집니다."

"어떻게 싸울지가 문제인데……."

에이나가 말을 흐렸다. 그녀도 이번 전투가 힘들 줄 알고 있었다.

연합군으로서의 첫 전투. 소피아의 연설로 뜻을 하나로 통일했더라도 각 부대가 발맞춰 싸우기란 몹시 어려웠다.

이를 테면 5대 마족 베르나전. 이때도 연합군으로 싸웠는데 성을 공략한다는 간결한 목표가 있었던 데다가 각 나라의 군대가 개별적으로 싸웠다. 그리고 단기전이라서 단점이 드러나지 않았지만, 이번에는 한 번 싸우고 끝이 아니었다. 전초전에 패배하면 사기가 크게 떨어져 발크스 왕국 해방의 길이 멀어졌다.

"우선, 어느 나라 부대가 앞장섭니까?"

나는 이 자리에 있는 사람들에게 물었다. 바르자드가 대답했다.

"로베일 왕국군과 발크스 왕국군이야. 그 둘이 정면으로 상대하고 다른 나라 부대는 좌우에 대기해 방어한다."

주역이 전선에 서는 게 당연한가.

"새벽의 자유 기사단도 같이 간다."

이번에는 에이나가 말했다.

"왕녀 덕분에 기사단의 사기가 높아졌다. 마물이 생각한 대로 움직이면 박살낼 기세지만…… 그렇게 쉽게 풀리지는 않겠지."

이번 전투에서 가장 주의할 점은 무엇보다 다음을 대비해 사상자를 되도록 줄이는 것이었다.

"확인하고 싶은 게 있는데."

나는 에이나에게 물었다.

"지원군이 더 올까? 그에 따라서 상황이 크게 달라질 것 같은데."

"어려운 실정입니다."

에이나 대신 울크가 대답했다.

"로베일 왕국은 북부를 지켜야하니 원군을 파견하더라도 숫자는 기대하지 않는 게 좋겠죠. 다른 나라도 이 이상의 파병은 힘들 겁니다."

지금 상황에 대량 지원은 힘든가. 로베일 왕국도 우리가 5

대 마족 레드라스와 싸워 적을 쓰러뜨렸어도 발크스 왕국에 전력을 쏟아 부을 정도는 아닌 모양이었다.

그리고 그들은 연계가 이루어지지 않아 부대가 궁지에 몰리는 것을 가장 걱정했다. 정공법으로 싸우면 전황이 위험해질 가능성은 적지만, 희생이 커졌다.

내가 실력을 드러내면 상황이 뒤집어지겠지만, 여러모로 위험했다. 그러니 내가 제시할 수 있는 작전은……

"연계가 이루어지지 않아 피해가 커질 것을 우려하시는군요. 그러면 제가 리더를 맡은 병사들을 유격부대로 돌려서 어떤 상황에든 대비할 수 있게 하겠습니다."

"위험할 텐데요."

울크의 말에 나는 고개를 가로저었다.

"이 전투가 시작되기 전부터 알고 있었어요. 승리로 이끌기 위해 열심히 노력하겠습니다."

그 말에 모두 고개를 끄덕였다. 이 자리에서 마음이 하나가 된 순간이었다.

그 후, 나는 이번에 이끌게 된 사람들에게 작전을 설명했다. 그들이 「그런 역할은 맡을 수 없다」고 하면 큰일이지만 다행히 그런 일은 없었다.

오히려 중요한 역할이라 사기가 높아졌다. 소피아의 연설도 있었으니 좋은 쪽으로 생각하는 것 같았다.

혼란 없이 작전 설명을 마치고 우리는 요새를 떠났다. 발크스 왕국 해방을 위한 거대한 전력이 드디어 움직이기 시작했다. 부대 리더를 맡은 나는 말을 탔다.

"여태까지 중에 가장 어마어마한데."

유노의 말에 나는 속으로 동의했다.

드디어 시작된 행군에 온몸이 긴장감에 휩싸였다. 나쁘지 않은 분위기였다. 규율이 잘 갖춰졌다는 증거이기도 했다.

"전장까지 얼마나 걸릴까?"

"행군 속도에 따라 다르지. 사역마의 정보를 고려하면 전장으로 가는 동안 적에게 습격당할 가능성도 낮고."

적어도 로베일 왕국 국경까지는 문제없어 보였다. 그동안 내가 할 일은······.

"참······."

"왜?"

유노의 말이 끝나기 무섭게 나는 고삐를 당겨 살짝 옆으로 이동했다.

"기사 바르자드, 잠깐 괜찮을까요?"

근처에 있던 바르자드에게 말을 걸자 그가 심각한 표정을 지었다.

"무슨 일이지?"

"피스일리아 왕국 병사와 유격부대가 합동해서 싸울 텐데 역할을 정해야 하지 않을까요?"

"음, 듣고 보니 그렇군. 어떡하겠어?"

"적이 어떻게 나오느냐에 따라 다르지만······ 되도록 저는 전선에서 싸우는 게 좋겠죠. 그러면 후방에서 지휘할 수 있는 사람은……."

"필연적으로 내가 되겠군. 달리 바라는 건 없고?"

"하나 더요. 제가 대동할 사람을 정하고 싶습니다."

"루온 공이 최전선에서 싸울 시, 함께 싸울 사람이 필요하단 거군."

"네, 그렇습니다."

"상관은 없는데…… 루온 공, 생각해둔 사람이 있나?"

"몇몇은요. 그런데 각자 맡은 역할이 있는 모양이라."

"그렇군. 전장에 도착하기까지 시간이 있어. 전투 시작 전까지 선정하지."

"부탁드립니다."

바르자드와 떨어지자마자 알트가 나를 불렀다.

"잠깐, 루온 씨."

그가 뒤에서 다가와 말했다.

"전선에서 싸우나 보지?"

"……들었어?"

"훔쳐들은 거 아니야. 그래서 말인데. 그 역할, 나도 맡을 수 없을까?"

"길드 멤버는 괜찮아? 네가 대표잖아."

"지휘는 길에게 맡기면 돼."

길버트에게……? 고개를 갸웃거리자 알트가 이어서 말했다.

"루온 씨에게 말하지 않은 모양이지만, 저번에 전투에 참가하지 못한 일로 길도 느낀 게 있나 봐. 자기가 할 수 있는 일을 하겠다며 길드 멤버들과 교류를 쌓고 이번 같은 전투에 참전할 수 있게 준비해줬어."

용병이 모인 것은 길버트 덕분이었구나…….

"그러니까 나나 캐룬은 없어도 돼. 아, 스텔라는 지원 쪽이니까 남는 게 낫겠군. 나와 캐룬, 그리고 이그노스인가?"

"……최전선이라 위험해."

"알고 하는 소리야. 난 전선에 선다?"

그가 동의한다면 상관없으니 고개를 끄덕였다.

"적의 상황, 작전이나 포진에 따라 자주 바뀔 테니까 불평하면 안 돼."

"응, 당연하지."

"다른 길드 멤버는 어떡할 거야?"

"강요할 수는 없으니까 각자 판단에 맡기려고. 그 외에 루온 씨와 대동하는 사람은 오르디아 씨인가?"

"아니, 오르디아에게는 다른 걸 부탁할 거야."

오르디아와 이야기는 끝났다. 그의 역할은 적 교란.

그의 능력과 그가 가진 흑룡…… 그 능력은 전장에 아주 유용했다. 그 혼자서 전황을 뒤집기는 힘들지만 전국을 바꿀 수는 있었다.

레스베일도 적을 교란할 수는 있으나 갑옷천사는 본진 기습이나 전선붕괴 등 만약의 상황에 대비해 이번에는 보존하기로 했다.

내가 개인적으로 실비와 쿠자 같은 동료를 원했다. 그 둘은 따라오겠지만 우리 셋만으로는 어려웠다. 그래서 바르자드에게 부탁했다.

"최전선에서는 무슨 일을 해?"

알트가 물었다.

"유격이니까 어떤 상황이 벌어질지 모르지."

"……뭔가 루온 씨가 모든 걸 떠맡은 것 같은걸."

알트의 말에 주머니에서 유노가 날아올랐다.

"루온이 그렇게 다 떠안을 필요 없잖아."

"……딱히 떠안으려는 건 아닌데."

"옆에서는 그렇게 보여. 마음을 모르는 건 아니지만 나라면 좀 더 어깨 힘을 빼고……."

"루온 공."

에이나가 말을 타고 와 나를 불렀다.

"왕녀님이 부르신다."

"소피아가? 바로 갈게. 알트, 어떻게 할지 나중에 연락할게."

"응, 알았어."

난 대답을 듣고 에이나를 따라 소피아에게로 갔다.

얼마 지나지 않아 만난 소피아가 걱정스러운 표정으로 말했다.

"루온 님, 유격부대를 맡는다고 들었습니다."

"응. 걱정하지 않아도……."

"종자로서 주인을 걱정하는 것은 당연합니다."

……저, 저기요. 이 기회에 그것 좀 어떻게 하자.

"소피아, 계속 그런 사이로 있을 거야?"

유노의 물음에 소피아가 미소 지으며 말했다.

"마왕과의 전쟁이 끝날 때까지는…… 제가 강해지도록 루온 님이 애쓰셨으니 변하지 않을 거예요."

무슨 말인지는 알지만…… 신분을 밝힌 마당에 병사나 기사가 듣기라도 하면 당황하겠는데.

"……네 마음은 알겠어. 마왕과의 결전까지는 나도 아무 말안 할 테니까 소피아도 그때까지만 해."

"네. 그래서 제언하고 싶습니다만, 루온 님…… 너무 무리하지는 마세요."

소피아가 강렬한 시선을 보냈다.

"저도 루온 님의 지원이 없어도 될 만큼 노력하겠습니다."

"그리고 연합군의 첫 전투야. 문제가 없지는 않을 테니까 유격인 내가 밀리는 곳을 도와주고 다닐 생각이야."

나는 소피아를 타이르듯이 말했다.

"소피아도 확실하게 지휘해줘. 모두의 힘으로 이 전국을 이겨내자."

"네."

대답과 함께 바람이 우리를 훑고 지나갔다. 장기가 느껴지지 않는 청량한 바람이었지만 이도 곧 바뀌리라. 나는 앞을 응시하며 전장을 상상했다.

행군은 문제없이 끝났고 우리는 드디어 발크스 왕국에 들어섰다. 마을과 촌락 주민들이 환호성을 지르며 우리를 맞이했고 국내 병사들이 소피아를 중심으로 모이기 시작했다.

다만 숫자가 커질수록 그만큼 통제도 어려워졌다. 그 점은 소피아로 대부분 대책이 섰는데 완전하지는 못했다. 이것이 전장에 어떤 영향을 줄지…… 많은 생각을 하며 행군한 끝에 마침내 전장에 도착했다.

"저게, 싸울 상대인가……."

나는 내 눈과 상공에 있는 사역마로 적을 관찰했다.

장소는 수도 동쪽에 있는 평원. 장애물이 없어 숫자가 전부인 야전이 펼쳐지겠다.

마물의 군세는 오크와 고블린, 코볼트처럼 무장한 마물과 근육이 갑옷 같은 악마로 이루어졌다. 마물 종류가 다양하지만 공통적으로 전부 무장한, 이른바 이족보행 마물이었다.

종족은 달라도 마물들이 검과 창 같은 무기를 든 광경은 아군에게 적지 않은 위협을 가했으나 무서워서 도망치는 사람은 나타나지 않았다.

"드디어 시작이야."

유노가 긴장하며 중얼거렸다. 아라스틴 왕국에서 대규모 전투를 경험했지만 이번 전투는…… 국가 해방전의 긴장감은 지금까지와 달랐다. 그녀도 피부로 느꼈을 것이다.

"응."

나는 마법으로 창을 만들고 전투태세에 들어갔다. 중앙에는 로베일 왕국군과 발크스 왕국군, 그리고 새벽의 자유 기사단과 내가 리더를 맡은 유격부대가 배치됐다.

그 외의 부대는 양익 수호와 본군 후방에서 지원을 담당했다. 단, 예외도 있었다.

"루온 공, 잘 부탁합니다."

"네."

아라스틴 왕국의 기사 아틸레가 부대와 함께 내 옆에 있었다. 그가 이전에 함께 싸운 것을 말했는지 이번에 함께 싸우게 됐다. 그가 있어서 알트 일행은 아마도 나설 기회가 없겠지만, 언제든 활약하게 해놓자.

마침 주변에 실비도 있어서 상황이 아라스틴 왕국전과 그리 다르지 않아 무척 편했다.

나머지 유격부대는 말을 타지 못하는 사람도 있어서 일단 중앙에서 싸우기로 했다. 그들은 바르자드의 지휘를 따랐고 나는 그에게 연락용 사역마를 줬다. 혹시 무슨 일 있거나 이쪽에 무슨 일이 있으면 바로 연계할 수 있었다.

나머지 연락용 사역마 두 마리는 소피아가 있는 본진과 클로디우스 왕에게 있었다. 연락체제도 잡혔다. 준비는 완벽했다.

이윽고 마물이 움직였다. 검은 군세가 일제히 전진하는 광경에 무시무시하다는 표현이 머릿속을 스쳤다. 하지만 우리도 겁먹지 않고 진군을 시작했다.

"루온 공, 우선 어떻게 할까요?"

아틸레의 물음에 나는 생각했다.

"어떤 방식이든 상관없습니까?"

"네. 우리는 그러려고 루온 공과 싸우는 겁니다."

각오했다는 것이군. 나는 아틸레가 들을 수 없게 중얼거렸다.

"가르크, 적 지휘관의 위치는 파악했어?"

『마물 사이에 마력이 강한 곳이 몇 군데 있다. 그곳에 강한 악마가 있어. 명령을 내리는지는 모르겠다만.』

"마족은?"

『현시점에는 확인되지 않는군.』

"알았어. 기사 아틸레. 아라스틴 왕국에서 싸웠을 때처럼 마물에게 지시를 내리는 놈이 있을 겁니다."

"그걸 노리자는 거군요. 당연히 적군을 파고들어야겠습니다."

"네. 선봉이 되어 전선에서 적을 교란하면 다른 부대도 싸우기 쉬워지겠죠."

그 말에 아틸레는 살짝 고개를 끄덕였다. 마물이 가까워졌다. 시작되겠다.

마물의 걸음걸이가 빨라졌다. 그와 동시에 뒤에서 소피아의 목소리가 들렸다.

『두려워하지 마라, 전사들이여!』

낭랑한 목소리가 전장에 울려 퍼졌다.

『이 전투로 알게 하라, 우리가 마를 멸하는 자라는 것을!』

병사들이 호응했다. 그와 동시에 마물이 달려들어…… 전투가 시작됐다!

나는 곧바로 마법을 썼다. 전장을 뒤덮는 마법은 아니지만, 효과는 있었다. 바람 속성 중급 마법『거스트 커튼』. 강렬한 돌풍을 벽처럼 세우고 바람의 칼날을 날려 상대를 갈기갈기 찢는 광범위 마법이었다.

이번에는 그 마법을 변형해 내 앞에 돌풍을 만들었다. 위력이 약해 마물을 방해하는 정도에 그쳤지만, 대신 범위가 넓어 상당수의 마물을 방해하는 데 성공했다.

그 결과, 진격 속도가 늦춰져 전방이 전진하지 못하자 뒤에 있는 마물과 부딪히는 마물까지 나왔다. 돌격이 느려졌다.

그 직후, 아군이 교전을 개시했다. 나의 방해로 마물이 공격할 타이밍을 놓치는 바람에 우리가 우위에 섰다. 다수의 창이 마물에게 날아들어 한꺼번에 수를 줄여나갔다.

그 영향은 마법 범위 밖에도 미쳤다. 아군이 밀어붙이기 시작한 그때, 조금 뒤에 진을 친 악마가 포효했다. 그 순간, 마물들이 울부짖으며 과감하게 덤볐다.

"고무시켰어. 저 악마가 전선 지휘관인 모양이군."

"그럼 저 악마를 노릴까요?"

아틸레의 말에 고개를 끄덕이자 그가 호령하며 돌격 준비에 들어갔다.

"루온 공, 언제든지 명령하십시오."

"좋아요. 갑시다!"

우리는 기사를 데리고 전장을 질주했다. 당장 마물과 부딪혔다. 나는 가까운 적을 노려 창을 휘둘렀다. 경쾌한 소리를 내며 마물이 조각나 쓰러졌다.

아틸레는 바람을 엮은 창으로 적을 날려버렸다. 병사들이 싸우는 것만 봐도 적의 실력은 대단하지 않았다. 이대로 지휘관만 쓰러뜨리면 전국이 단번에 유리해질 것이었다.

나는 말을 달려 악마를 노렸다. 마물들이 눈치채고 방해했으나 나와 아틸레의 창과 실비의 『선람검』으로 적을 쓸어버렸다.

"루온, 될 것 같은데?!"

"응, 기세를 유지해서 처치하자!"

유노에게 대답하고 말을 달리는 동시에 악마가 울부짖었다. 근육질의 검은 체구에 손에는 대검을 들었다. 게임에 등장한 악마 같지만 머리에 염소 뿔이 달린 처음 보는 적이었다. 정보 없이 싸워야 했다.

하지만 내 실력이라면…… 일격이다!

나는 실비와 아틸레에게 뒤를 맡기고 악마에게 접근했다. 악마가 대검을 든 순간, 말 위에서 공격. 악마의 대검과 부딪쳤다.

시끄러운 쇳소리가 울려 퍼졌다. 그리고 승자는…… 나. 악마의 대검을 튕겨냈다.

"끝이다!"

선고와 함께 범용 중급 스킬 『오러 재블린』. 극채색으로 물든 창이 정확하게 악마의 머리를 꿰뚫고 상반신을 날려버렸다.

순간적으로 마물들이 멈췄다. 바로 공격을 재개했지만, 지휘관을 잃고 뭔가 달라진 것은 분명했다.

좋아, 그러면 이번에는…… 일단 돌아갈까? 이대로 다른 지휘관을 노릴까?

"루온 공, 전진하죠."

생각하는 사이, 아틸레가 말했다.

"적이 지휘관을 잃고 약간이나마 동요한 좋은 기회입니다. 이탈하면 그 사이에 적이 태세를 가다듬어서 적진에 파고들기 어려워집니다."

"나도 동의해."

실비가 동의했다. 흠, 피해를 막으려면 하는 수밖에.

"좋아, 이대로 전진한다!"

호령하고 악마를 찾았다. 거리가 있었으나 곧바로 한 마리를 발견하고 창으로 가리키자 모든 기사가 그곳으로 말머리를 돌렸다.

그리고 일제히 돌격. 그 파괴력으로 지휘관을 잃고 움직임이 둔해진 마물을 분쇄했다.

나와 실비, 아틸레의 공격에 기사들이 혈로를 뚫고 마물을 유린했다. 그리고 목표인 악마에게 접근해 내 창으로 순식간에 처리했다.

적의 동요가 한층 커질 것이다. 아틸레와 실비를 보자 두 사람이 고개를 끄덕였다. 아직 괜찮다는 뜻이었다.

다른 곳은…… 전선부대는 순조롭게 적병을 쓰러뜨리고 피해도 경미. 소피아가 있는 핵심부대는 아직 움직이지 않았다. 여력은 충분했다.

새벽의 자유 기사단과 유격대는 전선에서 우위를 유지하며 싸웠다. 이 상태로 가면 오르디아의 용은 나설 기회가 없겠다. 아니, 아무리 그래도 그렇게 쉽게 풀리지는 않겠지?

적은 셰르다트. 책략으로 각국을 와해시켰으니 계략에도 뛰어날 터였다. 이번 전투에도 수작을 부리지 않았을까?

『루온 공, 변화가 생겼다.』

가르크의 말에 나도 상공에서 변화를 포착했다.

『지면 곳곳에서 마력…… 아마 마물 생성진일 거다. 전장에 미리 설치해놓았을 거다. 기회를 틈타 마물을 만들어 강습하려던 모양이군.』

"나도 뒤에 있는 마물이 좌우로 갈라지는 모습을 탐지했어. 그 둘로 만회하려는 모양이야."

나는 즉각 소피아에게 연락했다.

『후방 적의 움직임은 이쪽에서도 관측했습니다. 좌우에서 전선부대를 포위하려는 것 같습니다.』

"거기에 우리가 어떻게 움직일지 예측해서 마물을 만들려는 계획인가?"

『이중 함정이군요. 핵심부대가 지원할까요?』

"아니, 아직은 움직이지 마. 우리가 할게."

『무엇을……?』

적과 싸우며 간단하게 설명하자 소피아가 이해했다.

『그렇다면…… 우리는 전선에 대기한다고 전령을 보내겠습니다. 루온 님, 잘 부탁드립니다.』

"응, 맡겨줘."

대답한 직후, 우리는 세 번째 지휘관을 격파했다. 전황이 우리 쪽으로 기울었지만 적의 계획에 밀릴 위험성이 있었다. 마족 셰르다트는 굳이 이길 것 없이 우리 병력만 줄여도 충분했다. 그가 성공하면 우리가 궁지에 몰린다.

그것을 방지하려면…… 나는 바르자드에게 연락했다.

"기사 바르자드, 오르디아와 리엘 있습니까?"

『있다.』

"그들에게 좌익으로 가서 마물로 적에 맞서라고 전달 부탁드립니다."

두 사람의 능력은 부대 지휘관에게 설명했다. 이렇게 전달하면 바르자드가 좌익 지휘관에게 연락할 것이었다.

"현재 적 후방 부대가 좌우로 갈라지기 시작했습니다. 정령은 지면에 마물을 생성하는 마법진을 관측했어요. 그들의 계획을 무너뜨리려면 먼저 좌우의 적을 막아야 합니다."

『우리가 하라는 것이군?』

"네. 좌익 부대와 연계해서 대처해주세요. 오르디아와 리엘 외의 유격대는 우익으로 보내 대기시키시고요."

『알겠다. 바로 실행하지.』

잠시 뒤, 공중에 있는 사역마가 오르디아와 리엘이 지시를 받고 좌익으로 가는 것을 확인했다. 그러면 우리는……. 그때, 나는 전장 안쪽에 확연히 다른 마력이 감도는 곳을 발견했다.

"가르크, 느껴져?"

『음, 나도 느껴진다. 저게 이 전장의 총대장인가 보군.』

그 녀석은 머리 없는 갑옷, 말을 탄 듀라한이었다. 무기는 대검, 말은 칠흑. 칠흑의 갑옷에 피 같은 진홍색 문양을 새겼다.

"카오스 듀라한…… 게임에서도 막바지에 등장하는 적이야."

『총대장은 제법 강한가 보군.』

"응. 게다가 주변에 있는 적도 게임 후반에 나와. 말로 못 갈 거리는 아니지만, 희생자가 나오겠어."

나 혼자 움직이면……. 이 전장은 틀림없이 셰르다트가 관찰할 것이었다. 이목을 끌면 성가시니 지금은 자중해야 한다는 결론에 이르며 우리는 네 번째 지휘관을 격파했다. 적도 새로운 작전대로 움직이기 시작했다. 적당한 시기였다.

"기사 아틸레, 일단 돌아가죠."

"알겠습니다."

그도 승낙하고 호령하며 이탈했다. 말을 달려 마물 사이를 누비며 적을 쓰러뜨렸다.

얼마 지나지 않아 적진에서 이탈하자 오르디아와 리엘이 좌익에 도착했다. 후방에서 이동한 적이 아군에게 달려들었다.

우익에도 마물이 등장하더니 중앙에 있는 마물들의 발밑에서 마법진이 나타났다. 빛나는 마법진에서 마물들이 나타났다.

주변 마물과 비슷한 수준이지만 다수의 마법진으로 숫자가 크게 늘었다. 전황이 갑자기 나빠졌다. 그러나 절대로 역전되지는 않았다.

"지금이 고비야. 밀어붙인다!"

병사들이 함성을 질렀다. 적을 압도적으로 몰아붙여 사기가 높았다.

적은 첫 돌격이 수포로 돌아가자 수를 늘려 우리를 짓밟으려고 했으나 그 계획은 무너졌다.

하지만 양익의 지원이 없었다면 위험했다. 그 순간, 왼쪽에서 포효가 들렸다.

육안으로 용이 보였다. 상공에서 관찰하는 사역마를 통해 확인하니 좌익에 있던 병사가 뒤로 물러나고 오르디아의 용과 리엘의 마물이 자리 잡았다.

우익 최전선에는 바르자드가 지휘하는 유격대가 보였다. 원래 있던 부대와 연계해 이미 준비를 마쳤다.

그리고 뒤에서 소피아의 부대가 다가왔다. 결판을 낼 때였다.

"마물도 지금이 승부처라고 판단한 모양이군요."

아틸레가 중얼거렸다. 전방에서 서서히 총대장이 다가왔다.

"……저 마물은 제가 맡죠."

소피아를 전선에 보낼 수는 없었다. 하지만 다른 동료에게 맡기기에는 부담이 컸다.

나는 결단을 내리고 후방에서 온 병사들과 함께 다시 돌격했다. 적에게 처음 같은 기세는 없었다. 오히려 아군의 사기가 높아서 내가 마법으로 지원하지 않아도 받아칠 정도였다.

양익에서도 전투가 벌어졌다. 좌익 쪽. 리엘의 마물로 적을 교란하고 오르디아의 용이 마물을 분쇄했다.

용은 단순하게 들이박아 공격했지만 어마어마한 위력에 마물이 튕겨나가 사라졌다. 용을 처치할만한 마물이 없는지 마물은 용의 진격을 막지 못하고 당하는 모습이 사역마를 통해 들어왔다.

중앙에 포진한 카오스 듀라한은 용을 이길 수 있을지 몰라도 우리가 압박하는 상황이라 움직이지 않았다. 만약 마족의 통솔을 받으면 퇴각할 수도 있지만 마물은 전멸을 각오하고 맞섰다.

그렇다면 바라는 대로 전멸시켜주마!!

"루온 공!"

뒤에서 목소리가 날아왔다. 에이나임을 깨달은 순간, 그녀가 내 옆까지 말을 달렸다.

"왕녀님이 루온 공이 돌격할 거라고 추측하셔서 내가 왔다."

"말리러 왔어?"

"아니. 나는 도우러왔다."

소피아가 적 총대장을 보고 에이나에게 지시한 모양이었다.

"알았어. 전황이 이러니 곧 총대장이 공격할 거야. 나는 그 녀석에게 집중할 테니까 나머지를 막아줘. 실비도 괜찮지?"

"응. 맡겨줘."

대답하는 동안에도 전황이 변했다. 중앙은 기세가 등등한 우리 쪽으로 총대장이 점점 다가왔다.

왼쪽은 용이 날뛰어서 그런지 마물의 진격이 느려졌다. 그러나 용으로 좌익 전체를 커버하지는 못했다. 용을 피해 전진하는 마물도 있지만 리엘의 마물과 리리샤가 이끄는 타우레저 왕국 사람들이 처리했다.

"지금이 고비다! 쳐라!"

패기 있는 호령과 함께 리리샤 일행이 용을 피한 마물을 처리했다. 전선을 유지하는 정도가 아니라 밀어붙이는 상황. 적은 중앙에서 지원군을 파견하고 싶겠지만 우리가 허락하지 않았다. 그러니 이쪽은 문제없음.

　한편 오른쪽은…… 격전이 펼쳐졌다. 원래 배치됐던 병사들이 분투하기도 했으나 유격대가 특히 활약했다.

　바르자드가 적을 베면 알트와 캐룬, 필리가 뒤를 이었다. 이번 전투가 벌어지기 직전까지 작전을 짜고 어떻게 싸울지 결정했을 것이다. 그들은 물 흐르는 듯이 움직여 지휘관이 있는 마물 소굴로 돌진했다.

　퇴로는 길버트가 이끄는 용병과 필리가 데려온 광야의 주민이 지켰다. 놀라울 만큼 순조롭게 마물을 처치했다.

　그리고 바르자드 일행은 단번에 지휘관에게 달려들었다. 내가 쓰러뜨린 악마와 똑같은 적이 대검을 들고 맞설 뜻을 비쳤다.

　"알트 공!"

　"좋았어!"

　알트가 바르자드에게 호응했다. 지휘관을 공격하려 했으나 옆에서 마물이 막아섰다. 기세를 죽이고 진격을 막으려는 의도였지만 즉시 캐룬이 마물에게 덤볐다.

　"방해하면 본때를 보여줘야지!"

　누구보다 빠르게 마물에게 질주해 눈에 담을 수 없는 속도로 마물의 품에 파고들었다. 마물이 대응하려고 했으나 캐룬이 한수 빨랐다.

단검 두 자루를 구사하는 난무 스킬. 팔다리와 몸통을 순식간에 갈가리 찢고 몸을 부딪치며 단검을 휘둘러 마물을 날려버렸다.

단검 범용 상급 스킬『팔랑크스』! 돌격하며 연쇄공격을 쏟는 단검 스킬 중 특히 공격적인 스킬이었다. 캐룬의 검에 날아간 마물이 사라져 위력을 실감케 했다.

캐룬은 기세를 유지해 검을 든 오크에게 덤볐다. 마물이 바로 공격했는데 그녀는 가볍게 피해보였다.

그리고 다시『팔랑크스』. 불을 뿜는 듯한 공세에 알트 일행이 호응하듯 소리 지르며 사기를 올렸다.

분위기가 최고조에 달하고 캐룬이 두 번째 마물을 격파. 방해꾼은 없어졌다.

"간다!"

바르자드와 알트가 지휘관에게 달려들었다. 그러나 악마가 더 빨랐다. 바르자드를 노려 대검을 내리쳤지만 그는 멋지게 막아냈다.

"역시 강하다고 해야겠지만…… 안 통해!"

바르자드가 악마의 대검을 쳐냈다. 알트가 나와도 괜찮았으나 필리가 먼저 악마에게 달려들었다.

이것도 작전이었다. 그는 잠깐 틈이 생긴 악마의 옆구리에 검을 찔렀다. 악마를 죽이려는 의도가 아니라 움직임을 막기 위한 견제.

그리고 진짜 공격은…… 알트와 바르자드가 동시에 검을 치커들었다.

"우오오옷!"

알트는 소리 지르며 바르자드는 냉정한 표정으로 검을 내리쳤다. 두 사람의 스킬은 상급 스킬인 『그랜드 임팩트』. 장검과 대검이 습득할 수 있는 타입에, 검 계열 상급 스킬 중 제일 먼저 습득할 가능성이 큰 대형 스킬이었다.

엄청난 마력을 모아 단순히 내려치는 기술로 위력은 상급 스킬에 상당하지만 명중이 어려워 마물의 움직임을 막아야했다.

이번에 필리가 그 역할을 맡았다. 두 사람의 검이 악마에게 꽂혔다.

바르자드의 검은 정수리에, 알트는 악마의 가슴에 박혔다. 그들의 검이 순식간에 몸을 내달렸고 악마는 포효했다.

두 사람의 공격이 결정타였는지 악마가 포효하며 사라졌다.

"좋아, 벗어난다!"

목적을 달성했다는 듯이 바르자드가 지시하자 알트 일행은 적진을 파고들지 않고 물러났다. 마물은 지휘관을 잃고 혼란스러워하면서도 후퇴하는 그들을 쫓으려 했다.

그때, 라디와 이그노스처럼 마법을 쓰는 사람들과 네스톨이 지원에 나섰다. 나테리아 왕국의 알레테도 가세해 다가오는 마물을 조준하고 일제히 마법을 발사했다.

폭격이라 할 수 있을 정도로 빗발치듯 쏟아진 마법에 적이 굉음을 남기고 소멸했다. 지원 덕분에 바르자드 일행은 퇴로를 확보한 용병과 함께 다른 부대와 합류. 대단한 성과였다.

오른쪽 전투도 대세가 정해졌다고 봐도 될 것 같았다.

그때, 드디어 중앙에서 총대장인 듀라한이 다가왔다. 작전이 완전히 실패했는데도 우리 쪽 희생을 늘리기 위해 다가왔다.

"……실비, 에이나, 지원 부탁해."

내 말에 두 사람이 고개를 끄덕였다. 드디어 전투가 종국에 다다랐다.

『루온 공, 여기서는 화려하게 싸워서 사기를 끌어올리는 것이 좋겠다.』

가르크가 충고했다.

『총대장을 가볍게 쓰러뜨릴 수 있는 인간이 있다고 보여주면 아군의 기세가 더 등등해질 테지.』

"그것도 그러네. 그럼…… 해볼까."

카오스 듀라한이 움직였다. 그를 따라오는 수하들은 실비와 에이나, 아틸레가 막을 태세에 들어갔다.

"총대장을 처치하면 수하들도 느려질 거야."

나는 동료들에게 들리도록 말했다.

"호위를 붙잡고 시간을 벌어줘. 길지 않아도 돼."

"그 말을 들으니 든든한데?"

실비가 웃으며 중얼거렸다. 모든 것을 알기에 할 수 있는 말이었다.

"그럼 우리는 수하들을 막을게. 부탁한다!"

동료들이 흩어졌다. 나는 말에서 내려 무기를 검으로 바꿨다. 그리고 뛰어오르듯이 달려 카오스 듀라한의 앞을 막은 마물을 겨냥했다.

지휘관과 똑같은 타입의 악마가 막아섰다. 손에 든 대검과 몸에서 느껴지는 마력이 주위에 비해 한층 컸다. 그러나 내게 는 대단하지 않은 변화였다.

적이 먼저 대검을 내질렀다. 나는 즉시 검으로 공격 궤도를 쳐내고 반격.

스치며 적의 목을 쳐 소멸시켰다. 다른 악마의 공격을 몸을 틀어 피하고 적에게 접근해 머리를 찔러 격파했다.

그 사이, 동료들이 카오스 듀라한을 노리며 좌우에서 접근 했다. 그러나 그들은 주변 악마를 끌어들이는 역할. 진짜는 정면에서 달려드는 나였다.

카오스 듀라한이 악마를 좌우로 퍼뜨렸다. 숫자로 밀어붙이 려는 동료들에게 정신을 빼앗긴 절호의 기회였다.

총대장과 일대일 상황이 됐다. 여기서 결판을 낸다.

적의 사정거리에 파고들자 카오스 듀라한이 먼저 대검을 내 질렀다. 생김새는 악마와 비슷하지만 듀라한이 쓰니 전혀 다 른 거대한 무기처럼 느껴졌다.

나는 두려움 없이 앞으로, 듀라한에게 접근했다.

검과 검이 부딪치고 불꽃을 튀기며 힘겨루기에 들어갔다. 체격을 생각하면 밀릴 상황에서 나는 대검을 쳐냈다.

검에 마력을 주입했다. 적도 반응했다. 검을 방패처럼 들어 방어하고 무게 중심을 실은 다리를 뒤로 뺐다. 여차하면 도망 칠 셈이었다.

그러나 전부 무의미했다. 이걸로 끝이다!

나는 일단 대검을 공격했다. 아까처럼 힘겨루기에 들어갈 상황이었으나…… 그 순간, 카오스 듀라한의 검이 부서지기 시작했다.

무기 파괴. 내 기술의 위력이 검의 강도를 훨씬 뛰어넘었다는 뜻이었다.

잇따라 공격하자 대검이 부서지고 듀라한의 몸에 날이 박혔다. 적의 기세가 꺾였지만 나는 공격을 멈추지 않았다.

합이 여섯. 대검을 부순 첫 공격을 포함해 일곱 번의 연속 공격. 빛 속성 마법 상급 스킬『칠성진』. 공격 하나하나가 각인으로 변해 빛으로 상대를 정화했다.

순간, 악마의 몸이 빛나더니 폭발하듯 그 몸을 에워쌌다. 둥글게 변한 빛이 하늘로 솟구치고 카오스 듀라한을 불살랐다.

비명을 지르지도 못하고 빛이 승화한 순간, 마물은 어디에도 없었다.

"좋았어……!"

외치자 듀라한을 지키던 마물이 일제히 내게 달려들었다. 반격하려던 때 뒤에서 실비와 아틸레가 무기를 내질러 분쇄했다.

"제법 요란한데? 루온."

실비가 웃으며 말했다. 나도 살짝 웃고 대답했다.

"이제 적이 더 크게 동요할 거야. 놈들은 우리를 가지고 놀 셈이었겠지만, 오히려 우리가 마물을 흩뜨릴 좋은 기회야."

그 말을 따르듯 전장에 있는 병사들의 공격이 거세졌다. 총

대장을 격파해 마물은 더 느려졌고 궤란이라는 표현이 어울리는 양상을 띠었다.

"전사들이여, 적을 격멸하라!"

에이나의 외침에 주위에 있던 병사들이 함성을 지르며 남은 마물에게 돌격했다.

완패한 마물을 처리하는 시간은 그리 오래 걸리지 않았다. 총대장을 무찌르고 몇 시간 후 전투는 끝이 났다. 주위에서 소피아를 찬양하고 승리를 진심으로 기뻐했다.

"루온, 대단한 전과 아니야?"

말 위에서 주위를 둘러보는데 주머니 속에서 유노가 물었다. 나는 고개를 끄덕였다.

"응, 대승리라고 해도 되겠어. 거의 희생 없이 첫 전투를 돌파했고 무엇보다 사기가 올랐어."

병사들이 힘내주기도 했지만, 정령의 정보 덕분에 적의 전략을 간파해 우위를 놓치지 않고 승리를 손에 쥐었다.

"병력을 유지한 덕이 무엇보다 커. 클로디우스 왕과 합류하면 전력이 더 늘 테니 단번에 수도를 공략할 수도 있을 거야."

이번 전투의 기세를 유지해 남부 침공도…… 성급한 생각인가?

"어쨌든 지금은 승리를 기뻐하자."

신이 난 병사들을 바라보며 말했다. 그때 누군가가 다가왔다. 실비였다.

"루온, 고생했어."

"응, 실비도."

"루온이 총대장을 처리하는 광경이 강렬했는지 벌써 소문났어."

"그래? 가르크가 시켜서 했는데 사기가 올랐으면 좋겠다……. 적은 해방군에 강한 전사가 있다는 정도로만 인식하고 수상하게 여기지 않을 거야."

"적은 밀려오는 군대를 상대하느라 루온을 조사할 여력이 없을 테니까 문제없어. 자…… 첫 전투는 이겼고, 이제 어떻게 돼?"

"게임은 이대로 서진해서 수도까지 갔어. 가는 동안 국내 전력을 모으고 결전에 들어가는데…… 기습은 주의해야지."

나는 후우, 한숨을 내쉬었다.

"피린테레스로 가기 전에 클로디우스 왕과 합류하는 게 가장 큰 차이야. 그리고 결전에 들어가겠지."

"계속 관찰하고 있어?"

"응. 연락용 사역마 덕분에 소통이 자유로워서 이번 전과도 바로 알렸어."

적에게 소재지를 들키지 않고 우리와 합류하는 계획. 국내에서 교란 작전을 펼치는 병사는 포레가 지휘했다.

"대표들과 어디서 합류할지 협의해야 해. 승리의 기쁨에 젖어있지만 말고 앞으로의 일도 생각해야……."

그때, 전령이 말을 타고 달려왔다.

"루온 공, 실비 님, 왕녀님이 찾으십니다."

"알겠습니다."

우리는 지시에 따라 환호성을 뒤로했다. 본진도 환호성에 들떠 표정이 밝았다.

"루온 님, 수고하셨습니다."

"막판에 대단했다며?"

옆에 있던 리제의 말에 나는 말에서 내리며 「응」이라고 대답했다.

"가르크가 사기가 오르게 그러는 게 좋겠다고 해서."

"아, 잘했네. 전선에서 싸우기 편해지지 않겠어?"

"그럴지도? 소피아, 이후에 말인데……."

"우선 아버님과 합류해야죠. 그리고 군대를 서진하되 마을은 통과하고 거점으로 가겠습니다."

"거점?"

"로베일 왕국에서 주둔한 요새처럼 발크스 왕국에도 마물 토벌이나 주변 나라의 동향을 관찰하는 요새 같은 거점이 몇 군데 있습니다. 여기서 서쪽으로 마을 하나를 지나면 그런 곳이 있습니다."

"정찰병이 그곳에 마물이 있다던데."

리제가 우리에게 말했다.

"지금 사기라면 문제없겠지. 되찾아서 거점으로 쓰자."

"거기서 국왕과 합류라…… 음, 괜찮겠는데?"

"루온 님, 아버님의 동향은?"

"특별한 건 없어. 아직 물밑에서 움직이니까."

"앞으로가 문제군요."

"맞아. 반란이 일어나고 합류하기 위해 이동하는 그때가 가장 위험해."

셰르다트의 정보망이 어느 정도냐에 따라 달랐다. 만약 국왕을 노리면…… 오르디아의 용을 타고 서둘러 가도 거리가 멀다.

"여러 문제가 있지만, 오늘은 승리를 즐기자."

리제가 말했다. 소피아가 수긍했다.

"그래요. 저기…… 루온 님."

"응?"

"군의 중심을 맡아서 저는 앞에 나설 수 없지만…… 무슨 일 있으면 즉시 대응할 테니 말해주세요."

"응, 고마워."

나는 감사를 표하고 말에 올라 유격대가 있는 전선으로 돌아갔다. 일단 리더로서 동료에게 한마디 해야 했다.

그런 생각을 하며 이동하던 중 바르자드를 만났다.

"루온 공, 고생했어."

"기사 바르자드도요. 병사들 사기는 어떻습니까?"

"모두 잘 해줬어. 좌익 전선을 오르디아 공 일행이 막아준 덕도 있지만, 우익에서 열심히 싸워서 큰 피해를 막았어."

"더할 나위 없는 전과네요. 그러면 앞으로 우리 부대는……."

"어이, 루온! 대단한 활약을 했다며!"

갑자기 알트의 목소리가 날아왔다. 그쪽을 보니 전선에서 싸운 동료들이 돌아오고 있었다.

"병사들이 뒷일은 자기한테 맡기래서 돌아왔어. 오늘 한 잔 해야지!"

"잠깐만…… 이기긴 했어도 술 마시기는 이르지 않아?"

"사기를 유지하려면 마셔도 될 거다."

바르자드가 말했다. 저기요, 이보세요.

"그, 그래도 됩니까?"

"병사들이 전투 결과에 열광하고 있어. 즐기게 하는 편이 군세에도 좋을 거야."

분위기가 괜찮다는 쪽으로 잡혀버렸다. 바르자드가 허락했기 때문인지 알트가 다른 사람들을 부추기며 잔치 준비에 들어갔다.

자칫 휘말리면 귀찮아지겠다고 생각하는 사이, 태양이 조금씩 기울기 시작했다.

주변 상황을 살펴야 해서 오늘은 진군하지 않고 야영할 텐데 이겼다는 명목으로 내가 그들과 어울려 놀고 마시면…….

"루온."

갑자기 뒤에서 누군가 말을 걸었다. 리제였다. 나를 쫓아온 모양이었다.

"미안. 할 말이 있어서."

"심각한 이야기야?"

"아니야. 전투가 게임대로 진행되면 소피아를 포함한 멤버들이 성에 잠입하는 거지?"

"응."

피린테레스에 도착하면 비밀 탈출로를 거슬러 올라 성에 잠입해 셰르다트를 처치할 것이다. 이것이 현실적으로 희생이 적은 방법이라는 데는 소피아도 동의했다.

"내가 제안 하나 할게. 루온은 제크에스 일도 있고 셰르다트 때문에 걱정이 이만저만이 아니잖아?"

"응, 맞아."

게임과 전황이 비슷하기는 해도 완전히 일치하지는 않았다. 이 차이가 얼마나 영향을 미칠지 미지수였다.

"그러니까 미리 잠입할 멤버를 정해서 언제든 즉시 작전을 실행할 수 있는 상황을 만들어놓아야 해. 소피아와 에이나가 같이 가지만, 어느 정도 인원이 필요하잖아? 사전에 멤버 선정은 해놓아야 하지 않겠어?"

그 말대로 피린테레스에 가까워졌을 때 시간에 쫓겨 성에 잠입할 부대를 정하지 못하는 상황도 있을 법 했다. 궁극적으로는 나와 소피아 둘이서도 어떻게든 하겠지만, 그러면 나도 제 실력을 내야하고 셰르다트는 나를 최대한 경계할 것이었다. 최악의 상황에는 도망칠 수도 있었다.

지금까지 숨겨왔는데 내 정체가 드러나면 마왕이 다르게 움직일 위험성이 있다. 신령들이 그런 상황은 피하고 싶어 하니 나도 피하고 싶었다.

그래서 누구와 성에 잠입할지 정해놓고 즉시 대응할 수 있는 태세를 갖추자는 리제의 말에 찬성했다.

"그러자. 누구를 데려갈지 생각해봤어?"

"나보다 루온이 잘 알 텐데? 전장을 꼼꼼히 관찰했으니 성에 돌입해서도 전력이 될 사람이 누구인지 명확해지지 않았어?

그건 그런데……. 그때, 유노가 물었다.

"루온, 후보 있어?"

"후보? 뭐, 기사나 병사를 지휘하는 사람은 어려울 테니까 유격대에서 뽑는 게 좋겠지."

소피아 곁에 있는 리제와 에이나, 커티도 뽑을 수 있었다. 사라는 어렵지만…… 다른 동료들이 협의하면 되는 일이었다.

나는 게임이 어떻게 진행됐는지 생각을 더듬으며 성 내부 전투를 고찰했다. 만약 게임대로 간다면 주인공은 동료, 기사 몇몇과 함께 성에 잠입해 마물, 악마와 싸우며 셰르다트가 기다리는 알현실로 돌진한다. 왜 알현실에 있는지 의문이 들지만 그냥 「이 나라는 내가 왕이다」라고 주장하고 싶은 걸지도?

아무튼 파티 멤버에 기사 몇 명도 대동하니까 현실에서도 사람 좀 모으는 것은 문제없을 듯했다. 게임에서는 셰르다트와 싸우기 전, 전투 멤버 넷을 제외한 대기 멤버와 기사들이 적을 막았다. 말하고 보니 「여기는 우리가 막을 테니 너희는 먼저 가!」 패턴인데 사망 플래그는 아니고 그냥 시간 벌기 역할이었다.

그러나 게임과 차이가 있으니 게임처럼 편성하면 위험할지도……. 나는 여기까지 생각하고 리제에게 대답했다.

"응, 지금부터 검토해볼게. 조언 고마워."

"천만에. 난 이만 돌아갈게."

리제가 떠났다. 나는 작게 한숨을 내쉬었다.

"누가 좋을까……."

"오르디아, 실비, 쿠자는 확정이고."

유노가 말했다. 그건 대전제로 놓고…… 이번에 활약한 알트 일행과 필리도 멤버로 넣을 수 있지 않을까? 예전에 오르디아와 손잡은 적 있는 라디 일행이라든가.

그때, 문득 깨달았다.

멋지게도 게임의 다섯 주인공이 모여 손을 잡았다. 시나리오 중 마왕전에 다섯 명이 모이는 케이스는 있지만 설마 발크스 왕국 해방전에 이렇게 될 줄은 상상도 못했다. 게다가 원래는 죽었을 소피아 밑에서 싸웠다.

"흠…… 승리 축하연이 있을 모양이니 그때 말해보지 뭐."

나는 결론을 내리고 유격대가 있는 곳으로 돌아갔다.

축하하는 자리였으나 막 전투가 끝난 뒤라 야단법석은 아니었다. 나는 술을 못 마신다는 핑계로 넘어갔다.

주위에서는 마셔 대서 얽히면 조금 괴로웠지만…… 내일 숙취만 없었으면 좋겠다고 생각하며 담소를 나누는 유격대원들을 보았다.

그러다 축하자리가 일단락됐을 때 나는 움직였다. 마시는 중인 사람들에게 말을 걸면 제대로 대답할지 의문이지만…….

"실비, 쿠자."

나는 먼저 실비와 그 옆에 있는 쿠자에게 말을 걸고 주변에 앉았다.

"고생이 많아. 다치진 않았어?"

"난 괜찮아. 쿠자는?"

"나도 멀쩡해. 애당초 나설 자리가 별로 없었으니까."

쿠자가 말하며 웃었다.

"부대는 알레테가 지휘하니까 나는 지시대로 움직이기만 하면 돼. 오늘은 부대가 별로 움직이지도 않았어."

"다행이야. 연합군에 여력이 있다는 말이잖아. 마술사는 앞으로 마물이 강해지면 꼭 있어야 해. 전투는 이제 막 시작됐으니까 방심하지 마."

"물론이야."

"그리고 두 사람에게 할 말이 있는데."

내 말에 실비와 쿠자의 표정이 바뀌었다.

"이대로 수도까지 가면 게임대로 성에 잠입할 수도 있어. 두 사람이 도와줬으면 해."

"난 처음부터 그럴 생각이었어."

실비가 손을 흔들며 말했다.

"소피아에게 검을 바친 몸이니까. 거부해도 따라갈 작정이었다고."

"나도 가도 돼?"

쿠자가 물었다. 나는 어깨를 으쓱했다.

"응, 쿠자의 능력은 든든하니까."

"좋게 봐주는 건 고마운데…… 뭐, 가능한 한 노력해볼게."

"참고로 알레테 씨에게는……."

"부대를 지휘하는 몸이니까. 병사를 통솔하는 사람에게 부탁하기는 어렵지."

솔직히 말하면 바르자드도 함께 가줬으면 하는데…… 어렵겠지? 대장급 기사는 아마 힘들 것이다. 그러면 새벽의 자유기사단이나 유격대에서…….

"루온 씨, 고생했어."

생각에 잠기는데 누군가 나를 불렀다. 라디였다. 뒤에는 네스톨도 있었다.

"제법 화려하게 해치웠던데? 전체적으로는 오르디아 씨가 놀라운 활약을 했다더라고."

"용을 만들어 공격했으니 눈에 띄는 게 당연하지."

"그런데 오르디아 씨는?"

나는 말없이 텐트를 가리켰다. 이미 잠든 지 오래다.

"일찍 자는 게 아니라 원래 이런 자리에 잘 안 껴."

"아, 왠지 싫어할 것 같았어."

마족의 피 때문에 사양하는 것도 있지만, 가장 큰 이유는 그냥 자고 싶은 것 아닐까? 생각한 적도 있지만, 깊게 물어보지는 않았다.

흠, 라디와 네스톨이 왔으니 한 번 말해볼까.

"라디, 네스톨, 할 말이 있는데."

나는 간단하게 설명하며 생각했다.

게임은 성에 잠입한 후 적을 막는 역할과 셰르다트와 싸우는 역할, 둘로 나뉘었다. 하지만 현실은 소피아와 왕족이 살아있고 셰르다트 주위에도 큰 변화가 생겼으니 게임보다 전력을 늘리고 임해야 했다.

둘이 아니라 셋, 넷으로 갈라지는 상황도 예상해야 했다. 그렇게 되면 각각 지휘할 사람이 필요할까?

셰르다트와 싸워야 하는 나와 소피아는 제외하고 후보는 리제와 에이나 정도……? 리제는 우리와 함께 셰르다트와 싸우는 게 나은가……? 아무튼 지금 할 수 있는 것은 어떤 상황에도 대응할 수 있게 대비하는 정도였다.

"성에 잠입할 수도 있다고……."

라디가 이해했다는 듯이 중얼거렸다. 실비, 쿠자와 달리 내 정체를 모르기 때문에 『성에 잠입해 마족을 처치하는 전법을 쓸 수도 있으니 협조해달라』고 설명했다.

"응, 할게. 불타오르잖아? 나라를 빼앗은 마족과의 전투라니……!"

아, 응. 오랜만이네, 열혈 버튼 눌린 라디. 네스톨이 진정하라며 달랬다.

"라디, 결정된 건 아니야. 루온 씨, 우리로 괜찮겠어?"

"실력은 이번 전투와 지일다인 왕국 전투로 입증했으니까. 마음의 준비는 해줘."

"알았어. 사람은 더 모을 거야?"

"응, 아마……."

"여어, 루온 씨! 열심히 마시고 있어?!"

주정부리는 사람이 나타났다. 알트였다. 뭐라 대답해야 하나 곤란했는데 뒤에 있던 캐룬이 붙잡았다.

"으이구, 그만해! 미안해, 알트는 술 마시면 기분이 업 되거든."

"아, 응. 괜찮아…… 이러면 말해도 내일 아침에는 까먹겠어."

"기억하니까 괜찮아. 그런데 무슨 말?"

캐룬의 질문에 나는 정말 괜찮나 하면서도 두 사람에게 말했다.

"오, 우리를…… 근데 도움이 될까?"

"알트와 캐룬의 힘을 봤으니까 하는 부탁이야. 아, 혹시 불안하면……."

"무슨 소리. 명예로운 일이니 참가할게. 알트도 안 취했어도 이 자리에서 승낙했을 거야. 그렇지?"

"응, 물론."

얼굴이 빨간 알트가 대답했다.

"열심히 할게."

"……의욕을 보여줘서 고마운데 정말 괜찮아? 말 그대로 위험에 뛰어드는 거야."

"잘 알아. 그보다 부탁해줘서 기쁜 걸? 이그노스에게도 말해둘 테니 걱정하지 마."

캐룬이 연신 고개를 끄덕였다. 이그노스는 이곳에 없지만, 그도 승낙해주지 않을까?

"또 같이 가는 사람 있어?"

"응, 생각하는 사람은……."

"오, 루온. 잘 마시고 있지?"

이번에는 콜리였다. 알트와 비슷한 주정을 부리며 내게 다가왔다. 게다가 옆구리에 필리를 꼈다. 필리는 난처한 표정이었다.

"콜리…… 필리가 난처해하는데."

"늘 있는 일이라……."

필리는 쓴웃음 지었다. 어쩔 수 없는 일이라고 포기한 느낌이었다.

"마침 잘됐어. 두 사람에게도 말하려고 했거든."

"뭐를요?"

"만약 수도에서 성에 잠입하는 작전을 쓰면……."

필리는 설명을 듣자마자 하겠다고 했다. 콜리도 승낙했고 일단 눈여겨둔 멤버에게는 다 말했다.

"루온 씨가 이렇게 말해주니까 왠지 기쁘네요."

그리고 알트와 비슷한 말을 했다. 대답하려 했지만, 유노가 나보다 먼저 입을 뗐다.

"루온이 부탁한 게 기쁘다고?"

"같은 전장에서 활약한 사람에게 부탁받으면 열심히 하고 싶어져요."

"오호, 그렇군. 루온은 의외로 인망이 두텁구나."

"의외라니……."

하지만 그렇게 말하니 조금 놀랍고 기뻤다.

동료들은 잡담을 나누었다. 주인공들이 이렇게 웃으며 대화하는 광경은 게임에도 없었다고 마음속으로 중얼거렸다. 다섯 명이 모이는 시나리오에서조차 마왕전의 긴장감이 따라서 딱딱했다.

그런데 무슨 인연인지 모닥불에 둘러앉아 담소를 나누다 니…… 왠지 감개무량했다.

"루온, 즐거워 보여."

갑작스러운 유노의 말에 나는 미간을 찌푸렸다.

"즐거워? 내가?"

"앞에 펼쳐진 정경을 보고 살짝 웃었어."

"그랬구나……. 이런 상황은 게임에 없었거든. 신선했나 봐."

"결과적으로 루온이 게임 주인공을 모았네?"

그렇게 볼 수도 있겠다. 그들을 바라보는데 누군가가 다가 왔다. 커티였다.

"어라, 어쩐 일이야?"

"슬쩍 나왔어. 이쪽이 재미있어 보여서. 물론 소피아한테 허락받았어."

"그러면 괜찮지만……."

"그리고 미안해. 후방에서 나만 편하게 있는 것 같아."

"커티 씨는 소피아를 호위하고 있잖아."

유노가 거들었다. 커티는 고맙다며 이어서 말했다.

"그리고 소피아 씨에게 이후의 작전 내용을 좀 들었어. 혹시 성에 잠입하면 참가할 듯해."

"그래. 그런데 커티."

"응, 왜?"

"오늘 전투 중에 소피아가 뭐라도 하려고 했어?"

"검을 빼들려고 한 게 세 번 정도. 말렸지만."

"……잘했어. 고마워."

커티가 웃기 시작했다.

"저 왕녀님을 제어하느라 고생 좀 했겠는데? 아, 그래도 루온의 말은 따르려고 해서 그렇게 고생하지는 않았어."

"많은 일이 있었다고만 해둘게……."

"단지 소피아 씨의 행동은 루온이 걱정돼서 그런 거기도 하니까 탓하지 마."

"그야 당연하지……. 커티, 고생시켜서 미안하지만, 잘 부탁해."

"다름 아닌 유격부대 리더의 부탁이니 어쩔 수 없지."

커티가 재차 웃었다. 나도 마주 웃었다. 전투가 끝난 밤이 조용히 깊어갔다.

다음 날 아침, 주변이 위험하지 않다고 확인 후 다시 진군했다. 그리고 당초 목표였던 요새에 도착해 마물과 싸웠다.

그들은 사기가 오른 우리 군세에 상대가 안 됐고 전투 시작 몇 시간 뒤에 제압을 마쳤다. 지금까지는 순조로웠다. 수도전도 이렇게 싸우길 원하지만, 그렇게 잘 풀리지는 않겠지.

그리고 발크스 왕국이 갑자기 소란스러워졌다. 우리 연합군 외에 국내에 잠복해 기회를 살피던 기사들이 일제히 봉기해 마물을 무찌르기 시작했다. 그중에는 마족을 격파했다는 보고도 있었다. 셰르다트가 선수를 빼앗겼다.

소피아는 예정대로 제압한 요새에서 합류하기를 기다렸다. 국왕과 왕비를 요새에 맞이하면 해방을 위한 기운이 무르익을 테고 드디어 수도 피린테레스 공략에 들어갔다.

"드디어 오늘 합류하는구나."

복도를 걷는데 유노가 주위를 날아다니며 말했다.

국왕이 가까이 온 것은 소피아에게도 보고했다. 지금은 도착을 기다리는 중이었다.

"국왕이 나타나면 총대장도 바뀌나?"

"지금 연합군은 소피아의 말로 움직이니까 바꾸면 안 된다고 보지만, 그건 국왕과 소피아가 의논해서 정할 일이야."

"루온은 앞으로도 전선에서 싸워?"

"당연히 그럴 거야. 그런데 첫 전투에 총대장을 처치해서 마족이 경계할 수 있으니까 그쪽이 어떻게 나오느냐에 달렸지."

다행히 신령이 노출되지 않아서 나는 어디까지나 「왕녀를 인도한 별칭을 가진 검사」라고 생각될 것이다. 그건 그거대로 마크당할 위험성이 크지만 주역은 어디까지나 소피아고 소문 자체도 소피아를 치켜세우는 내용이 많았다. 관심을 가질 수는 있어도 기본적으로 나를 주시하지는 않을 것이다.

"만약 경계해도 우리는 다른 데서 싸워서 소피아에게 영향을 미치지 않을 테니 문제없어."

유노에게 설명했을 때 국왕을 관찰하는 사역마의 눈에 마을이 보였다.

"아, 사역마가 우리가 있는 요새 주변 마을을 봤어. 곧 도착하겠다."

나는 소피아에게 연락하기 위해 방으로 갔다. 그녀가 사용하는 방에는 에이나와 리제가 있었지만, 사라와 커티는 없었다.

"어라, 사람이 적은데."

"사라 씨와 커티 씨는 다른 곳에 있습니다. 몸을 움직이고 싶다더군요."

아, 계속 호위하느라 긴장해서 어깨가 굳었나?

"그래? 폐하가 마을 근처까지 왔어. 이제 곧 도착할 거야."

"알겠습니다. 마중 나갈 준비를 하죠."

소피아 일행이 방을 나갔다. 국왕은 마을을 지나지 않고 기사를 데리고 우회해 요새로 전진했다.

"기습당하지 않아서 다행이야."

유노의 말에 그렇다고 동의했을 때…… 문득 생각했다.

클로디우스 왕은 자기가 어디 있는지 비밀로 하고 적에게 발각되지 않으려고 했다. 연락도 내 사역마로만 주고받아서 마족 셰르다트가 왕이 어디 있는지 판단하기 힘들었다.

그러나 셰르다트는 왕을 노리고 싶을 것이고…… 왕의 동향이 분명해지면…….

"……설마."

나는 즉시 복도를 지나던 소피아를 불렀다.

"소피아!"

그녀가 놀라 돌아보았다.

"루온 님? 무슨……."

"적이 요새에 도착하는 순간을 노릴지도 몰라."

눈을 깜빡인 소피아가 깨달았는지 얼어붙었다.

"마족 셰르다트는 국왕이 어디 있는지 까맣게 몰라. 하지만 그걸 명확하게 알 수 있는 때가 딱 하나 존재해."

"요새로 향하는 군이 하나일 때."

소피아 옆에 있는 리제가 말했다.

"아니, 복수라도 수가 한정적이면 발견될 가능성이 커. 아무튼 적은 폐하가 그 군대 안에 있을 가능성이 크다고 생각해."

"맞아. 셰르다트는 요새를 제압한 이곳으로 갈 거라 예측했을 수도 있어. 만약 그렇다면 가까운 마을에 자객을 심어놨을지도……."

말이 끝나기 무섭게 나는 마을에서 날아오르는 한 무리를 포착했다. 그것은 망설임 없이 마을을 우회하는 기사단에게 달려들었다.

"추측대로 나왔어……! 소피아, 우선……!"

"오르디아 씨를 부르겠습니다. 먼저 보낼 멤버를 소집해주세요. 인원은…… 용의 수용력을 생각하면 열 명 이하겠군요. 그리고 저도 갑니다."

아무리 그래도 그럴 수는 없다 말리려고 했으나 소피아가 곧바로 말을 덧붙였다.

"가게 해주세요! 부탁드립니다."

여기서 입씨름해도 소용없었다. 리제를 보자 그녀가 살짝 고개를 끄덕였다.

"나와 에이나, 커티도 동행할게."

"알았어. 소피아, 요새를 노릴 가능성도 있으니까 지휘관급은 대기시키자. 오르디아를 부르면 곧바로 요새 정원에 집합. 나는 데려갈 수 있는 사람을 모을게."

시간이 없었다. 근처에 사람이 없다면 이대로 소피아 일행과 나만 싸워야 하는데……

"루온 씨, 갑자기 무슨 일이야?"

리엘과 마주쳤다. 옆에는 바르자드가 있었다.

"마침 잘됐다. 기사 바르자드, 요새에 있는 병사들에게 전달해주세요. 마물이 이곳으로 오는 국왕을 쫓고 있습니다."

두 사람의 표정이 살짝 굳었다.

"저와 소피아는 오르디아의 용을 타고 먼저 가겠습니다. 리엘, 마물은 지금 어쩌고 있어?"

"요새 주변에 대기시켰는데…… 보낼까?"

"마물을 출진시켜서 혼란이 일어나진 않을까?"

"아, 그건 걱정하지 마."

"그러면 리엘은 따라와 줘. 기사 바르자드는 요새가 혼란에 빠지지 않게 해주세요."

"알겠다."

나는 리엘과 함께 정원으로 갔다. 결국, 다른 동료는 만나지 못하고 오르디아가 도착하길 기다렸다.

"루온 님!"

소피아 일행이 달려왔다. 함께 온 오르디아가 곧바로 정원에 용을 만들었다.

주위가 술렁였지만 바르자드가 기사와 함께 사태를 수습했다.

"가자."

용에 올라 말하자 오르디아의 손을 따라 용이 날아올랐다. 이미 국왕 부대는 전투에 들어갔다. 용이 아니면 시간을 맞출 수 없었다.

요새를 떠나 국왕이 있는 방향으로 진로를 잡았다. 하늘에서도 기사와 마물이 싸우는 모습이 선명하게 보였다.

"리엘, 사역마는?"

"이미 보냈어!"

그 말과 동시에 요새 부근에 수많은 마물이 나타나 엄청난 속도로 전장으로 향했다. 우리도 서둘러, 몇 분도 지나지 않아 전장에 도착했다.

"아버님!"

소피아가 외쳤다. 국왕은 말에 올라 병사와 기사의 보호를 받으며 악마와 싸웠다.

거기에 우리가 뛰어들었다. 악마는 우리의 돌격에 반응하지 못했고 나와 오르디아, 그리고 소피아의 공격으로 모조리 처리했다.

"무사하십니까?!"

"그래, 이쪽은 문제없다."

바로 상황을 파악했다. 근처에 쓰러진 마차 주위에서 기사가 왕비를 지켰다.

국왕 주위에서도 기사가 마물과 싸우는데…… 그 순간, 오르디아의 용이 울부짖으며 마물에게 덤벼들었다. 적은 전부 악마였으나 하급 졸병. 용으로 쉽게 이길 듯했다.

뒤늦게 리엘의 마물도 도착했다. 적은 밀려온 군세에 대응하지 못했고 태세를 정돈한 아군이 악마를 밀어내기 시작했다.

적의 책략은 우리가 도착한 시점에 부서졌다. 그러나 상대가 국왕과 왕비의 암살을 노리고 있다면 경계를 늦춰선 안 됐다.

"이런."

갑자기 마을의 한 방향에서 목소리가 들렸다. 나와 소피아가 들어봤던 목소리였다. 그 직후, 마물이 후퇴해 대치했다.

"좋은 작전이라고 생각했는데 말이야. 여기서 국왕을 처치하면 사기도 떨어지고 효과적이었을 텐데."

모습을 드러낸 마족을 보고 나는 그 이름을 불렀다.

"……마족, 셰르다트."

셰르다트는 우리를 향해 조용히 웃음 지었다.

제33장 왕비와 왕녀

"미리 말하는데 너희 눈앞에 있는 나는 마력을 갖고 있지만, 분신이다."

동료가 경계하기 전에 셰르다트가 말했다.

"너희는 첫 전투부터 완벽했다. 왕의 소재도 잘 숨기긴 했는데, 나는 마지막에만 잘 겨냥하면 되거든. 요새로 향하는 부대가 가짜일 가능성도 있지만, 나쁘지 않은 도박이었고 실제로 왕이 있었지. 방심했군그래."

셰르다트가 어깨를 으쓱했다.

"작전은 성공했고 이제 요새에서 지원군이 오기 전에 처리하면 끝이라고 생각했는데 용을 타고 날아올 줄이야. 예상하지 못했어."

아라스틴 왕국에서 용을 타고 현장에 간 적도 있지만 그 정보는 셰르다트에게 전해지지 않은 모양이었다. 우리가 다음 날에 마족을 격파해서 정보가 전달되기 전에 막은 것 같다. 그래서 이번에 왕을 구했다.

"그리고……"

셰르다트의 시선이 소피아를 향했다.

"얼굴은 기억해. 처음 봤을 때 처리할 것을 그랬군, 소필리아 왕녀."

셰르다트가 정중하게 허리 숙여 인사하고 말했다.

"성에서 어떻게 도망쳤을까……. 아니면 내가 본 너와 왕은 마법으로 만든 가짜였나?"

탈출로로 도망쳤다고는 생각하지 않는 듯했다. 셰르다트는 그런 길이 있는 줄 모르니 당연한가?

"그리고 성에서 만났을 때와 마력이 다른데, 아티팩트라도 썼나?"

소피아는 대답하지 않았다. 셰르다트는 그것을 일종의 긍정으로 봤는지 작게 웃었다.

"완전히 방심했어. 소문을 듣자하니 거점을 세운 마족들을 차례로 처치했다지. 즉, 내가 놓치는 바람에 다대한 피해가 발생한 거야."

셰르다트의 눈에 살의가 담겼다.

"어떻게 보면 내 실수이기도 해. 제대로 대처하지 않으면 혼쭐나겠어."

셰르다트에게서 소름 돋는 마력이 느껴졌다. 위협인 줄은 알지만, 도저히 분신 같지 않을 만큼 짙었다.

나는 게임 정보를 떠올렸다. 마족 셰르다트는 약점이라고 할 약점도 없고 전법도 플레이어에 맞춰 바뀌었다. 근거리에서 공격하면 거리를 벌리고, 원거리 공격을 하면 일부러 접근전으로 끌어들였다. 게다가 후위에 있는 병사부터 노리는 짜증나는 전법도 썼다.

현실은…… 이 녀석의 모략은 곳곳에 마수를 뻗쳐 발크스 왕국만이 아니라 여러 나라에 간섭했다. 그 점을 생각하면 전투하며 무슨 짓을 벌일지 몰랐다.

　그것을 간파하는 게 내 일이군.

　『루온 공.』

　가르크가 말했다.

　『기척은 그리 강하지 않군. 하여튼 책략을 부릴 여력은 있을 테니 주의해야 한다.』

　나는 마음속으로 알았다고 대답하고 말했다.

　"소피아, 지원할게."

　나는 무기를 검 대신 지팡이로 바꿨다. 셰르다트가 눈을 가늘게 떴다.

　"후위를 맡아 어쩌겠다고? 나는 한꺼번에 덤벼도 상관없는데."

　"에이나, 리제. 왕비님 호위를 부탁해."

　두 사람이 고개를 끄덕였다. 오르디아도 먼저 알아채고 국왕을 호위했다. 커티도 국왕 근처로 다가갔고 리엘은 마물을 제어하며 그들 옆에 섰다.

　"둘이서 나를 상대하겠다고?"

　나는 그의 물음을 무시했다. 그 사이 소피아가 셰르다트와 대치하며 검을 겨누었다.

　"분노는 아니군. 성을 세운 마족을 쓰러뜨려서 실력은 인증됐고, 내 능력이 어느 정도인지 겠다 이건가."

　셰르다트가 냉정하게 분석했다. 그것인즉 자신의 힘이 간파

당한 줄 안다는 뜻이지만 당사자는 표정 하나 바꾸지 않고 여유로운 태도를 유지했다.

책략을 읽히지 않으려는 연기일까? 이 상황을 뒤집을 방법이 있는 걸까? 눈앞의 상대는 책략에 밝아 여태까지 싸운 마족과는 달랐다. 최대한 경계해야 했다.

우리를 에워싼 악마와 동료가 다시 전투를 시작했다. 능력이 그만저만하니 동료가 대응할 수 있었다. 아니, 쉽게 이겼다.

"역시 데려온 놈들로는 정예를 이길 수 없겠어."

셰르다트가 포기했다는 듯이 중얼거렸다.

"들키지 않게 장기(瘴氣)를 내뿜지 않는 악마를 마을에 잠복시켰는데 장기가 없어서 그런지 약해졌어. 기습은 성공했지만, 거꾸로 말하면 기습만 성공했어."

"……여유 부릴 때야?"

그가 중얼거리는 동안에도 전국은 우리에게로 기울었다. 왕비를 호위하는 리제와 에이나가 호쾌하게 무기를 휘둘러 한 방에 악마를 처치했고 왕을 지키는 오르디아 일행은 검으로 정확하게 적을 죽여 나갔다. 이대로 가면 몇 분 뒤에는 셰르다트만 남는다. 설마 아군이 없어지면 발동하는 함정인가? 아무리 그래도 그건 아니겠지.

내 물음에 셰르다트는 손가락 하나 까딱하지 않았다. 이렇게 나오니 도리어 기분 나빴다. 이 녀석의 목적은 대체…….

"……사실 나 같은 마족은 희귀종이거든."

셰르다트가 말했다. 그동안에도 악마는 사라졌다. 잠깐……

이건 설마.

"동료 중에 단순한 놈이 많아서 인간에게는 작전을 세울 필요 없다고 되는 대로 싸우는 놈이 많아. 하지만 난 달라. 작전도 하나만 준비하지 않지."

시간을 버는 건가?!

"내 의도를 알아챈 모양이지만, 안타깝게도 기습한 시점에 승부는 정해졌어. 원래는 왕을 죽이고 이 계획을 실행할 생각이었지만. 여하튼 첫 번째 작전을 방해한 건 칭찬해줄게."

"윽!"

그때, 신음이 들렸다. 아주 잠깐, 순간적으로 눈을 돌리니 왕비가 바닥에 쓰러져있었다.

"왕비님?!"

에이나가 달려갔다. 소피아가 당연히 그쪽을 보자 셰르다트가 공격했다.

"멍청하긴!"

나는 지팡이를 써서 정면으로 맞섰다. 칠흑 같은 장검을 지팡이를 방패삼아 막았다.

칼날과 지팡이가 부딪혔다. 쇳소리가 울려 퍼지고 나는 상대의 공격을 막는 데 성공했다.

"천공의 성창!"

동시에 『홀리 랜스』를 발동했다. 셰르다트가 거의 코앞에서 공격당해 떠밀리다 푸른빛이 충격파를 일으키며 폭발했다. 주위에 잔잔한 빛이 흩날렸다.

"오르디아! 마족을 맡아줘!"

나는 일방적으로 외치고 왕비에게 갔다. 소피아도 같이 다가가니 왕비는 가슴에 손을 대고 웅크리고 있었다.

"어머님……!"

소피아가 걱정스럽게 말을 걸었다. 왕비는 고개를 들어 대답하려 했지만 그러지도 못하는 상태였다.

나는 무슨 일이 일어났는지 조사했다. 왕비의 몸에 마력이 심어져 있었다. 인간의 마력이 아니었다. 양이 많고 새까만 공기를 내뿜는 마족의 마력.

『마족의 마력을 억지로 심었군.』

가르크가 말했다. 그때 한 기사가 말했다.

"악마가 처음 공격했을 때 왕비님이 직접 마법으로 몰아내셨습니다."

아마 그때 무슨 짓을 한 모양이었다. 그렇게 판단한 직후, 왕비가 입을 열었다.

"모두, 도망쳐요……!"

왜 그러냐고 물으려던 순간, 그녀의 몸에서 검은 마력이 흘러나왔다.

"피해!"

나는 소피아를 억지로 끌어안고 왕비에게서 떨어졌다. 리제와 에이나가 한 발 늦게 피했고 왕비가 주저앉은 바닥이 빛나더니 폭발했다.

"어머님!!"

소피아가 소리 질렀다. 자폭을 상상한 모양이나 아니었다.

이 마법은 눈속임. 나는 폭발로 피어오른 연기 속에서 왕비가 마족에게 달려가는 기적을 느꼈다. 어떻게든 막으려고 했으나 소피아를 안고 있어서 힘들었다.

정신 차리고 보니 왕비가 우리와 거리를 두고 대치했다. 셰르다트가 그 뒤에 서서 활짝 웃었다.

"왕비님은 원래 마법사였나 봐? 실력을 발휘하게 돼서 나도 참 기뻐."

"이 자식……!"

에이나가 빠득 어금니를 짓씹고 외쳤다. 당장에라도 달려들 상황이었다. 나는 참으라고 그녀를 말리고 소피아를 내려줬다.

그리고 왕비를 주시했다. 큰 차이는 눈 색. 소피아와 똑같은 파란 눈 대신 정반대로 새빨갛게 물들었다.

"꼭두각시 마법인가……"

나도 마물을 사역하는 마법을 쓸 줄 알지만 그것과는 달랐다. 단정하는 이유는 이런 마법의 제약을 완전히 무시했기 때문이었다.

「조종하는 존재가 가진 잠재력 이상의 행위는 불가능」하다는 제약. 어디까지나 마법으로 의지를 제어할 뿐, 대상자의 실력을 초월하지는 못했다. 그러나 눈앞의 왕비는…… 마족의 마력을 흡수하고 더 강해졌다.

"자, 무대가 갖춰졌군."

셰르다트가 우리를 내려다보며 말했다.

"다시 시작해볼까?"

이걸 노렸다. 조금만 더 빨리 대응했더라면, 하고 후회했지만 소용없었다. 어떻게 공략하느냐가 문제였다. 분신 셰르다트는 왕비를 방패로 삼았다. 구하려면 어떻게 해야 하지?

『루온 공, 잠깐 괜찮나?』

가르크가 말했다. 뭔가 알아냈나?

『먼저 꼭두각시 마법은 분신인 마족의 마력과 연결됐다. 즉 마족만 쓰러뜨리면 마법이 해제되고 몸에 있는 마력도 끊길 거다.』

왕비를 어떻게 할 것 없이 셰르다트만 쓰러뜨리면 해결된다는 건가.

『그건 물론 상대도 알 테지. 왕비를 얼마나 다치지 않게 하면서 마족을 쓰러뜨리느냐에 달렸어.』

"……알았어."

내가 대답한 직후, 소피아가 조용히 한쪽 발을 앞으로 내디뎠다. 그 눈에 살기가 가득했고 당장에라도 셰르다트에게 뛰어들 기세였다.

화가 머리끝까지 난 게 분명했다.

"리제! 에이나!"

그래서 나는 그들의 이름을 외쳤다. 둘 다 무엇을 해야 하는지 알아채고 곧바로 소피아에게 달려가 막았다.

"무슨……?!"

"침착해, 소피아."

놀란 소피아를 리제가 부드럽게 타일렀다. 그러나 소피아는
받아들이지 않았다.

"둘 다 놔요!"

"소피아 님, 부디 냉정하게……!"

"난 침착합니다!"

"하하하하! 그래, 이런 걸 보고 싶었어!"

셰르다트가 웃음을 터뜨리며 세 사람을 바라봤다.

"가족이 인질로 잡혀서 당황하지 않는 인간은 없어. 그것이
너희 인간의 약점이다. 정을 버리지 못하지……. 감정을 가지
고 노는 건 정말 재미있군!"

그가 팔을 휘둘렀다. 그에 따라 왕비가 이리 오라는 듯이
소피아에게 손짓했다.

소피아는 분노를 쏟아내려고 했으나 리제와 에이나가 필사
적으로 막았다.

"오르디아, 커티."

나는 냉정하게 두 사람을 불렀다.

"마족을 처치하면 왕비님이 풀려날 거야. 어떻게든 왕비님
과 마족을 떨어뜨릴 테니까 두 사람은 마족을 공격해."

"우리로 괜찮겠어?"

"저 셋에게 맡기기는 힘들잖아."

말씨름하는 소피아 일행을 보며 대답했다. 그녀만이 아니라
리제와 에이나도 안 됐다. 왕비가 방패가 되면 반드시 망설일
테니까.

"나는 아까 말한 데 집중할게. 분신이니까 너희도 쓰러뜨릴 수 있어. 부탁해."

"알겠다."

"알았어."

오르디아와 커티가 승낙했다. 우리가 앞으로 나서자 셰르다트가 눈을 가늘게 떴다.

"잘 생각했어. 하지만 전력은 반감했지. 왕비를 막을 수 있겠어?"

"해보이지."

대답 직후, 왕비가 손을 뻗었고 나는 지팡이를 들었다.

왕비의 마법으로 전투가 시작됐다. 오른손이 나를 향한 순간, 무영창 마법으로『라이트닝』이 발사됐다.

나는 지팡이를 들어 방어했다. 마력장벽이 생겨 왕비의 공격을 막았다. 청백색 빛이 시야에 퍼지며 위력을 실감하게 했다.

"분리라고 해도 난이도가 높군."

오르디아와 커티에게 위세 좋게 말하기는 했지만 셰르다트는 유리한 카드를 쉽게 놓지 않을 터였다. 그리고 너무 오래 끌면 안 될 것 같았다. 왕비의 능력 때문이다. 마력에 병마라도 심었으면 해로운 마력을 제거해도 몸에 대미지가 남을 게 분명했다. 애초에 조종당하며 마법을 쓰면 쓰러져도 이상하지 않은데…… 꼭두각시 마법은 그조차 허락하지 않았다.

현재는 억지로 힘을 끌어내 싸우는 상태. 자칫 시간을 오래 끌면 목숨이 위험했다. 그러니 지금은⋯⋯.

"레스베일."

내 뒤에 갑옷천사가 나타났다. 셰르다트가 휘파람을 불었다.

"헤, 재밌네. 용에 천사님이라."

갑옷천사의 마력을 파악했을 텐데도 그의 태도는 변함없었다.

나는 레스베일에게 지시를 내렸다. 대검을 지면에 꽂고 우리 셋과 소피아 일행을 분리하는 마력장벽을 만들었다.

셰르다트는 왕비로 소피아를 노릴 게 틀림없었다. 그런 상황을 막기 위해 우선 공간을 분리했다. 이 정도 범위라면 장벽 강도도 충분했다.

"괜찮은 해답인데⋯⋯ 천사님을 처치하면 끝 아닌가?"

왕비가 오른손을 뻗었다. 마력이 태동하고 다시 『라이트닝』. 마법이 레스베일에게 날아들었지만, 대검을 휘둘러 막았다.

검과 번개가 교차하며 폭발하는 소리가 났다. 결과는⋯⋯ 대검이 마법을 쳐냈다.

이것을 보고도 셰르다트의 표정은 변하지 않았다. 그러나 방침을 바꿨는지 왕비를 자기 근처로 이동시켰다. 마치 방패를 세우듯이⋯⋯.

억지로 떨어뜨리려고 하면 왕비가 다칠 수 있었다. 마족은 오르디아와 커티에게 맡기고 나는 공간을 분리하는 데 집중하자.

방식은 단기전으로 가야하니 하나뿐이었다.

"오르디아, 커티."

나는 두 사람을 부르며 지팡이를 들었다.

"나를 믿고 따라와 주겠어?"

"알겠다."

"응."

두 사람의 대답을 듣고 달렸다. 무기는 그대로 지팡이지만, 문제없었다. 셰르다트는 왕비를 내세워 마법을 쓰려고 했다.

셰르다트는 움직이지 않지만…… 왕비로만 공격하지는 않을 것이었다. 왕비에게 의식을 집중시키고 틈이 생기면 직접 공격할 속셈이겠지.

그렇다면 내가 할 일은……. 지팡이를 뻗으며 왕비를 막을 스킬을 골랐다. 셰르다트가 알아채고 맞서려고 했지만 나는 대강 무시하고 왕비에게 달려들었다.

그때였다. 왕비의 양손에 번개가 생겼다.

이건…… 속으로 중얼거리는 사이에 마법이 쏟아졌다. 『라이트닝』은 아니지만, 번개를 창처럼 발사하는 상급 마법 『디바인 로드』였다.

코앞에서 공격당했다. 번개가 전신을 훑고 눈앞이 하얗게 물들었다. 지팡이가 튕겨 날아갈 것 같은 충격이 덮쳤다.

"루온!"

유노가 소리 질렀다. 마법이 시전 중이지만 주머니 속에 있는 유노는 무사했다. 왕비에게 공격당해도 나는 막을 수 있었다.

나는 충격에 굴하지 않고 손을 뻗어 억지로 왕비의 팔을 잡았다. 그리고 지팡이에 마력을 모았다. 마법의 여파가 뒤쪽에 미치겠지만 레스베일의 장벽이 있으니 아군은 피해가 없을 것이다.

빛이 사라졌다. 셰르다트가 왕비의 팔을 잡은 나를 봤다.

"호오, 어쩔 속셈……."

나는 지팡이로 바닥을 내리쳤다. 왕비의 발밑에 황금색으로 빛나는 마법진이 생기고 빛의 사슬이 그녀를 휘감아 구속했다.

"거참 강력한 지팡이네."

셰르다트가 중얼거렸다. 예전에 5대 마족을 구속하는 마법을 썼었다. 그 마법의 강화 버전이라 할 수 있는 이 마법의 이름은 『속박의 진』. 지팡이 상급 스킬이었다.

하지만 보스는 구속하지 못하고 일반 몹에게만 먹혔다. 단, 효과가 경이로워 적 하나를 전투가 끝날 때까지 구속했다.

이 마법을 쓰면 스킬과 마법을 쓰지 못하는 문제도 있지만…… 지금 나에게는 레스베일이 있었다. 그리고 내가 움직이지 않아도 동료가 있었다.

"가라!"

나는 소리 질러 레스베일을 움직였다. 셰르다트와 왕비의 직선상에 끼어들어 대검을 들자 마족이 후퇴했다.

그것이야말로 우리가 원하는 바였다. 오르디아가 마족과 거리를 좁혔다. 검에 마력이 실렸다. 준비는 끝났다.

"그래도 1대 1은 위험하지."

셰르다트가 중얼거리며 다시 후퇴하려고 했다. 왕비를 조종하는 데 드는 마력을 쪼개 오르디아를 상대하기엔 불리하다고 깨달은 모양이었다. 이제 그만 마법을 해제하면 좋으련만 그럴 기미는 보이지 않았다.

그렇다면 아직 무언가 더 있다는 건데…… 게다가 도망치면 귀찮았다. 분신이기는 해도 여기서 확실하게 끝장내야…….

셰르다트가 도망쳤다. 마을로 가면 대참사가 벌어질 테니 막아야 했다.

레스베일로 막을까 생각한 순간, 셰르다트가 갑자기 멈춰 섰다.

"……뭐야?"

당사자도 놀란 표정이었다. 셰르다트의 뒤, 공중에 떠오른 붉은 마법진이 원인이었다. 그것이 장벽 역할을 했다.

그리고 마법진의 주인은…… 커티였다.

"놓칠 것 같아?"

그녀의 혼신의 마법. 그 순간, 수많은 마법진이 셰르다트를 에워쌌다. 그리고 일제히 붉게 빛나며 염열 광선을 발사했다.

"크, 아아아아악?!"

갑작스러운 마법에 대응하지 못하고 정통으로 당했다. 대비했어도 막았을지 의문이었다. 이것은 불 속성 상급 마법의 하나인 『카니지』. 적 하나에 집중해서 열선을 쏘는 마법으로 범위가 한정되어서 이번 같은 전투에 쓰기 좋은 불 속성 마법이었다.

뜨거운 빛이 셰르다트를 구속했다. 지난 날 싸웠던 총대장 악마도 쓰러뜨렸을 마법이 마족에게 쏟아졌고…… 효과가 다하자 허무한 미소를 지은 마족이 모습을 드러냈다.

"놀라서 소리 질렀지만, 한 번으로는……."

커티가 만든 절호의 기회. 셰르다트가 말하는 사이, 오르디아가 달려들었다.

상급 스킬 『블랙 화이트』. 쏟아지는 공격에 따라 마력이 흰색과 검은색 나선을 그리며 하나의 기둥이 되어 셰르다트에게 묵직한 한 방을 먹였다.

이 공격이라면……. 그리고 나타난 마족은 팔다리를 잃고 소멸하기 직전이었다.

"훌륭한 연계 공격. 분신이라고는 하나 나를 이렇게까지 압도하다니 칭찬해줄게. 하지만."

그 순간, 왕비에게서 강한 마력이 발생했다. 예비 책인가?!

"마지막으로 하나쯤은 죽여야겠다!"

왕비는 빛의 사슬에 구속된 채 나를 향해 손을 뻗어 마법을 쓰려고 했다. 조금 전의 번개와는 다른 새까만 빛.

셰르다트가 자기 마력으로 시전한 암흑 마법이라고 인식한 순간, 마법이 순식간에 나를 집어삼키고 폭발했다.

"윽……!!"

나는 신음하며 마법을 맞았다. 휘몰아치는 폭풍 속에 수많은 칼날이 쏟아지는 것 같았다. 왕비가 억지로 온힘을 쏟은 이 암흑에 다른 사람이 당했다면 죽었을지도 모르겠다.

어둠 방출이 끝났다. 그 동안에도 구속 스킬은 유지해 왕비를 묶어놓았다.

셰르다트가 감탄했다.

"막다니…… 어둠 마법에 대비책이 있었나?"

대답하지 않았다. 막기는 막았다. 하지만 얼굴과 손끝에 흐르는 피가 마법의 위력을 말해줬다.

"왕녀도 그렇고 너도 좀 하는 놈인가 보군……. 좋아, 내 성에 와라. 거기서 절망을…… 진정한 절망을 맛보여주지."

그 순간, 오르디아가 셰르다트를 베었다. 그제야 마족은 움직임을 멈추고 재로 돌아갔다.

왕비의 눈이 붉은색에서 푸른색으로 변했다. 내가 기술을 해제하면 쓰러질 것 같아 즉시 달려가 부축했다.

"우선 몸은 괜찮은지 조사해야……."

"루온 공, 무사한가?!"

에이나가 소리 지르며 다가왔다. 리제도 가까이 와서 왕비의 용태를 살폈다.

"기절했을 뿐이야. 하지만 억지로 힘을 썼으니 상태가 변할지 몰라. 어서 요새로 옮기자."

오르디아가 용을 불러 이쪽으로 다가왔다. 왕비를 용에 태우고 에이나와 리제가 동행했다.

그러나 소피아는 어떻게 해야 할지 우왕좌왕했다. 어머니가 걱정되지만 내가 다쳐서 당황한 듯했다.

그래서 나는 그녀에게 말했다.

"그 녀석이 왕비님을 통해 혼신의 마법을 썼는데 완벽하게 막으면 경계하잖아."

"일부러 다쳤다고?"

커티의 물음에 나는 고개를 끄덕였다.

"그런 거야, 소피아. 그러니까 걱정하지 마. 자, 모두 돌아가. 나는 주변에 문제는 없나 알아볼게."

오르디아도 용을 조종하기 위해 등에 오르자 용이 날아올라 요새로 향했다. 남은 사람은 나와 커티, 리엘, 국왕 일행이었다.

"클로디우스 국왕 폐하, 마지막에 전투가 있긴 했지만…… 드디어 합류했네요."

"음, 그렇군. 하지만 이번 일로 기사들이 동요할지 모르니 진정시켜야 하네."

"네. 저는 주변을 조사하겠습니다. 커티, 리엘, 호위 부탁해."

"정말 괜찮은 거 맞아?"

커티가 물었다. 나는 물론이라고 대답했다.

"그보다 국왕 폐하 경호를 부탁해."

"……알았어."

그렇게 국왕 일행도 요새로 향했다. 내가 묵묵히 그 모습을 보고 있으니 유노가 주머니에서 주섬주섬 나왔다. 그런데 표정이 살벌했다.

"……왜?"

"피 냄새가 나……."

"당연하지. 그래도 유노가 있던 곳은 급소를 피하기 위해서라도 확실하게 보호했으니까 안 다쳤지?"

"그렇긴 한데…… 루온, 정말 괜찮아?"

"평범한 공격 마법이고 독 같은 것도 없으니까. 있어도 나한 테는 안 통하지만."

빠르게 치료 마법으로 상처를 막았다. 옷에 피가 뱄다. 나 중에 빨아야겠다.

"이제 됐다. 레스베일로 주위를 조사했는데 일단 마물의 기 척은 없어."

『마을에도 없다. 전력은 그것뿐이었나 보군.』

가르크가 덧붙였다. 나는 그렇다면 괜찮겠다고 판단했다.

"이번에 대응이 늦어서 화가 나. 소피아도 왕비님이 조종당 해 충격 받은 모양이고."

"가족이 그랬으니 당연하지."

"맞아. 그래도 제 역할은 해야 하는데……. 클로디우스 왕과 에이나 쪽에서 알아서 할 테니 걱정은 없어."

나도 이만 요새로 돌아가야겠다. 파란이 있었지만 일단 합 류했다. 이제부터 시작인데 기선을 제압 당했다.

이 전투의 열쇠는 소피아이니 이번 일을 잘 수습해야 했다. 나는 어떻게 해야 할지 고민하며 요새로 돌아갔다.

왕비의 용태는 안정됐고 생명에 지장은 없었다. 셰르다트가 다른 짓은 안 했는지 정령들이 조사했지만 특별한 문제는 없 었다.

"아주 성가신 짓거리를 하긴 했지."

나는 복도에서 리제의 이야기를 들었다. 소피아와 에이나는 왕비가 자는 방에서 나오지 않았고 유격대를 포함한 각국의 부대는 마족의 습격을 우려해 경계태세에 들어갔다.

"요새 부대는 클로디우스 왕이 공격당한 일로 경계를 심화하고 긴장상태를 유지하고 있어. 병사들의 사기에 영향을 주지는 않을 것 같은데……."

"소피아는 어때?"

"초췌해. 어머니를 노렸으니 무리도 아니지……."

"소피아에게는 미안하지만, 이제 복귀해야 해."

내 엄격한 말에 리제가 고개를 끄덕였다.

"우리가 할 수 있는 만큼 도울게. 이번 전투의 주역이고 하니까."

"응, 부탁할게."

"나도 갈게."

유노가 리제와 함께 소피아가 있는 방으로 갔다. 나는 그 모습을 보다 방으로 돌아가기로 했다.

문득 창밖을 보았다. 병사들이 바삐 움직였다.

"리제의 말대로 경계가 삼엄해."

전의는 오히려 타올랐다. 그러나 소피아가 동요해서 위험했다. 내가 뭘 할 수 있을까……. 고민하고 있으니 클로디우스 왕이 기사를 데리고 복도를 걸어왔다.

"……음, 루온 공이로군."

왕이 말을 걸었다.

"어쩐 일이십니까?"

"요새를 확인 중이네. 여차할 때에는 신속하게 탈출할 수 있게 말이야."

왕이 나와 시선을 맞췄다.

"그대가 없었다면 미네르바만이 아니라 소피아도 위험했겠지."

"그건……."

"어머니가 붙잡히면 아무리 소피아라 해도 동요하는 게 당연해. 하지만 군 통솔자이니 계속 멈춰 있을 순 없지."

나와 같은 견해. 왕의 시선이 내 뒤로 옮겨갔다. 왕비가 자는 방이었다.

"한 번도 아니고 두 번이나…… 소피아는 이게 몇 번째일까. 루온 공에게 또 도움을 받았군."

"저는 당연한 일을 했을 뿐입니다."

"여하튼 그에 따른 보답을 해야지. 루온 공, 무언가 바라는 건 없나? 지금은 마련할 수 없지만 모든 것이 끝난 후, 루온 공이 바라는 것을 준비하겠네."

만약 이 자리에 유노가 있었다면 일단 말해보라고 했겠지?

"……아뇨, 괜찮습니다."

"욕심이 없구먼, 루온 공은."

"그, 그렇습니까?"

"그런 점도 루온 공의 장점이지만…… 소피아를 신부로 달라고 해도 허락할 생각이었네."

놀라서 뿜을 뻔했다. 국왕은 농담이었는지 웃기 시작했다.

"어찌 됐든 원하는 것은 가능한 한 들어줌세. 그만한 일을 해주었으니까. 그럼 나도 미네르바를 보러가야겠군."

국왕은 그 말을 남기고 자리를 떠났다. 나는 멈춰 서서 지켜보다가 무심히 중얼거렸다.

"한 방 먹었네……."

농담이라 해도 그는 나에게 고마움을 느끼고 신뢰했다. 만약 이곳에 유노가 있었다면 소란을 피웠을지도……. 혼자 있어서 다행이라고 결론짓고 방으로 돌아갔다.

방에 도착하자 모포를 돌돌 말고 침대에 누운 오르디아가 보였다. 늘 있는 일이라 시야 끝으로 몰아내고 생각했다.

셰르다트전은 게임에서 예외적인 이벤트였다. 적의 상태를 보니 내 정체가 발각될 가능성은 없었다. 이대로 서진하면 그 녀석은 민중을 수도에서 쫓아내고 마물로 채울 것이었다.

하지만 왕과 왕녀가 살아있으니 게임보다 전력을 많이 투입할 가능성이 컸다. 현재 발크스 왕국 각지에서 전투를 벌이는 기사 포레와 합류하는 걸로 충분할까.

"……여기서 전력을 더 보강한다면 정령들의 도움을 받는 수밖에 없어. 가르크, 그쪽 상황이 어떻게 돌아가는지 알아?"

『나는 관여하지 않아서 모른다.』

"그래? 지원군이 온다면 레핀이 말할 테니 기다려야 하나."

중얼거리며 창밖을 보았다. 하늘이 점점 붉게 물들기 시작했다. 전투는 순조롭지만, 이번 일에 제대로 대처하지 않으면 훗날 전투에 어떤 지장을 줄지 몰랐다. 그것만은 피해야 하니 리제 일행에게 기대를 걸어야 했다.

방에서 그런 생각을 하다가 이내 저녁 시간이 되고 밤이 찾아왔다. 요새는 계속 경계태세였다. 오늘은 아마 밤 내내 이럴 것이다.

나도 참가해야 하나 망설이며 복도를 걷다가 순찰하던 바르자드와 맞닥뜨렸다.

"루온 공이잖아? 무슨 일이지?"

"병사들이 바빠 보여서 뭐라도 도우려고요."

"쉬게나. 다친 모양인데 괜찮고?"

"네, 문제는 없어요. 정보는 전달됐습니까?"

"일단 지휘관급에게는 됐지. 연합군도 왕족이 습격당한 사실을 무겁게 받아들이는지 자발적으로 움직이고 있다. 나를 포함해서."

사기가 높아서 가능한 일이었다.

"내일도 전투는 이어집니다. 너무 무리하지 마세요."

"나도 알아. 그런데 왕녀는 어떤가? 듣자하니 왕비 곁에 있다던데."

"호위하는 사람들이 도와주니 괜찮을 겁니다."

말하기 무섭게 소피아 곁에 있어야 하는 에이나가 눈에 들어왔다.

"……무슨 일 있어?"

"잠깐 쉬었을 뿐이다. 루온 공이야말로 괜찮나?"

"나는 괜찮은데…… 소피아는?"

"본인의 방에. 혼자 있지만, 정령들도 있으니 문제없을 거다."

차분히 생각할 시간이 필요한가……. 그때 왕비의 방에서 사라와 커티, 유노가 복도로 나왔다.

"아, 루온. 괜찮아? 다쳤다고 들었는데."

"괜찮아, 사라. 근데 나 아까부터 괜찮다는 말만 하는데."

"상처를 치료했으니까 괜찮다는 건 어불성설이야. 그리고 루온은 이번 전투에 중요한 역할을 맡았으니까 다들 걱정하는 게 당연하지."

그런가? 주위 사람들이 고개를 끄덕였다. 이건 그건가? 연기하느라 일부러 다쳤는데 그런 것도 위험하니까 자중하라는 뜻인가?

"……알았어. 앞으로 조심할게."

내 대답에 사라가 잘했다고 했다.

"소피아 씨 말인데 왕비님이 조종당해서 충격 받았나 봐."

"리제랑 다른 사람들이 안 도와줬어?"

"이것저것 말은 해봤는데……."

"루온."

호랑이도 제 말하면 온다더니 리제가 와서 내 이름을 불렀다.

"소피아가 불러."

"소피아가? 무슨 일 있어?"

"제대로 인사하려는 모양이던데."

그럴 필요 없는데……. 난감해 하니 리제가 그냥 가라며 손으로 방을 가리켰다.

"자기 방에 있으니까 이야기하고 와."

"알았어."

"아, 그리고."

리제가 가려는 나에게 살며시 말했다.

"소피아가 루온에게 뭘 바라거든 되도록 들어줘."

들어줘? 처음에는 그렇게 생각했지만 알았다고 대답하고 방으로 걸음을 옮겼다.

문 앞에 도착해 문을 두드리자 들어오라는 대답이 돌아왔다.

"나야, 들어갈게."

말하고 문을 열었다. 방안은…… 침대 주변을 마법으로 밝혔으나 광량이 적어 방 전체를 밝히지는 못했다.

소피아는 창문가에 의자를 놓고 앉아 바깥을 보고 있었다. 내가 문을 닫자 천천히 이쪽으로 몸을 돌리고 일어섰다.

"갑작스레 죄송합니다."

"딱딱하게 그럴 거 없어. 피곤해 보이네."

"리제 언니와 에이나가 달래주긴 했지만……."

소피아가 쓴웃음 짓고 말했다.

"아라스틴 왕국에서 제크에스 오빠의 말을 듣고 조금이나마 국가를 짊어진 자로서 결의를 표명했는데, 이번에…… 여러분께 죄송해서……."

"가까운 사람을 노렸으니 냉정을 잃을 만 해. 나도 같은 상황이었으면 동요했을 거야."

그래서 왕비와 별 연관이 없는 오르디아와 커티를 마족과 싸우게 했다.

"마족 셰르다트는 몹시 교활해서 사람의 마음을 잘 흔들어. 이렇게 고민하는 것 자체가 적이 노리는 바야."

살짝 엄하게 말하자 소피아가 굳게 고개를 끄덕였다.

"이번에는 아슬아슬하게 비극을 막았어. 다행이라 여기고 전진하자."

"……네."

소피아는 대답 후, 내 눈을 똑바로 바라보았다.

"하지만 루온 님……. 저기, 그렇다고 루온 님이 무리하는 건 아니라고 봅니다."

"다친 거? 그건……."

"연기였다고요? 하지만 루온 님은 예전에 약속하셨어요. 무리하지 않겠다고. 작전상 필요했다고는 하나 루온 님은 불사신이 아닙니다. 무리해서 싸우는 것만은, 피했으면……."

소피아가 무리라는 단어를 계속 썼다. 아, 알겠다. 왕비가 조종당한 것만이 아니라 나와 왕비가 싸우는 장면을 보고 충격을 받았구나.

왕비를 걱정하며 나를 우려했다. 왕비를 구하기 위해 무리한 것을 그녀도 알기에…….

"……맞아. 이번에는 조금 억지를 부렸어. 반성할게."

다치지 않고도 연기만 잘하면 셰르다트의 의심을 사지 않고 끝났을 수도 있었다. 나는 절호의 기회라고 생각해 그런 연출을 했지만 소피아는 스스로 다치면서까지 이러지 않기를 바랐다.

"나도 유격대 리더로서 싸우니까 전투에 빠지면 안 되지. 앞으로는 주의하면서 싸울게."

"네, 부탁드립니다."

"걱정시켰으니 벌이라도 받을까?"

"아, 아뇨. 그럴 생각은……."

"평소에는 내가 잔소리하고 소피아는 몸 챙기라는 거 외에는 부탁도 안 하니까…… 그래!"

나는 리제의 말도 있겠다 막 생각났다는 듯이 말했다.

"이것도 기회니까 뭐 원하는 거 있으면 들어줄게. 병사를 이끌고 싸우느라 힘들 텐데 긴장 좀 풀어야지? 뭐든 도와줄게."

"그건 루온 님도……."

"나도 힘들지만, 소피아의 부담은 더 크잖아. 사양하지 말고 말해봐."

이러지 않으면 소피아는 「아닙니다. 저는 종자니까요」라며 고개 젓고 끝낼 테니까……. 소피아가 고개를 숙였다.

"……왜 그래?"

"아뇨, 저기. 무엇이든, 괜찮습니까?"

음, 뭐지? 뭔가 좀 이상했다. 의아하지만 나는 똑같은 목소리로 대답했다.

"응, 내가 할 수 있는 일이라면."

잠깐 망설이는 듯한, 긴장한 듯한 기색을 보이며 말했다.

"그, 그러면, 괜찮다면……."

"응."

"……아."

아? 마음속으로 중얼거리자.

"아, 안아주시겠습니까?"

그 말을 듣자 놀라움이나 당혹스러움보다도 동료들의 얼굴이 떠올랐다.

구체적으로는 리제와 커티와 사라의 얼굴이었다. 너희가 부추겼니?

소피아가 긴장한 것을 보니 그들이 바람을 불어넣지 않았을까 추측했다.

소피아의 표정에서 거절당할까 봐 불안한 마음이 전해졌다. 일상적인 태도에서 내가 소피아를 어떻게 생각하는지 그녀도 알 테지만 이런 쪽으로는 접근하지 않는다고 할까…….

그렇기에 이것은 그녀 나름대로 최선을 다한 요구였다.

"……응, 그래."

대답하자 소피아가 안도한 표정을 지었다. 나는 한 걸음 다가가 소피아를 안았다.

그녀의 머리카락이 살랑였다. 심장소리가 빨라지지 않은 것은 기적에 가까운 일이었다.

소피아는 가만히 있다가 이내 내 품에 얼굴을 묻고 말했다.

"루온 님……. 무사하셔서…… 다행입니다……."

"……미안해."

처음 울렸을 때와 똑같았다. 내가 무리하지 않길 바라는 마음은 뼈저리게 잘 알았다. 하지만 정세가 허락하지 않았고 무엇보다 나에게는 나의 역할이 있었다.

하지만 소피아가 이렇게 걱정했다. 그래서 기쁘고 동시에 더는 슬프게 하고 싶지 않다는 생각이 들었다.

그렇게 우리는 잠시 시간이 멈춘 듯 움직이지 않았고 이윽고 소피아가 몸을 물렸다.

"감사합니다, 루온 님."

"인사는 됐어. 저기, 주인과 종자로서라도 소피아의 부탁을 들어줄 테니까 무슨 일 있으면 말해."

"네, 감사합니다."

소피아가 고개를 끄덕였다. 기운을 차린 모양이니 다행으로 여기자.

나는 방을 나왔다. 내 방으로 돌아가는데 리제 일행이 복도에서 대화를 나누다 나를 발견했다.

"루온, 이야기는 끝났어?"

"응, 아무튼 소피아는 괜찮아…… 괜찮은데."

나는 리제를 빤히 쳐다봤다. 리제가 눈치챘다.

"아, 소피아가 뭐라 했어?"

"응. 무슨 바람을 불어넣은 거야?"

"난 딱히 한 게 없는데."

"맞아, 맞아."

커티가 맞장구쳤다.

"우리는 긴장을 풀려고 루온이 은근 인기 있으니까 너무 풀어놓으면 어디 갈지 모른다고만 했어."

"……너희들……."

머리가 아파왔다. 긴박한 전투 중에 그런 이야기를 했을 줄이야. 그러나 그 말만으로는 소피아의 행동이 설명되지 않았다. 분명히 다른 게 더 있었다.

"아니 왜 연설이고 군의 사기고 어깨만 무겁게 하잖아. 실제로 많이 긴장하기도 했고. 뭐든 조금이라도 전투를 잊을 수 있는 화제를 꺼낸 거야."

"그 결과가 내 이야기라고……?"

"루온 이야기를 하면 잠시나마 전투를 잊는 것 같았거든."

리제가 말했다. 하지만 화제를 돌리려고 내 이야기를 하는 건 아니지 않아?

"그리고 주종관계라 해도 슬쩍 호감을 표현해야 루온도 좋아할 거라고 했지."

"……너희 의도가 뭔지는 제쳐놓고 진정한 것 같기는 하니까 됐다 치자……."

뭔가 석연치 않지만…… 일단 하던 이야기로 돌아가자.

"소피아는 이제 괜찮아. 뒷일은 세 사람에게 부탁할게."

"알았어. 그런데 폐하와 왕비님은 어떡하지? 합류한 건 좋은데 계속 같이 움직여?"

"왕비님은 어렵겠지. 폐하가 이곳에 있으면 기사들이 올 테니까 그들에게 왕비님 호위를 맡기고 우리는 전진하지 않을까?"

국왕에 관해서도 협의한 뒤에 판단해도 늦지 않았다. 이건 소피아에게 맡기자.

"폐하도 아시겠지만, 이번 전투의 주역은 어디까지나 소피아야. 그 점은 절대 변하지 않고 바꿀 생각도 없어."

"그래. 그러면 우리는 소피아를 더 열심히 지켜야겠네."

"……내 이야기는 꺼내지 마."

"상황에 따라서? 전부 소피아를 위해서야."

아니 뭐 그렇긴 한데……. 내가 말해봤자 안 듣는다는 것을 깨닫고 따지지 않았다.

그 후 왕비가 무사히 깨어났다. 요새 사람들은 안도했고 이곳에 남기로 했다.

분쟁이 있었지만 클로디우스 왕도 결국 왕비와 함께 요새에 남기로 했다.

"상황에 따라서 퇴각해야 할 때도 있을 거다. 그대들은 전진하고 퇴로 확보는 내가 맡지. 소피아 덕분에 사기가 높은데 내가 끼어들면 오히려 혼란스러울 테니까. 이 방법이 제일 나아."

국왕이 말했다. 이것저것 고민한 결과라 기사들도 승낙했다.

그리고 전투는 이벤트대로 진행됐다. 셰르다트는 발크스 왕국에서 날뛰는 인간들을 우려해 수도에 말썽꾼이 들어오지 못하도록 인간을 쫓아내기 시작했다.

내가 보고하자 소피아는 얼굴을 굳혔다. 새삼 결전이 가까워진 것이 느껴졌다.

참고로 장소는 회의실. 이곳에는 소피아와 나뿐. 다른 사람은 클로디우스 왕과 소피아 이야기를 듣고 속속 모이는 기사들을 맞이했다.

"일단 사람들이 수도를 벗어날 때까지 기다려야겠죠."

소피아의 제안에 나는 그렇다고 동의했다.

"지금은 혼란스러우니 손대면 안 돼. 그동안 전력을 정비하자."

요새에 대기하는 동안에도 발크스 왕국의 기사들이 모여들었다. 시간이 지날수록 전력이 늘어났다. 그러나 적도 준비하고 있을 테니 상대를 웃도는 전력을 갖추어야 했다.

"루온 님. 게임 상황과 차이가 있습니까?"

"적의 동향은 게임을 따라가고 있지만, 자세히는 모르니까 시간이 더 지나야 알 수 있겠어."

만약 변화가 있다면 악마가 다르게 움직일 것 같았다. 나는 소피아를 보았다.

"지금 레핀 있어?"

"응, 여기."

나는 잠깐 생각하고 밖으로 나온 정령에게 말했다.

"적의 동향 관측하고 있어?"

"조금은. 지금은 수도를 중심으로 마물을 전개했을 뿐, 눈에 띄는 건 없어."

"으음, 판단을 못하겠네. 정보가 더 있었으면 좋겠는데……."

그때, 리제가 방에 들어왔다.

"정기보고. 수도 주변에 있는 마을에 수상한 움직임이 포착된 모양이야."

"마을에 수상한 움직임이?"

되묻자 리제가 보고서를 건넸다. 나는 그것을 테이블 위에 펼치고 내용을 확인했다.

"주변 마을도 봉쇄하기 시작했다고……?"

"수도 부근에 있는 마물과 행동이 달라. 마족 셰르다트가 주도하는 건지, 다른 마족이 있는 건지."

"게임에서는 수도 주변 방비를 굳히는 정도였는데, 차이가 명확해."

"그러면 예상하지 못한 사건인가요?"

소피아가 물었다. 나는 잠깐 생각했다.

"그렇게 해석하고 싸워야겠지……. 수도의 적과 싸우고 끝날 일이 아니야. 수도 부근의 적과 충돌할 테니 전력을 더 늘려야 해."

왕족이 살아있어서 사기가 높을 테니 수도만이 아니라 주변 마을에도 영향력을 키워 방비를 굳히려는 셰르다트의 계획으로 보였다.

"일점돌파로 수도까지 공격할까? 하지만 그랬다가는 퇴로를 잃을지도 몰라. 폐하께서 퇴로를 확보해줘도 마물 수에 따라 버티지 못할 가능성도 있어."

"적은 그걸 노리겠죠."

소피아가 말했다.

"보급은 우리도 문제없지만, 지원군을 기대할 수 없는 상황이니 장기전…… 소모전이 되면 몹시 불리합니다. 사기도 떨어질 테고 무엇보다 남부 침공이 기다리는 상황을 생각하면……."

"단기전으로 끝내고 싶은 건 사실이야."

나는 작은 한숨을 내쉬고 제안했다.

"퇴로 확보는 폐하께 맡기고 적이 준비를 마칠 때까지 전격전을 펼칠까?"

"그러다가 성에 잠입하자는 거군요. 적도 돌격을 최대한 경계할 테니 가능하면 한 수가 더 있었으면 하네요."

"우리가 나설 차례네."

레핀이 갑자기 입을 열었다. 그들이 나설 차례라는 것은…….

"내가 부른 인외족 협력자들이 북부에 와있어. 그들로 수도를 강습할까?"

"종족이 어떻게 되는데?"

"용을 시작으로 말할 줄 아는 늑대, 마랑과 여러 정령…… 그 외에도 이것저것."

연합군처럼 여러 종족이 섞인 모양이었다. 그만한 전력이 수도를 공격하면 아무리 셰르다트라도 전력을 보낼 수밖에 없을 것이었다.

그런데 제대로 통제할 수 있을까? 의문이 들었을 때 레핀이 대답했다.

"이미 알지 몰라도 종족 단위로는 제어할 수 있지만, 전체를 통솔할 사람이 없어서 장기전이 되면 허점이 드러날 거야."

"그쪽도 단기전으로 가야겠군. 그러면 북부에서 공격해서 적의 주의를 돌리고 그 틈에 공격…… 두 곳에서 동시에 공격하면 전력도 분산되고 싸우기 쉬워질 거야."

"아뇨, 잠시만요."

내 제안에 소피아가 제동을 걸었다.

"레핀, 마족에게 모인 걸 들키진 않았습니까?"

"우리 둥지 주변에 수상한 마물도 없었으니 안 들켰을걸."

『음, 지금은 들키지 않은 것 같다.』

레핀에 이어 가르크가 말했다.

『나도 사역마로 발크스 왕국 북부를 관찰 중인데 정찰하는 마물은 없었다.』

"셰르다트도 인간보다 정령에게 주의할 테니…… 정황 증거상, 들키지 않았다고 해석해도 되겠어."

『만약 뭔가를 포착하더라도 정찰하지 않는 한, 용을 이끌고 공격할 줄은 모르겠지.』

그건 그렇지……. 내가 제시한 작전으로 마무리하려는데 소피아가 이어서 말했다.

"어디까지나 개인적인 견해입니다만, 정령의 전력은 되도록 보존하다가 후일을 위해 남겨두죠."

"후일…… 마왕전에 대비해서?"

"그보다 먼저 벌어지는 남부 침공입니다. 마왕이 우리 계획대로 움직이더라도 5대 마족과 발크스 왕국의 마족을 잇따라 격파하면 경계하지 않을 리가 없으니까요."

소피아의 말도 일리가 있었다. 레핀이 모은 전력은 마왕전에도 중요하게 쓰일 테니 보존하는 것도 한 방법이었다.

"그러면 소피아, 어떻게 할까?"

"전군을 투입하면 셰르다트가 매우 경계할 테니 바람직하지 않습니다. 그러니 어느 정도 전력을 줄여서…… 제가 4대 정령의 대표와 그에 가까운 존재와 계약한 것도 소문이 났으니 정령이 제게 지원병을 보낸 정도로만 움직이면 셰르다트도 뒤를 캐지 않겠죠. 레핀, 어떻습니까?"

"소피아가 걱정하는 게 당연해. 제안에도 동의하는데…… 예를 들어 정령들로만 공격하기는 힘들어. 장기에 약해서 다른 종족과 협력해야 해. 아, 그러면 마랑은 어때? 그들은 북부에서 쫓겨나다시피 왔으니까 정령과 손잡고 공격할 대의명분도 있고 의심할 여지가 없어. 수도 많고."

"좋은 생각입니다. 인사는 하는 게 좋겠죠?"

"내가 말해둘 테니까 걱정하지 마. 그러면 이번에는 마랑과 우리 정령이 움직이는 거지? 북부에서 공격해서 적의 주의를 끄는 전법이 합리적일까?"

"그러는 게 좋겠죠."

"이제 인간 전력을 어떻게 움직일지 검토해야 해."

머리를 굴렸다. 리제가 그런 나를 보고 갑자기 웃었다.

"루온, 어느새 군사(軍師)가 됐네?"

"……그러고 보니 그러네."

퍼뜩 깨달았다. 이런 건 지휘관급에게 맡겨야 하는데 생각이 멈추지 않았다.

"뭐 어때? 루온은 이런 면에도 재능이 있으니까."

"재능인지는 모르겠는데. 나는 게임 정보에 비추어볼 뿐이니까."

"이 세상에서 산 루온은 다시 귀족이 되려고 했잖아. 군략 같은 것도 배우지 않았어?"

루온의 기억을 더듬어보니 그런 공부를 한 것 같기도 했다. 지금까지 전투만 의식했는데…… 그러고 보니 공부를 안 했으면 작전을 못 세우지 않았을까?

"그것도 하나의 의견으로 소피아가 판단하면 될 일이야. 이번 전투에 관해 알고 있으니 소피아도 루온의 말을 무겁게 받아들이겠지만."

"부담 주지 마……. 소피아, 참고 정도로 들어줘."

"네, 알겠습니다."

소피아가 밝게 대답했다. 수많은 목숨이 걸렸으니 내 의견만 듣고 결정하지는 않았다. 그저 내 말을 존중하고 귀기울여줬다. 왠지 살짝 긴장됐지만 나는 작전회의를 이어갔다.

셰르다트는 수도에서 모든 인간을 쫓아냈다. 피난민의 대이동이 끝났을 때 클로디우스 왕에게 요새를 맡기고 소피아는 서쪽으로 전진했다.

도중에 전황에도 변화가 생겼다. 우선 셰르다트는 사전에 파악한 대로 게임과 다르게 수도만 견고히 하지 않고 주위에도 마물을 배치했다.

한편, 아군은 클로디우스 왕이 요새에 있으니 각지에 있던 기사가 모여 뭉치기 시작했고 국왕을 숨겼던 기사 포레도 각지에 흩어진 병사와 기사를 데리고 남부에서 수도로 향했다.

북부에는 정령과 마랑들. 즉 셰르다트는 북과 남 그리고 우리가 있는 동쪽, 세 방향에서 오는 적을 상대해야 했다.

셰르다트는 어떻게 움직일까. 나는 진군하며 사역마로 동향을 관찰했다. 그는 공격을 커버할 수 있게 세 방향으로 마물을 이동시켰다.

물론 동쪽에 마물이 가장 많기는 했지만 전력을 분산시켜 수도로 가기 편해졌다. 게임보다 적의 병력이 많고 두 개의 방어망을 돌파해야 하는 상황이었다.

그러나 우리는 당초 예정대로 수도 근처에서 나와 소피아가 동료를 데리고 성에 잠입하기로 했다. 소피아가 본진에 없다는 게 들키면 작전이 실패할 가능성도 있으니 철저한 대비가 필요했다.

"드디어, 라는 느낌이네."

유노가 어깨에 앉아 중얼거렸다. 드디어 첫 번째 방어망이 보이는 곳까지 왔다.

"루온, 적이 얼마나 세?"

"소피아에게 보고했는데 저번 전투와 별반 다르지 않아."

병사들도 적의 실력을 알 테니 싸우는 데는 문제없었다.

"셰르다트가 마물을 만드는지는 모르지만, 하룻밤 만에 실력을 끌어올리기는 어렵다는 말이지."

"이번 작전은 순조롭게 풀릴 것 같아?"

"그러면 좋겠는데."

제크에스와 싸우다 엿본 셰르다트의 기억이 되살아났다. 대륙 각지에 모략을 일삼고 제크에스가 갖고 있던 힘에 관심을 보였다.

그것이 무엇인지는 둘째 치고 엄청난 힘이라는 것은 분명했다. 셰르다트의 손아귀에 들어가면 싸우기 힘들어질 것이었다.

하지만 군사적으로는 쓰지 않은 모양이었다. 그랬다면 첫 전투에서 큰 희생이 발생했을 테니 걱정하지 않아도 될 듯했다. 셰르다트가 강해지려고 힘을 쓰는 건 대응할 수 있었다.

그때, 전방에 있는 기사가 창을 들었다. 적이 오는 모양이었다.

"시작인가. 유노, 혹시 몰라서 하는 말인데 주머니에서 나오지 마."

"알아요, 알아. 그런데 루온, 유격대는 이번에 뭘 한다고?"

"일단 후방에서 대기. 오르디아는 용으로 교란하기로 했는데 지금은 안 쓰고 레스베일도 여차할 때에 대비해 남겨두자."

이번 전투의 주역은 따로 있었다. 하늘에서 사역마로 관찰하니 평원에 악마가 섞인 적들이 보였다. 저번에 비해 숫자가 적었다.

"분산돼서 그런 건지, 함정을 파놓은 건지⋯⋯."

『루온 공, 보고하마.』

가르크의 목소리가 들렸다.

『적에 후진 부대가 있다. 주변 숲에도 적이 숨어있다.』

"복병이군. 적을 찾고 있을 텐데 기사한테 보고 들어온 건 없지?"

『성질이 특이한지 인간의 탐지마법에는 걸리지 않는 모양이다.』

"그럼 바로 연락을······."

그때, 생각이 떠올랐다.

"그래, 소피아와 정령이 강하게 묶였다는 인상을 줄 좋은 방법이 있어."

『루온 공, 무엇을 할 셈인가?』

"셰르다트가 전장을 보고 있을 가능성이 크니까 소피아와 계약한 정령이 활발하게 움직이는 인상을 주면서 나는 적당히 숨기자. 소피아의 위광도 커질 테고."

그렇게 운을 떼고 소피아에게 복병과 계획을 알렸다. 그녀는 알겠다고 대답했고 나는 전투 준비에 들어갔다. 마법으로 창을 만드는 정도지만.

"연합군의 힘을 있는 그대로 발휘하기만 하면 이번 전투는 돌파할 수 있어······. 가자."

전선부대가 마물과 대치에 들어갔다. 이번에는 소피아가 이끄는 본군이 맡았다. 왕족의 요새에 모인, 이 나라를 해방하기 위해 달려온 전사들. 그들에게 전선을 맡긴 것은 사기를 더 높이기 위해서였다. 그리고 내 조언대로 소피아가 정령의 마력을 드러냈다. 정령의 가호에 병사들의 사기가 솟구쳤다.

"여기서 기세가 올라가면 수도 공략전에도 충분히 힘을 발휘하겠지만, 희생이 크면 반대로 위험해져."

"루온이 연락했으니까 괜찮지 않겠어? 다른 곳은 어때?"

"일단은 문제없어."

수도 피린테레스도 사역마로 관찰 중이고 북과 남에 있는 부대의 움직임도 알았다. 적과 아군의 동향을 파악하고 이상한 일이 일어나면 바로 알 수 있었다.

그리고 정령의 힘으로 싸우기 전 단계에 적의 계획을 간파했다. 이대로 순조롭게 풀리면 이길 수 있는 전투지만 나는 긴장을 풀지 않고 오히려 정말 아무것도 없는지 의심했다.

셰르다트는 어디까지 예측하고 준비했을까. 의문이 산더미 같았으나 나는 생각을 멈췄다.

"우선은 직면한 전투에 집중해야지."

중얼거린 순간, 기사들이 일제히 돌격했다. 나도 말을 달려 마물과…… 전투에 들어갔다.

단순히 정면으로 부딪히는 돌격. 첫 기세는 우리가 우세했고 아군이 적군을 밀어내는 데 성공했다.

아직 복병과 후진 부대는 나타나지 않았다. 싸우느라 움직이지 못하는 상황이 벌어지면 움직이기로 했나?

"루온, 괜찮겠어?"

"밀어붙이는 기세는 유지되고 있어. 적도 대응책이 있겠지만, 이 페이스로 적을 쓰러뜨리면 조만간……."

말을 꺼내기 무섭게 적군 후방에 움직임이 포착됐다. 후진 부대가 투입됐다.

"적은 예상하지 못한 기세였나 봐."

나는 소피아에게 그 취지를 알렸다. 그녀가 대답하고 주위에 호령해 조금씩 전진했다.

"본군만이 아니라 소피아도 최전선에 나서나?"

"그러고 보니 수도를 공략하기 전에 사기를 끌어올리는 의미로 이번에는 선두에 서서 싸우는 게 좋겠다고 리제가 말한 것 같아."

위험하지만 사기를 올리기에는 좋은 방법이었다. 어떻게 해야 하나 생각하는 내 근처에 바르자드가 왔다.

"루온 공, 유격대는 복병에 대응하라는 왕녀님의 말씀이다. 루온 공은 적 섬멸 대신 관찰에 주의를 기울여 달라고 하시더군."

"알겠습니다."

지시에 따라 유격대는 복병이 있는 우익 쪽 숲을 경계했다. 다른 지점에도 마물이 있는 포인트가 있었다. 그곳도 전부 각국의 부대가 경계했다.

소피아를 포함한 핵심부대가 마침내 마물과 부딪쳤다. 그 결과는…… 아군이 압도적이었다.

소피아 주위에 있는 기사만이 아니라 돌격한 기사와 병사가 마물을 쫓으며 수를 줄여나갔다. 기사 부대에 휩쓸린 마물은 단말마도 지르지 못하고 사라졌다.

"이거…… 대단한데……."

나도 모르게 말했다. 소피아 주위에는 정예만 있었다. 마물을 쓸어버릴 실력인 줄은 알았는데 눈앞에 말 그대로 일방적인 전투가 펼쳐졌다. 주머니에 있는 유노도 흥분해서 탄성을 질렀고 주위에 있는 병사와 기사도 함성을 질렀다.

그에 호응하듯 다른 부대도 공격했다. 기세가 불결처럼 번져 인간이 완전한 우위에 섰다.

이대로라면 단번에 이길 수도…… 그때, 적의 복병이 움직였다. 더 기다려봤자 전선만 위험해질 테니 치고 나왔다.

그러나 복병은 전황을 뒤집을 타이밍을 놓쳤다. 그뿐만 아니라 우리는 정보로 무장했기 때문에 소피아가 있는 본군에 접근도 못하고 섬멸됐다.

"가르크, 다른 함정은 없어?"

나는 창을 휘두르며 물었다.

『음, 첫 전투처럼 마물을 만드는 마법진도 없다. 미처 준비하지 못했나보군.』

"그러면 좋겠지만……. 수도 공략 전초전에 패배하는 건데 어떻게 나오려나."

지휘관으로 보이는 악마가 본대에 접근했다. 전멸을 각오한 돌격이었다.

반면 아군은…… 악마 주위에 있는 마물을 처치했다. 적이 정예급이라 이전만큼은 아니더라도 연계해서 착실하게 수를 줄여갔다.

호위가 사라지니 악마도 앞으로 나오지 않을 수 없었다. 그 악마를 소피아가 가로막았다.

"총대장이군요."

말 위에서 검을 든 그녀가 용맹하게 말했다. 검에는 이미 마력이 실렸다.

악마가 울부짖었다. 상대가 왕녀인 줄 알았을까 아니면 마력에 반응했을 뿐인가.

그 순간, 악마가 체구를 이용해 돌격했다. 기승한 소피아는 피할 수가 없는데…… 그녀는 왼손을 뻗었다.

"휘몰아쳐라."

돌풍이 몰아쳤다. 게임에는 없는 그냥 바람을 일으키는 마법. 그러나 악마를 막아낼 정도의 위력이라 총대장 악마의 공격이 날카로움을 잃었다.

소피아는 그 틈을 놓치지 않고 말을 달렸다. 그녀가 선택한 공격은 마도 상급 스킬 『풍화영참』이었다.

그녀는 주저 없이 악마를 베었다. 스치는 몸놀림은 『청류일섬』 같았는데…… 그녀는 말 위에서 두 가지 스킬을 합친 공격을 선보였다.

융합 스킬에 당한 악마는 휘몰아치는 바람을 맞고 포효했다. 바람은 감옥이 되어 악마를 가두고 바람의 칼날로 몸을 갈기갈기 찢었다. 악마는 사라졌다.

"기사여! 전진하라!"

소피아가 호령했다. 갑자기 전장에 함성이 울려 퍼지고 마물 격파가 이어졌다.

한순간에 악마와 결판을 낸 소피아는 기세를 잃지 않고 전장을 휩쓸었다. 기사의 사기가 최고조에 달해 복병을 짓밟고 남은 마물을 사냥했다.

왕녀인 소피아를 칭송하는 목소리가 내 귀에 들렸다. 그녀가 어떻게 싸웠는지 온 전장에 전파되며 무용을 확고히 했다.

"수도에서 정면으로 싸워도 이길 것 같은데……."

유노가 이런 말을 할 정도였다. 아까 본대의 전투를 보면 그렇게 생각하는 게 당연했다.

함정을 주의해야 하지만 이 상황을 유지하면 인간의 승리는 흔들림 없었다.

"지금부터가 본방이야. 긴장을 풀면 안 돼."

내가 이런 말을 할 필요도 없지만……. 소피아는 압승했는데도 병사에게 경계를 늦추지 말라고 했고 그녀 주위에 있는 발크스 왕국의 기사들은 왕녀의 태도에 냉정하려고 애썼다.

솔직히 이대로 수도까지 달려가도 될 것 같은 전황이었다. 다른 전선도 마찬가지였다. 북부는 마랑들이 마물을 흩뜨려 놓으며 마물이 있는 마을까지 구할 기세였다. 정령의 중개로 발크스 왕국 병사들도 그들과 손잡고 착실하게 적을 줄여나갔다.

남부에 있는 포레도 순조롭게 진군했다. 적의 전선 지휘관을 무찌르느라 고생하기는 했으나 이쪽도 사기가 높아서 수도로 몰려갈 기개를 보였다.

마족 셰르다트는 세 방향에서 밀어닥친 군세를 막지 못했다. 그에 대한 계획은 인간 없이 마물이 들끓는 마도로 변한 피린테레스 주변에 대량의 마물을 전개하는 것뿐이었다.

셰르다트는 방어밖에 못하고 우리 공격을 무너뜨릴 능력이 없어보였다. 하지만 우리는 방침을 바꾸지 않았다.

"내일 수도에 도착합니다."

소피아가 말했다. 야영 천막 안. 나와 리제와 가르크, 사정을 아는 사람들만 모였다.

"아까 지휘관들과 의논해 우리가 성에 잠입해 셰르다트를 토벌하는 작전으로 가기로 결정했습니다. 지금까지는 순조로웠지만, 공성전이 되면 이야기가 달라집니다. 적도 그것을 예상하고 포진한 듯하니 마물을 통솔하는 마족을 빨리 처치해야 한다는 견해로 일치했습니다."

공성전이 얼마나 힘든지는 다들 아는 눈치였다. 남부 침공에 대비해 조금이라도 여력을 남겨두는 의미로라도 셰르다트를 무찔러 끝내는 게 바람직했다.

"포레와 정령의 도움으로 적을 수도 주변으로 묶어두는 데는 성공했지만, 격전이 벌어질 겁니다. 나라를 해방하기 위해 사력을 다하고…… 힘냅시다."

"얼마나 빨리 승부를 내느냐네."

리제의 말에 소피아가 수긍했다.

"성에 적이 얼마나 있느냐에 따라 바뀌겠지만…… 지금까지 압승했으니 외부에 무게를 두고 마물을 배치할 가능성도 큽니다."

"가르크, 알아볼 수 없을까?"

나는 테이블 위에 있는 새끼 가르크에게 물었다.

『성 주변에 장기가 짙게 깔렸다. 들키지 않게 조사하기는 힘들어.』

"레핀도?"

"응."

"그러면 되는대로 승부를 내야 하나……."

"루온, 아슬아슬할 때까지 힘 숨겨."

리제가 말했다.

"궁지에 몰렸을 때 필요하니까 힘을 조절해봐."

"물론 그럴 거야. 리제와 소피아도 무리하지 마. 마왕전…… 나아가서는 전쟁이 끝난 후에도 두 사람은 필요한 인재니까."

"알지, 알지."

"네, 명심하겠습니다."

고개를 끄덕이는 두 사람에게 부탁한다 말하고 회의를 마쳤다. 내 텐트로 돌아가기로 했다. 유노는 소피아와 리제 쪽에 남았다. 잘 때는 그쪽에서 자니까 늘 있는 일이었다.

밖은 이미 밤이었다. 주위에서 망보는 병사가 눈에 들어왔다. 난 그들을 곁눈질하며 빠르게 텐트로 갔다.

안으로 들어가자 오르디아는 이미 잠들어 있었다. 종군 중에는 계속 이랬다. 컨디션을 유지하며 싸워줘서 고마우니까 내버려두자.

"나도 어서 자야지."

드디어 내일로 다가온 결전의 날…… 모포를 두르고 자기로 했다. 눈꺼풀 안쪽에 발크스 왕국의 전경이 되살아났다.

이 나라에 전생해 유노와 함께 수행하며 지냈다. 그러다가 소피아와 만났고 그녀가 죽지 않게 강해지려고 했다. 그녀가 아니어도 내가 죽지 않기 위해 애썼는데…… 소피아는 나에게 너무나 큰 존재가 되었다.

그리고 수도가 함락되고 소피아와 함께 여행을 떠났다. 그녀는 씩씩했고, 함께 여행을…… 그런 정경이 하나, 하나 떠오르고 사라지길 반복했다.

"……못 자겠다."

상체를 일으켰다. 싱숭생숭해서 졸리지도 않았다.

"결전전야라 그런가…….."

지금까지와 다른 공성전이라서 그런가? 불확정 요소인 강적이라서 긴장했나? 아니면…….

나는 기분 전환할 겸 밖으로 나갔다. 진지 여기저기를 마법으로 밝히고 야습에 대비해 망을 봤다. 그러나 병사들의 표정은 밝았고 담소를 나누기도 했다.

"아군은 괜찮아 보이는데…… 어라?"

시야 끝에 외투를 걸친 사람이 보였다. 다만, 그, 뭐라고 해야 하나…… 걸음걸이가 익숙해 그쪽으로 걸음을 옮겼다.

그 사람은 진지 밖으로 나가려는 것 같았다. 도망가거나 숲에 들어가려는 기미는 없었다. 밝은 범위를 벗어나 별이라도 보려는 분위기였다.

그런데 그 인물이……. 발소리 때문에 상대가 나를 눈치챘다. 그리고 어둠속에서 얼굴을 본 순간, 민망한 표정을 지었다.

"······루, 루온 님."

소피아였다. 나는 조금 난감해서 말했다.

"내일이 결전의 날이라 잠이 안 오겠지만····· 그렇다고 혼자 나오면 위험하지."

"레핀과 아마리아가 같이 있어서······."

옆에 이름이 불린 정령들이 나타났다. 나는 한숨을 내쉬었다.

"설마 매번 이렇게 밖에 나오고 그랬어?"

"자, 잠깐 그랬어요."

"우리도 있잖아."

레핀이 거들었다. 아무튼 무엇을 하고 싶은지 알겠다.

연합군을 책임지는 부담감에 시달리는 그녀는 숨을 돌리기 위해 밖에 나왔을 것이다. 정령도 있으니 문제가 없다 해도······.

"에이나와 리제는?"

"자고 있습니다······."

"자는 사이에 몰래 나왔다고?"

여태까지 용케 안 들켰네.

"루온 님, 못 본 척해주시면 안 되겠습니까?"

"고자질쟁이는 안 될 거야. 대신 뭐하려는 건지 말해줘."

"저 풀숲에서 별을 볼 거예요."

예상한 대로였다. 그래서 알겠다고 대답했다.

"따라가도 돼? 사실 나도 잠이 안 와."

"네, 물론입니다."

가볍게 승낙했다. 나와 소피아는 함께 풀숲에 앉아 하늘을

올려다보았다.

진지가 밝은 데도 하늘에는 반짝이는 별이 가득했다. 그러고 보니 이렇게 밤하늘을 올려다본 적이 없구나.

"이러고 머리를 비우는 겁니다."

소피아가 말했다. 음, 효과가 있는 듯했다.

"내일, 드디어 결전입니다. 마음을 비우고 싶어서요."

"해명 안 해도 돼."

소피아가 키득키득 웃었다. 나도 따라서 입 꼬리를 올렸다.

"하지만 전투는 이어져. 이번 전투는 끝이자 시작이기도 해."

"네. 비원인 발크스 왕국 해방과 함께 마왕과의 전쟁이 시작되죠."

"신령들의 준비는 순조로워. 징조는 보이지만, 남부 침공이 본격적으로 시작되지도 않았어. 잠깐…… 발크스 왕국에 머물며 부흥시킬 수 있어."

"그러면 정말 좋죠. 잠깐이라도 나라를 돌볼 생각이었습니다."

"내가 도울 일이 있을까?"

내 질문에 소피아의 기척이 조금 변했다. 내 얼굴을 보는 것 같아 고개를 돌리자 눈이 마주쳤다.

아라스틴 왕국에서 이야기했으니까 이 화제는 두 번째인데…….

"해주셨으면 하는 일은 많습니다. 하지만 루온 님은 마왕과의 전쟁에만 주력해주세요."

"그것도 그렇지만……. 그래도 작전은 대부분 신령이 맡았잖아. 내가 할 수 있는 건 마왕이 예상하지 못하게 사람들에게 위해를 가하면 싸우는 정도야."

"루온 님의 힘으로 막는다고요?"

"응. 나는 마왕을 무찌를 수는 없지만, 시간은 벌 수 있으니까."

"저는…… 마왕을 무찌르기에는 아직 힘이 부족할까요?"

순전한 질문. 나는 생각하고 말했다.

"나와 동료들과 함께 도전하면 승산은 있어. 하지만 현재 상황은 게임으로 말하면 마왕이 강화되는 패턴이야. 붕괴 마법『라스트 어비스』를 봉인해도 강화할지도 모르고 만약 강해지면 힘든 전투가 될 거야."

"역시 마왕 토벌까지는 아직 멀었네요."

"그러게 말이야. 하지만 길이 잡혔어. 발크스 왕국 전투가 끝난 후, 마왕을 무찌를 검을 만들고 맞선다……. 지금 상황으로는 마왕을 무찌를 사람이 필연적으로 소피아가 되지만."

"저도 그 점은 알고 있습니다. 루온 님이 말씀하셨죠. 지금 전투는 끝이자 시작이기도 하다고. 발크스 왕국을 해방한다고 제 여행이 끝나는 건 아닙니다. 루온 님과 마지막까지 함께 싸우겠습니다."

"응……."

"이번 전투에 모든 것을 쏟아 붓지 않도록 해야겠습니다."

"그건 그러네."

정적이 감돌았다. 기분 좋은 정적이었다. 마치 마음이 통한 기분이 들었다.

얼마나 그러고 있었을까. 부드러운 바람이 몸을 쓰다듬었다. 진지에서 사람들의 목소리가 들려오고 별빛이 쏟아졌다. 고백할 최고의 상황이었다.

이 상황에 소피아는 내게서 눈을 뗐다.

"이겨요. 반드시."

"응."

동료가 봤더라면 질투할 분위기. 하지만 우리는 정적에 몸을 맡겼고 밤은 깊어갔다.

제34장 왕도 결전

다음 날 아침, 우리는 조용히 진군했다. 어제의 평화로운 분위기는 사라지고 모두 다음 전투에 승리하려는 열기가 넘쳤다.

나는 머릿속으로 작전을 확인했다. 전투가 벌어지고 상황이 혼란해지면 신호와 함께 은밀히 비밀통로로 들어가 성에 잠입한다. 소피아와 함께 누가 성에 잠입할지는 이미 전해놓았다.

그리고 북부와 남부…… 마랑과 포레는 우리와 발맞춰 진군했다. 타이밍을 보면 남북 전투가 조금 빨리 시작될 것 같았다. 그들이 선발대를 맡을 것이다.

셰르다트도 그것은 알겠지만 무시하지 못할 게 분명했다. 그쪽으로 병력을 보내야 하는데…… 수도 주변을 지키는 전력을 분산해야 했다.

셰르다트는 남북에 있는 아군에게 요격부대를 보냈다. 우리와 부딪칠 전력이 약간 줄어들었다.

그래도 적의 군세는 대단할 터였다.

"저건가."

나는 길 한가운데에 포진한 마물을 보았다. 그 뒤로 수도 피린테레스와 왕궁이 보였다.

"루온, 작전은?"

전투 준비 중, 주머니에 있던 유노가 물었다.

"전투가 벌어지면 우리는 상황을 보고 비밀통로로 이동할 거야. 계획도 없이 소피아가 이동하면 수상하게 여길 테니 나와 정령의 마법으로 본진에 있는 것처럼 위장할 거야. 통로를 지날 때까지만 안 들키면 돼. 전투가 벌어졌으니 마물을 거두지 못할 테니까. 그런데 성문 안쪽…… 그러니까 수도에 있는 마물에 관해서는 모르는 부분도 있으니 전황을 보고 대응해야 해."

솔직히 말하면 수도 외부의 적을 몰아내서 성벽 내부의 적도 밖으로 꼬드기고 싶었다. 공성전이라서 힘들겠으나 우리가 전술을 어떻게 쓰느냐에 따라 바뀔 것도 같았다. 게임대로라면 성 내부의 적은 많지 않겠지만 걱정거리는 되도록 줄이고 싶었다.

그리고 상공에서는 성벽 내부에 마물이 없었다. 정찰을 경계해 숨었는지 정보를 더 얻기는 어려워보였다.

"루온 님."

소피아의 목소리가 들렸다. 시선을 향하니 호위를 맡은 에이나와 리제도 있었다.

"저번에 이야기한 대로."

"알았어. 전황은 일일이 보고할게."

"네. 이겨요."

"힘내자, 루온."

소피아와 리제의 말에 나는 그러자고 대답하고 마물 군세를 응시했다.

나는 우선 최전선에서 싸운다. 유격대는 조금 뒤에서 대기했다. 유격대원 중에 성에 잠입하는 사람도 있으니 일단 상황을 지켜보기로 했다.

중요한 것은 적에게 들키지 않는 것임을 생각하며 말을 타고 전진하는데 옆으로 바르자드가 왔다.

"루온 공, 괜찮나?"

"몸 상태는 괜찮습니다."

"그거 다행이군. 전력으로 적과 맞설 테니 외부 일은 우리에게 맡겨."

"그건……."

"루온 공은 루온 공이 맡은 바를 다하라고."

외부에서 고전해도 멈추지 말라는 뜻이었다. 근처에 있던 아틸레가 바르자드의 말에 찬성하는지 살짝 고개를 끄덕였다.

상황에 따라서는 퇴각이라는 선택지가 떠오를 수도 있겠다. 하지만 작전을 개시하면 끝까지 가는 게 나은 것 또한 사실이었다.

"……알겠습니다."

내 대답에 바르자드가 부탁한다 하고 부대원을 격려했다.

그때, 마물이 울부짖었다. 시작된다고 생각하자마자 모든 마물이 우리를 향해 달려들었다.

"전사들이여! 승리를 위하여!"

소피아의 목소리가 울려 퍼졌다. 기사와 병사가 일제히 함성을 지르며 마물에게 돌격했다.

나는 전선에서 말을 달려 창으로 가까이 있는 마물을 공격했다. 창에 마력을 많이 주입해 휘두르자 적이 흩어졌다.

나는 동시에 『거스트 커튼』을 사용했다. 첫 전투 때보다 마물의 기세가 사나웠다. 약화시키기만 하면…….

그 순간, 정면에서 덤벼든 마물이 바람에 날아갔다. 뒤에 있던 아군이 일제히 마물에게 달려들어 적의 머릿수를 줄여 나갔다.

이길 수 있다. 나는 직감하고 창을 휘둘렀다. 난전이 될 것 같지만 기사와 병사가 확실하게 통제됐고 마물의 혼란이 커졌다.

성벽에 들어갈 수 있지 않을까 하는 생각이 들 정도로 맹렬한 공세. 병사와 기사도 아는지 전의를 불태우며 마물에게 검과 창을 내질렀다. 나도 창을 휘둘러 마물을 해치웠다.

"아, 저건……."

마물을 지휘하는 악마를 발견했다. 바위 골렘으로 주위를 에워싸서 마법으로도 노리기 어려웠다.

상공에서 쏟아지는 마법으로 처리할까? 전법을 모색하는 사이, 악마가 골렘과 함께 우리를 향해 움직였다. 먼저 선수칠 심산인가.

나는 주위를 둘러봤다. 혼자 움직여도 되지만 상대가 어떻게 나오느냐에 따라서 적진에 갇힐 가능성이 있었다.

아틸레 쪽은 다른 적과 부딪혀 움직이지 못했다. 대신 바르자드가 유격대원과 함께 이쪽으로 다가왔다.

"기사 바르자드!"

그를 향해 소리 쳤다. 그가 즉각 직선상에 적 지휘관이 있다는 것을 깨달았다.

"좋다. 루온 공, 엄호하겠다!"

나는 바르자드와 기사 몇 명과 함께 전장을 달렸다. 우리를 공격하는 마물을 쳐내고 악마와 골렘에게 달려들었다.

"천공의 성창!"

나는 『홀리 랜스』를 발동했다. 표적은 악마 앞에 있는 골렘. 푸른빛을 띤 나의 마법이 목표를 포착하고 골렘의 가슴에 꽂혔다.

청백색 충격파가 골렘을 박살 냈다. 정면에 있던 골렘이 내 마법으로 소멸하고 안쪽에 있는 악마가 또렷하게 보였다.

손에 든 대검으로 시선을 옮긴 순간, 악마가 공격 자세에 들어갔다. 골렘도 동시에 우리를 노렸다. 그렇다면 골렘을 처치하고 악마에게 간다.

그렇게 생각하자마자 바르자드가 내 앞으로 나섰다. 골렘은 그에게 반응했고 묵직한 생김새와 어울리지 않는 민첩한 몸놀림으로 그에게 달려들었다.

"흡!"

그의 검이 공명했다. 말 위에서 날린 공격이 골렘의 주먹보다 빠르게 가슴을 베었다.

골렘의 몸이 어긋났다. 양단했다고 이해한 순간, 그대로 쓰러졌다.

멋진 공격이라고 생각하며 나는 목표를 악마로 변경하고 말을 달렸다. 골렘은 바르자드를 공격했으나 모조리 칼질 한 번에 쓰러졌다.

나는 악마에게 달려들다가 첫 전투와 똑같은 상황임을 깨달았다.

악마가 울부짖었다. 짐승 같은 소리에 겁먹지 않고 창을 내질렀다.

적이 대검을 휘둘렀다. 창과 검이 교차하고 부딪힌 순간, 튕겨나간 건…… 대검이었다.

나는 즉시 악마의 정수리에 창을 꽂았다. 고속으로 찔러드는 『소닉 트러스트』라는 중급 스킬에 악마는 꼼짝 못하고 머리가 뚫려 쓰러졌다.

"지휘관이 죽었다!"

내가 외치자 바르자드 쪽이 마물을 쓸어버리며 내가 퇴각할 길을 만들었다. 나는 그들에게 고맙다 예를 표하고 말머리를 돌렸다.

상공의 사역마로 전장을 관찰해보니 인간이 마물을 밀어내는 상황이었다. 성벽 내부에 마물이 얼마나 있는지는 몰라도 외부 마물과 비슷한 수준이라면 인간의 기세를 막지 못할 것이었다.

성벽을 어떻게 공략할지가 문제인데……. 그때, 전장에 큰 변화가 나타났다.

사역마를 통하지 않아도 알 수 있는 그 변화는 내가 예상하지 못한 상황이었다.

"성문이…… 열렸어?!"

근처에 있던 바르자드가 경악했다. 그렇다. 수도 피린테레스의 성문이 갑자기 묵직한 소리를 내며 열렸다.

나는 즉시 사역마로 상황을 확인했다. 성문 근처에 첫 전투 때와 똑같은 마법진이 발생했다. 마물을 이 자리에서 만들 셈인가.

문제는 마물의 실력인데……. 지켜보고 있으니 마법진에서 마물이 나타났다. 이번에도 종족은 제각각이었다. 그러나—.

"이건……."

"루온, 왜 그래?"

나는 유노의 말을 무시하고 서둘러 사역마로 소피아에게 연락했다.

"소피아, 성문 부근 마법진에서 마물이 나오기 시작했어."

『이쪽에서도 확인했습니다. 낯선 마물입니다만…….』

"강적이야. 게임에서도 짜증나는 녀석이었어."

지금까지 싸운 마물과 차원이 다른 힘. 지휘관급 마물이 마법진에서 대량으로 쏟아져 나왔다.

게다가 수도 안에서도 똑같은 능력이 있는 마물이 나타났다. 건물 안에 숨어있던 게 분명했다.

"사기 높은 우리 군세가 돌격하면 마물 수준으로 압도할 셈이야."

『그럼 어떻게 할까요? 현 단계에 지시해도 멈추지 않을 가능성이…….』

"내가 하지."

근처에 있던 바르자드가 말했다.

"긴급사태가 벌어지면 즉시 후퇴할 수 있게 연락체계를 갖춰놓았다. 그래도 돌격하는 놈이 있겠지만……."

『부탁합니다.』

소피아가 말했다. 바르자드가 알겠다며 행동에 나섰다.

그동안에도 병사와 기사가 전선에 있는 마물을 쳐냈다. 그러나 본진은 후속 마물들이 분명했다. 밀어붙이는 분위기로 돌격한 우리 군세를 끌어들여 가지고 놀려는 심산. 아군의 사기가 높아 잠깐은 버틸지 몰라도 기본 능력 차이가 커서 희생자가 늘어날 가능성이 컸다.

이윽고 전황에 변화가 나타났다. 새로운 작전으로 인간은 돌격을 멈추고 공격을 중단했다.

"성벽 내부의 적이다! 정예가 분명하다! 일단 후퇴하고 만전의 태세로 싸워라!"

바르자드의 목소리가 주위에 울려 퍼졌다. 퇴각은 혼란 없이 이루어졌다. 그들이 여러 상황에 대비한 것이 느껴졌다.

유격대는 통제할 수 없는 부분이 있어서 처음에는 반응이 느렸지만 어찌어찌 적을 공격하지 않고 기사와 병사의 뒤를 이어 후퇴했다.

우리의 퇴각에 적은 어떻게 나올까. 마물은 진격했다. 당초 목적대로 우리를 가지고 놀려는 심산이었다.

『루온 님! 마물이 성문에서 나타나고 있습니까?』

소피아의 물음에 나는 상황을 확인했다.

"응, 끊임없이 나오고 있어. 이게 마족 셰르다트의 비장의 카드였나."

『이 마물들로 소피아의 턱밑까지 쫓아오려는 거 아니야?』

사역마를 통해 리제의 목소리가 들렸다.

『기세로 전진하는 우리를 힘으로 압도해 오히려 몰아내면서 소피아를 노리려는 거지.』

"내가 위험하다고 경고하지 않았다면 그대로 돌격했겠지……."

『맞아. 적이 강하다고 판단했을 때는 물러날 수 없었을 테니 상당한 피해가 발생했을 거야.』

그것을 방지한 것만으로도 다행인가. 그러나 적이 접근하니 고전은 피할 수 없었다. 어떻게 해야 하지?

『어쨌든, 루온. 지금은 절호의 기회이기도 해.』

리제가 말했다.

『상공에서 관찰해 봐. 마물이 성에서 나오고 있지 않아?』

"보이긴 해. 그 말은……."

『성벽 내부에서 마물이 쏟아지고 있으니 성이 비었을 가능성이 커.』

지금 가야 한다는 뜻인가. 리제에 이어 소피아가 말했다.

『저도 찬성합니다. 루온 님, 준비하시죠.』

"알았어. 유격대원에게도 연락할게."

조금 바빠졌다. 일단 성에 들어갈 멤버에게 신속하게 연락하고 주머니에서 도구 하나를 꺼냈다.

마법이 담긴 손바닥 크기의 판이었다. 마력을 주입하면 효력을 발휘했다. 이번 작전에 참가하는 모든 멤버에게 나눠주고 작전 실행 지시가 떨어지면 이걸 쓰라고 했다.

이번 결전을 위해 준비한 도구. 게임에도 있는 『미러 코트』였다. 빛의 굴절을 이용해 일정시간 동안 모습을 숨기는 효과가 있었다. 내가 갖고 있는 기척을 지우는 마법의 간이 버전이었다. 편리하지만, 만드는데 시간과 재료가 들어서 내가 가진 소재로도 작전에 참가하는 멤버 몫밖에 못 만들어 아쉬웠다.

이것을 쓰는 이유는 마법을 쓰면 우리 힘을 써야 해서 다른 행동을 할 수 없기 때문이었다. 마물이 꿈틀대는 한복판에서 싸우지 못하는 상황은 피하고 싶으니 이번에 쓰기로 했다.

게임에서는 적이 보지 못해서 공격당하지 않는 효과가 있었는데 현실에서도 그러했다. 하지만 모습이 안 보일 뿐이라 과신은 금물이었다.

나는 마력을 주입해 모습을 감췄다. 그리고 내 대역은 소피아가 작전을 결행할 때 정령들이 만들기로 해서 문제없었다. 나는 전장을 이탈했다.

그녀와 함께 성을 탈출한 비밀통로로 향했다. 통로를 거슬러 올라 성에 잠입한다.

"드디어 결전이야, 루온."

"응."

유노의 말에 대답하며 걸었다. 마물이 눈치채지 못해 순조롭게 목적지로 다가갔다. 이윽고 소피아 일행도 행동에 들어갔다. 나는 목적지에 도착하면 주변에 마물이 있는지 확인해야겠다.

적에게 들키지 않게 신중하게 숲에 접근했다. 전장에서 아군이 상위 마물과 전투에 들어갔다. 기사들은 버텼다. 수준 높은 마물임에도 공격을 막고 버텨냈다.

이 기회를 놓쳐서는 안 된다고 속으로 중얼거리며 숲으로 들어가 비밀통로가 있는 곳으로 향했다.

얼마 지나지 않아 비밀통로 입구에 도착했다. 주위에 적은 없었고 통로도 발견되지 않은 듯했다.

"기다려야겠네……."

언제쯤 전원이 모일 수 있을까. 뒤에서 수풀을 헤치는 소리가 나서 돌아보니 소피아와 리제였다.

"루온 님, 무사하셔서 다행입니다."

"응. 그쪽도…… 몸은 어때?"

"아무렇지 않습니다. 곧 다른 분들도 오실 겁니다."

"에이나랑 커티 말이지? 그럼 여기서 조금 더 기다리자."

유격대원 중에서 선정한 사람도 있으니 그들이 도착할 때까지 주위를 경계하자.

전황은 새로운 마물 때문에 일보 전진, 일보 후퇴하는 공방이 이어졌다. 기세가 멈춰서 위험해 보였지만, 병사의 사기는 죽지 않았다. 그러기는커녕 강적을 상대로 이길 작정인지 희생자도 적었다.

바르자드의 연락이 잘 전달돼서 다행히 유리했던 전황이 뒤집어지진 않았다. 바르자드는 병사들을 고무했고 기사 아틸레도 함께 마물에 맞섰다.

전황이 팽팽히 맞서는 데는 후방 지원의 공이기도 했다. 특히 나테리아 왕국의 궁정마술사 알레테가 눈길을 끌었다. 지금까지는 병사로 충분히 응전해서 나설 기회가 없었지만 강적이 나타나자 분투했다.

그녀 부대의 지원사격은 효과가 대단했다. 새로운 마물은 버텼으나 겁을 먹고 둔해져 발을 묶기 쉬워졌다. 전선에서 적을 막고 마법으로 대미지를 입히고 마무리하는 형태가 잡혔다.

"기다렸어?"

목소리가 들려서 보니 알트와 캐룬, 그리고 이그노스 삼인조가 있었다.

"어떻게 안 들키고 왔네……. 루온 씨, 전황은 어때?"

"강적이 나타났지만, 선전 중이야. 이대로라면 마족과 결판 낼 때까지 제법 여유가 있겠어."

"설마 이렇게 성에 들어갈 줄은……."

캐룬이 중얼거렸다. 그러자 이그노스가 웃고 성이 있는 방향을 봤다.

"하긴 선망하던 곳이었으니까요."

"오늘 열심히 하면 성 견학시켜줄 거지?"

"제가 말해놓겠습니다."

소피아의 말에 캐룬이 손가락을 튕기며 기뻐했다. 그 광경을 보는 사이, 새로운 인물이 나타났다. 에이나와 커티였다.

"루온 공, 무사해서 다행이군."

"응. 그쪽은 괜찮고?"

"물론이다. 모든 것은 이번 전투를 위해…… 이때까지 축적한 힘을 터뜨리겠다."

"오늘 내내 이래."

옆에 있는 커티가 어깨를 으쓱했다. 이쪽은 냉정했다.

"커티는 괜찮아?"

"지금까지 뒤에 있었으니까. 에이나와 마찬가지로 오늘은 기합 넣고 싸울 거야."

"상황에 따라 어떻게 움직일지 바뀔 테니까 잘 부탁해."

그 말을 하자마자 커티 뒤쪽에서 수풀을 헤치고 필리와 콜리가 나타났다.

"기다리시게 해서 죄송해요, 여러분."

"필리, 광야의 주민들은 괜찮아?"

"네, 우리를 흔쾌히 보내줬어요."

"얼마나 보탬이 될지는 모르겠지만, 힘낼게."

콜리의 말에 가까이 있던 커티가 '앗' 하고 소리 질렀다.

"그러고 보니 핀트에서 같이 일했던 멤버네."

"아, 정말."

콜리가 우리를 둘러보며 말했다.

"커티, 이게 바로 운명인가?"

"글쎄. 전시에 지금까지 살아남아서 다행이라고 서로 칭찬해야 하나?"

"아직 안 끝났어."

내가 끼어들자 커티가 혀를 내밀고 웃었다. 긴장하지 않은 것 같아 괜찮아 보였다.

"미안해, 조금 늦었어."

그때, 라디의 목소리가 들렸다. 네스톨을 데리고 오는 게 보였다.

"이제 다 모인 거야?"

"아니, 아직 실비 쪽이 안 왔어."

그녀와 쿠자, 오르디아가 남았다. 곧 오겠지.

『일단 주위에 마물은 없군.』

가르크의 목소리가 머릿속에 울렸다. 세르다트가 우리를 알아채지 못한 모양이었다.

일단은 작전이 성공해서 성에 들어갈 수 있겠다. 문제는 그 다음인데…… 게임과 얼마나 다를까.

"벌써 다 모였네."

실비의 목소리였다. 그녀와 함께 쿠자가 걸어왔다.

"우리가 마지막이야?"

"아니, 아직 오르디아가……."

"여기 있다."

"으악?!"

옆을 보니 오르디아가 있었다.

"언제 왔어?!"

"라디 씨와 동시에 왔는데…… 눈치 못 챘나?"

"응, 깜짝이야……. 아니, 딴 생각을 하긴 했지만."

모두의 얼굴을 둘러봤다. 부른 사람은 다 모였다. 소피아와 상의해서 정한 정예 멤버의 모습에 왠지 쓴웃음이 났다.

게임 주인공들이 모여 하나가 되었다. 나의 여행이 주인공들과 끊을 수 없는 관계이기도 했지만 그래도 장관이었다.

"루온, 왜 그래?"

유노가 눈앞에 날아올라 고개를 갸웃거리며 물었다. 나는 아무것도 아니라고 했다.

"다 모였네. 인원이 많긴 하지만, 우리가 마족 셰르다트를 무찌른다."

내 말에 모두가 이쪽을 보는데 유노가 태클을 걸었다.

"왜 루온이 상황을 정리해?"

"……딱히 상황 정리하는 건 아닌데."

"뭐 어때서? 군을 벗어나면 소피아는 루온의 종자니까 소피아가 안 하면 루온이 리더잖아."

리제의 말에 소피아가 연신 고개를 끄덕이자 모두의 시선이 내게 쏠렸다.

"많이 도움도 받았고 저는 루온 씨가 리더여도 좋아요."

필리가 말했다. 옆에서 콜리와 커티도 동의하며 나를 보았다.

"왕녀님과 함께 여행하면서 강해지게 도왔으니 괜찮지 않겠어?"

알트가 이어서 말했다. 캐룬은 「리더 힘내」라며 놀려댔다.

"여기 있는 사람 중에 가장 상황을 잘 아는 사람은 루온 씨니까."

이번에는 라디. 실비와 네스톨도 그렇다며 수긍했다.

"같이 여행하면서도 리더 역할을 했으니 문제없지."

쿠자가 거들었다. 오르디아는 아무 말 없었지만 「그러는 게 당연하다」는 얼굴이었다. 두 사람은 내 사정을 알고 그런 판단을 했을 것이다. 나는 소피아를 보았다. 그래도 괜찮으냐는 마지막 물음을 눈에 담았다.

"네."

힘찬 대답이었다. 옆에 있는 에이나도 같은 태도였다.

"······알았어. 그러면 하나만 약속해줘."

나는 모두를 보고 말했다.

"발크스 왕국 해방전의 최종 국면······. 목숨 걸고 싸울 생각하는 사람이 있을지도 몰라. 하지만 죽지 않게······ 모두 살아서 돌아올 수 있게 최선을 다해줘."

"그건, 다음 싸움 때문에?"

실비가 물었다.

"조만간 마왕과 싸워야 하니 살아남으라는 말?"

"그것도 있지만, 큰 이유는 이 자리에 있는 모두가 마왕과의 전쟁이 끝난 뒤에도 필요한 인재라고 확신하기 때문이야. 본인은 모를 수도 있지만."

나는 거기서 말을 끊고 소피아를 보며 물었다.

"각오는?"

"했습니다."

"그럼 가자……. 결전으로."

우리는 비밀통로로 들어갔다. 마족 셰르다트 토벌전이 시작됐다.

"레핀, 부탁합니다."

통로로 들어가자 소피아가 정령을 불렀다. 바람의 힘으로 셰르다트가 어디 있는지 알아내려는 의도였다. 게임에서는 알현실에 있었지만. 그리고 비밀통로에서 셰르다트가 있는 곳까지 가장 빨리 가는 길을 알고 싶었다.

"마력이 강하게 느껴지는 곳은……."

그녀가 한 방향을 가리켰다. 에이나가 잠시 생각하고 말했다.

"현재지점에서 보면 알현실이군요. 가까운 출입구가 몇 군데 있습니다만…… 마물이 어디 있는지에 따라 알현실로 가는 데 걸리는 시간이 달라집니다. 소피아 님, 어떠십니까?"

"레핀, 마물이 어떻게 배치됐는지 알 수 있겠습니까?"

"마력이 강한 곳을 중심으로 배치됐는데……."

"그러면…… 마물의 기척이 적은 곳은 있습니까?"

게임에서는 감옥 근처, 즉 내가 소피아와 국왕을 구한 곳으로 들어갔다.

소피아의 물음에 레핀은 잠시 생각에 잠겼다.

"응, 있어. 이쪽."

"······감옥 방향이군요."

"거기는 경비가 허술한가 봐."

나는 중얼거리며 머릿속으로 계획을 세웠다.

"소피아. 감옥 근처로 나가서 어떻게 이동해?"

"길을 따라 가면 큰 복도가 나옵니다. 거기서 한눈팔지 않고 알현실로 가면 됩니다."

"레핀, 마물이 몇 마리 있는지는 모르지?"

"그건 모르지."

레스베일로 결계를 치면 내가 전력으로 셰르다트를 처치해도 문제없었다. 즉 승부는 알현실에 들어가서 내야했다.

"그러면 감옥으로 가자."

결단을 내리고 움직였다. 인원이 많아서 좁긴 해도 불편하지는 않았다.

동료들도 통로에서는 떠들지 않고 말없이 걸었다. 적에게 들킬 가능성은 없지만 되도록 발소리를 죽이고 신중하게······.

그렇게 도착한 곳에는 익숙한 문이 있었다. 소피아와 여행을 시작한, 첫 장소.

"······밖에 기척은, 없어."

나는 문에 손을 대고 작게 중얼거렸다. 이 앞은 창고였다.

"열게."

짧게 말하자 소피아가 대표로 고개를 끄덕였다. 나는 천천히 문을 열었다.

밖에는······ 아무것도 없었다. 소피아와 국왕을 데리고 탈출했을 때와 달라진 게 없었다.

"여기까지는 문제없네. 따라와."

나는 작게 말하고 이번에는 복도로 나가는 문으로 다가갔다. 귀를 기울여봤지만 이번에도 적은 없는 듯했다.

"허술하네. 소피아가 도망쳐서 감옥에 경비를 세울 이유가 없어서 그런가 봐."

셰르다트의 분신과 만났을 때 그는 우리가 지나온 길을 예상도 하지 못했다. 따라서 감옥 주변에 경비를 세울 의미가 없다고 생각하는 게 맞긴 했다.

"좋아, 여기까지는 순조로워. 하지만 복도로 나가면 언제 전투가 벌어질지 몰라."

"각오했어."

알트의 말에 나는 살짝 웃었다.

"그래. 가자."

문을 열었다. 우리는 복도로 나가 조금씩 전진했다.

감옥과 이어진 길로 나와 알현실로 이어지는 길을 보았다.

"이번에는 이쪽으로 가야지. 소피아, 여기서 알현실까지 거리가 얼마나 돼?"

"루온 님이 전력으로 달리면 몇 분 안에 도착할 거리입니다만, 알현실로 가는 복도는 성에서 가장 큽니다. 틀림없이 마물이 몰려있을 겁니다."

"알현실문은 닫혔을 테니까 상황에 따라서는 부숴야할지도 몰라."

"상관없습니다."

소피아의 명쾌한 대답에 나는 살짝 고개를 끄덕였다.

"마물 수에 따라서는 나뉘어서 적을 막아야 해. 이미 한 이야기니까 내가 지시하면 빠르게 움직여줘."

동료에게 말하고 다시 전진했다. 마물의 기척은 아직 멀리 있어서 조금 여유로운 분위기였다.

"에이나, 이 앞은 어떻게 돼있어?"

"작은 창이 난 문 앞에 병사 초소가 있다. 그 방을 지나면 넓은 복도고 나오고 왼쪽으로 가면 알현실로 가는 가장 넓은 복도가 나온다."

"알았어. 마물도 안 보이고 기척은 멀리 있으니 초소까지 가자."

복도를 신중하게 지나자 에이나의 말대로 작은 창이 난 문이 나왔다.

만약 초소에 마물이 있다면 들킬 수도 있는데 반응이 없었다.

문에 다가가 창으로 안쪽을 확인했다. 마물이나 마족은 없었다.

"감옥은 아예 안 쓰나본데…… 들어가자."

천천히 문을 열었다. 넓은 공간에 아무도 없어서 몹시 살풍경했다.

"……이렇게까지 적이 없으니까 기분 나쁜데."

알트가 작게 중얼거렸다. 나는 그 말을 부정했다.

"아니, 아무래도 여기부터인가 봐. 저 문 밖에 있어."

복도로 나가는 문은 철문이었다. 닫혔지만, 문 밖에 마물의 기척이 감돌았다.

"싸우지 않고 통과할 수 있는 건 여기까지야. 순서를 정하자. 에이나, 문을 지나서 왼쪽이지?"

"그렇다."

"오른쪽은 어디로 이어져?"

"병사와 기사 초소, 훈련장이다. 마물을 몰아넣을 최적의 장소다."

"알았어. 일단 나가서 마물을 처리하고 알현실로 가자. 만약 초소에서 마물이 몰려나와 도망칠 수 없을 때는 둘로 나뉘어서 한쪽이 적을 막아."

"나머지는 알현실로 가고."

리제의 말에 나는 고개를 끄덕였다.

"단, 일단은 다 같이 움직인다는 걸 유의해. 아, 참."

동료들을 봤다. 작전에 적합한 사람을 생각해야 했다.

"제일 먼저 문을 지나는 건 나와…… 오르디아, 그리고 쿠자. 어때?"

"도움이 될까?"

쿠자가 물었다. 나는 물론이라고 대답하고 이어서 말했다.

"오르디아는 순간적으로 대응할 수 있고 쿠자는 무영창 마법을 쓰잖아. 문 밖 상황이 명확하지 않으니 즉시 대응할 수 있는 사람이 필요해. 적이 가까이 있으면 빠르게 처치하고 오른쪽에 적이 멀리 있으면 모두 알현실로 달려."

"오른쪽에 적이 가까이 있으면 어떻게 합니까?"

소피아의 물음에 나는 잠깐 생각했다.

"두 번째 조가 맡자. 우리 다음에 커티와 소피아, 라디, 이그노스가 따라와. 쿠자도 만약 오른쪽에 적이 가까이 있으면 마법으로 적을 날려버려."

"그 틈에 알현실로 가는군요."

"맞아. 둘로 갈라져도 알현실 근처에 있는 게 좋으니까."

나는 에이나와 필리 일행에게 말했다.

"남은 사람은 마법을 쓰는 소피아 일행을 호위해줘. 알현실로 갈 때는 뒤를 봐주고."

"적을 막을 때는 우리가?"

필리가 물었다. 나는 입가에 손을 대고 대답했다.

"상황에 달렸지. 문을 열면 마물이 한꺼번에 움직일 거야. 전방의 적이 많을지 뒤에서 오는 적이 많을지……. 그거에 따라서도 달려져."

"알아서 판단하라는 거네."

리제의 말에 고개를 끄덕였다.

"전투가 시작되면 오래 생각할 여유는 없을 테니까. 적진에 있으니 순간적인 판단이 필요해."

"실력을 내보이란 거지."

"리제, 말을 참 묘하게 한다."

그 말에 모두 작게 웃었다. 적진에 있지만 차분했다. 좋은 경향이었다.

"이제 가자. 모두 내 뒤로 와."

대열을 갖췄다. 내 뒤에 오르디아와 쿠자가, 그 뒤에 소피아 일행이 섰다. 그리고 리제 일행이 그들을 호위하며 후미를 지켰다. 나는 천천히 손잡이로 손을 뻗었다.

기척이 뚜렷했다. 가르크에게 정보를 받아 머릿속으로 전술을 세웠다.

"……준비 됐지?"

마지막 물음에 모두가 고개를 끄덕이는 것을 보고, 나는 손잡이를 돌렸다.

그리고 단번에 뛰쳐나갔다. 대리석 같은 자재로 지은 하얀 복도가 눈에 들어왔다. 그리고 정면과 오른쪽에 악마 두 마리가 보였다.

즉시 상황 확인. 왼쪽에 조금 거리를 두고 악마를 포함해 해골기사와 늑대 등 여러 종류의 적이 있었다. 그리고 오른쪽 병사 초소 방향에도 같은 마물이 있었다. 알현실로 가는 길보다 수는 적지만, 왼쪽보다 가까웠다.

"소피아!"

나는 즉각 앞에 있는 악마에게 덤벼들며 외쳤다. 다른 쪽에 있는 악마가 나에게 가는 것을 보고 오르디아와 쿠자가 공격했다.

악마는 새까맣고 인간보다 훨씬 컸다. 무기는 없지만 양팔에 강한 마력을 둘렀다. 무술을 쓰는 악마였다.

나는 정보를 모아 악마의 종류를 특정했다. 게임 후반에 등장하는 상급 악마 『다크니스 데몬』. 이름처럼 암흑, 어둠 속성 공격을 하는 귀찮은 적이었다.

하지만 지금 상황이라면…… 이길 수 있어!

나는 검을 휘둘러 악마를 상처 입혔다. 일격으로 쓰러뜨리진 못했지만 악마보다 빠르게 검을 놀려 행동을 방해하는 데 성공했다.

그 틈을 타서 목을 노렸다. 공격은 이번에도 성공했다. 악마의 머리와 몸이 분리되더니 사라졌다.

다른 악마는……. 오르디아의 맹공에 쩔쩔매는 악마가 보였다.

오르디아가 불길처럼 쏟아지는 공격에 방어도 못하고 당하는 악마의 품으로 갑자기 파고들었다.

그리고 중급 스킬 『크로스 그림』을 썼다. 교차한 검이 악마의 몸에 상처를 냈다. 그러나 악마는 쓰러지지 않았다. 게다가 오르디아에게 주먹을 휘두르려고 했다. 그때, 쿠자의 무영창 마법이 악마를 막았다.

공격태세에 들어간 악마에게 번개가 떨어졌다. 무영창 마법이라 위력이 떨어져서 결정타는 못됐지만, 허점을 만드는 데는 성공했다.

그 틈에 오르디아가 공격했다. 이번에는 『엣지 플러드』였다. 5대 마족 레드라스에게 처음 썼을 때보다 훨씬 강해진 5연격이 악마에게 쏟아졌다.

첫 공격이 먹힌 순간, 칼날이 물 흐르듯 쏟아졌고 악마는 사라졌다. 가까운 적은 없어졌다. 남은 문제는 뒤인데…….

"루온 님! 갑니다!"

소피아가 외쳤다. 커티와 이그노스, 소피아와 라디가 마법으로 오른쪽 마물을 막았다.

소피아의 『그라운드 선더』로 발을 묶고 커티의 『블레이즈 레이』와 이그노스의 『홀리 랜스』, 그리고 라디의 『샤이닝 어스』의 붉은색과 푸른색 빛이 공격했다. 중급 마법이라 마물을 섬멸하지는 못했지만 발목은 잡았다.

그들의 활약으로 걱정이 없어졌다. 그렇다면 선택지는 하나 뿐.

"전원, 알현실로!"

그 말에 제일 먼저 오르디아가 내 옆으로 왔다. 그리고 달리는 것과 동시에 소피아도 내 옆으로.

모두 일제히 알현실로 달렸다. 뒤에 있는 마물들이 움직이는 기척이 났지만, 마법 공격 때문에 대응이 늦어 따라오지 못했다.

앞에서 마물이 다가왔다. 내가 한 마리를 처리하고 나머지는 소피아와 뒤따르던 에이나가 연계해 처리했다. 그래도 접근하는 적은 오르디아와 리제, 알트 일행이 처치했다.

훌륭한 연계였다. 소피아와 에이나가 호흡 맞춰 싸우는 건 당연하지만 오르디아와 리제는 아라스틴 왕국에서 같이 싸운 경험을 살려 대처했고, 다른 동료도 어떻게 상대할지 순간적으로 판단해 상황에 맞게 움직였다.

그야말로 수많은 마물, 마족과 싸우며 얻은 경험이었다. 날카롭고 정확하고 무자비한 공격이 적을 도려내며 허점 하나

드러내지 않고 격파했다. 적은 강했다. 게임 후반에 나오는 마물뿐이었다. 그러나 그것을 느낄 수 없을 만큼 동료들은 강했다.

혼자 싸우기에는 부족했다. 그러나 각각 자기 역할을 알았고 헤아릴 수 없는 전력이 뒷받침하는 힘이 있었다. 게임에서 동료는 스테이터스로 판단되고 연계가 아닌 개인의 힘으로 싸웠다. 그러나 내 눈앞에는 마족을 쓰러뜨리는…… 나라를 해방하기 위해 모인 동료가 있었다. 게임과 비교할 수 없을 만큼 압도적인 집단의 힘이 있었다.

우리는 마물을 무찌르며 멈추지 않고 달렸다. 복도를 지나자 좌우로 뻗은, 지금보다 넓은 복도가 나왔다.

급히 둘러봤다. 왼쪽은 성 안팎으로 이어지는 문. 그리고 오른쪽에…….

"저 문입니다!"

소피아가 외쳤다. 목적지인 알현실은 멀리 있지 않았지만 많은 마물이 길을 막았다.

"시간 끌면 성에 있는 마물이 몰려올 거야. 알현실까지 달려!"

내 지시에 오르디아가 앞장서서 달렸다. 다크니스 데몬이 달려들었으나, 나와 그의 검으로 격파했다.

이어서 듀라한이 쫓아왔다. 대응하려던 나는 뒤에서 기적을 느끼고 살짝 옆으로 비켰다.

번개, 소피아가 쏜 『라이트닝』이 듀라한의 갑옷을 관통했다. 그 뒤에 있던 스켈레톤까지 쓰러졌다.

나와 오르디아가 겁먹은 듀라한에게 동시에 접근해 공격. 갑옷이 멀리 날아가 바닥에 부딪힌 순간, 듀라한은 사라졌다.

다음 적은…… 안쪽을 확인한 나는 한 곳을 주시했다. 마물에 가로막혀 알아채지 못했는데 대형 마물이 알현실로 가는 길에 앉아있었다.

그것은 우리 사이를 막는 것이 없어졌는지 자리에서 일어났다. 적은 골렘, 대리석처럼 하얗고 아름다운 석재로 지은 성에 녹아드는 순백색 골렘이었다.

게임에도 등장한 마물이었다. 『아르카나 골렘』. 공격력은 만만하지만 내구력이 큰 특징이었다. 내가 실력을 발휘하는 것 외에는 단칼에 처리할 수 없을 정도로 성가셨다.

"이건…… 조금 위험한데."

나는 적을 둘러보며 중얼거렸다. 좌우 통로에서 마물이 나타났다.

"루온! 적이 왔어!"

캐룬이 그렇게 외치고 단검을 겨누었다. 이러저러하는 사이 포위당했다. 아르카나 골렘까지 움직이기 시작했다.

상황이…… 할 수밖에 없었다.

"소피아! 리제! 오르디아는 앞으로! 나머지는 세 방향을 지켜!"

빠르게 지시하자 모두가 총알처럼 움직였다. 눈앞의 골렘은 쉽게 처치할 수 없지만 알현실로 가려면 이 녀석을 쓰러뜨려야했다.

그러나 골렘 주위에는 마물이……. 나는 결단을 내렸다.

"주변 마물은 내가 맡을게. 너희는 공격해!"

동시에 뒤에서도 전투가 시작됐다. 물량으로 밀려오는 적에 어떻게 맞서야 하나. 제일 먼저 공격한 사람은 실비였다.

실비가 쓴 스킬『선람검』. 건물 내에서 발생한 소규모 회오리가 우리 오른쪽에 나타난 마물을 막고는 날려버렸다. 공간이 넓어 아군은 휩쓸리지 않고 적만 가지고 놀았다.

왼쪽은 쿠자의 무영창 마법으로 적의 침공을 막았다. 전격, 냉기, 염열 등의 마법이 빗발치듯 쏟아져 마물의 발을 묶었으나 그 혼자서는 대처할 수 없었다.

거기에 필리와 콜리가 가세했다. 말 그대로 손발이 척척 맞는 콤비네이션으로 마법 때문에 당황한 적을 하나, 하나 제거했다.

필리는 쿠자와 같이 싸운 적도 있어서 무영창 마법 특성을 잘 알고 싸우니까 마물에게 당할 걱정은 할 필요 없었다.

왼쪽에서 밀려오는 마물은 문제없겠다. 그때, 오른쪽 전국이 바뀌었다. 라디와 네스톨이 실비를 지원했다. 왼쪽처럼 실비가 막고 두 사람이 적을 쓰러뜨렸다. 이쪽도 동료였기 때문인지 손발이 맞는 연계를 보여줬다.

"실비! 아군을 휘말리게 하지 마!"

"나도 알거든!"

라디의 말에 실비가 대답하며 바람으로 적을 막았다. 마물이 밀려오는 통로를 겨냥한 그녀의 스킬이 우리가 있는 복도로 침입하는 적을 막았다. 거기에 라디가 마법을 쓰고 그리고도 남은 마물을 네스톨이 담담히 처리했다.

그리고 후방은 알트 일행과 커티와 에이나가 지켰다. 정신 차리고 보니 성 입구가 활짝 열리고 마물이 우르르 돌아왔다.

후방에 가장 적이 많아서 싸우는 사람도 많았다. 그리고 그들은 다섯이서 일제히 싸우지 않고 알트 일행과 에이나, 커티 페어로 나뉘어 각각 싸웠다.

"에잇!"

캐룬이 코볼트에게 돌격해 파고들었다. 순식간에 단검을 휘둘러 마물을 날려버렸다. 뒤에 있던 적이 휩쓸려 날아갔고 공격당한 마물은 사라졌다.

지금 공격은 예전부터 잘 쓴 『팔랑크스』였다. 이전보다 강해져서 마물이 손 쓸 틈도 없었다.

"우리도 힘내야지!"

알트가 소리 지르며 대검을 휘둘렀다. 캐룬이 날려버린 바람에 눈앞에 마물이 없어져서 그런지 알트가 화려하게 움직였다.

그리고 갑자기 한 바퀴 돌았다. 캐룬은 옆으로 도망쳤고 그 사이에 접근한 마물에 알트의 대검이 호쾌하게 먹혀들었다.

청백색 마력의 칼날이 나타났다. 곡선을 그리며 마물에게 날아간 칼날에 적은 피할 틈도 없이 당하고 말았다.

그 순간, 넓은 복도에 굉음이 울려 퍼졌다. 마력이 폭발해 접근하는 마물을 날려버렸을 뿐만이 아니라 에이나 쪽으로 가던 마물도 휩쓸어 일시적으로 후방을 공격하는 적을 완전히 날려버렸다.

"스킬 화려하네."

커티의 말에 알트가 입 꼬리를 비틀어 웃으며 말했다.

"마물 떼거지와도 많이 싸워봤으니까. 이런 기술을 습득하는 수밖에 없었어."

알트가 쓴 것은 대검 상급 스킬 『폭뢰참』. 전방의 넓은 범위에 걸쳐 마력 칼날을 폭발시키는 대형 스킬로 게임에서도 그가 일으킨 것과 똑같은 효과가 있었다.

그의 공격은 전선에 있던 마물에게 상당히 심한 타격을 줬는지 태세를 정리하는 것도 늦었다. 그런 적에게 커티와 이그노스가 불과 빛의 마법을 발동했다. 마법이 빠짐없이 명중하자 마물이 눈 깜빡할 사이에 사라졌다. 대미지가 상당했다.

일단 세 방향은 문제없었다. 그렇다면 가장 큰 방해물은 정면. 골렘과의 싸움이 시작됐다.

골렘이 전투의 시작을 알렸다. 거대한 체구에 어울리지 않는 민첩함으로 소피아 쪽으로 접근해 주먹을 내질렀다.

소피아와 오르디아는 흩어져서 회피. 리제는 적에게 접근했다.

"하아앗!"

공격하느라 생긴 잠깐의 틈을 노려 그녀는 할버드를 들어 『크레센트 문』을 썼다.

위에서 내리친 공격이 골렘에게 제대로 먹혔다. 공격은 통했지만, 표면을 긁고 조금 휘청거리게 했을 뿐이었다.

"단단해……?!"

리제가 중얼거리며 후퇴했다. 그렇다. 아르카나 골렘의 특징은 방어력이었다.

공격은 거세지 않아서 충분히 피할 수 있었다. 게임에서는 마법과 스킬을 집중적으로 쏟아 부으면 시간은 걸려도 이길 수 있는 적이었다. 일방적으로 공격하는 방법도 있어서 경험치 벌이에 유용하지만 지금은 그 내구력이 몹시 방해됐다.

여기서 시간을 끌면 지원군이 온다. 성벽 밖에 있는 마물은 인간과 교전 중이라 후퇴할 수 없는데 만약 셰르다트가 끌어들이면…… 수적으로 불리했다.

아니, 애초에 여기서 시간을 끌면 성에 있는 마물이 몰려온다. 아직 세 방향은 지키고 있지만 시간이 길어지면 피로가 쌓이고 부상자라도 나오면 치명적이었다. 어려워도 단기전으로 가고 싶었다.

"공격한다!"

오르디아가 외쳤다. 거리를 좁히려는 골렘에게 오르디아도 파고들었다.

주먹과 검이 중간지점에서 부딪힌 순간, 오르디아의 검이 잠깐 밀렸으나 버텨냈다.

골렘의 공격을 막아내다니 그만이 할 수 있는 일. 그리고 이것은 절호의 기회!

"리제 언니!"

소피아가 외치며 검에 마력을 주입했다. 리제도 할버드에 마력을 실었다.

소피아는 『새벽의 지룡』, 리제는 『실버 크라운』. 리제는 아라스틴 왕국에서보다 준비 시간이 짧아졌다. 해방전을 위해 급속히 성장한 게 눈에 보였다.

두 사람은 동시에 공격했다. 밑에서 위로 올려치는 리제와 다르게 소피아는 위에서 아래로 베어냈다. 골렘은 뒤늦게 방어했고 두 사람의 스킬이 발동했다.

칼날이 닿으며 발생한 충격파에 거구의 골렘이 떠밀렸다. 무게 때문에 몇 미터가 고작이었다. 하지만 이것은 더할 나위 없이 좋은 기회. 소피아와 리제도 느끼고 자세를 바로 잡으려는 골렘에게 세 사람이 일제히 달려들었다.

"끝내!"

오르디아가 쌍검 상급 스킬 『블랙 화이트』를 썼다. 쏟아지는 공격으로 생긴 흰색과 검은색 마력의 소용돌이가 골렘을 부쉈다.

리제가 뒤따라 할버드 끝에 붙은 창을 내질렀다. 오르디아의 스킬처럼 마력이 소용돌이쳤다.

창 상급 스킬 『사이클론 스피어』. 사이클론은 태풍을 뜻하기도 하지만 이 스킬은 바람 속성이 아니었다. 마력이 회오리처럼 창끝에 모여 상대의 몸을 관통하는 강력한 찌르기 스킬이었다.

오르디아의 공격에 꼼짝 못한 골렘은 잇따른 찌르기를 피하지 못했다. 가슴에 창이 꽂히고 충격이 골렘을 훑었다. 등에서 마력이 터지며 휘몰아친 바람이 바닥과 나를 때렸다.

그러나 관통하지는 못했다. 아니, 가슴의 부서진 자리에 골렘의 코어가 있었다. 전투 중에 약점을 발견하고 노렸구나!

"소피아! 끝내!"

리제의 외침에 소피아가 골렘에게 접근했다. 적이 맞서려고 움직였지만 자세를 고치는 게 고작이었다.

소피아의 검이 박혔다. 스킬은 『풍화영참』. 혼신의 검이 코어에 날아들었다.

골렘을 중심으로 회오리가 일더니 코어에 금이 가고 파직 소리를 내며 부서졌다.

골렘은 힘없이 쓰러졌다. 나는 움직이지 않는 것을 확인하고 소피아 쪽으로 몰려가려는 마물을 섬멸했다.

뒤를 봤다. 동료들은 전투 중이지만 버텼다.

"모두 할 수 있겠어?!"

내 말에 모두 그렇다고 동의했다. 그래서 나는 소피아와 눈을 마주치고 달렸다.

알현실 주위에 있던 마물은 소피아 일행이 골렘과 싸우는 사이 내가 처리했다. 방해는 없었다. 뒤에서 동료들이 적을 날려버렸다. 모두 아직 여력이 있었다.

그때, 갑자기 알현실로 가는 문이 무거운 소리를 내며 열리기 시작했다. 무슨 일인가 싶으면서도 갑작스러운 공격에도 문제없도록 마법을 준비했다.

천천히 열리는 문틈으로 옥좌 옆에 선 마족 셰르다트가 보였다.

"저기 있다!"

나는 검에 힘을 모으고 마법으로는 공격에 대비했다. 선제 공격하기 위해 문을 열었다고 생각했다.

그러나 세르다트는 공격하지 않았다. 공격은커녕 과장스럽게 두 팔 벌려 환영했다.

"어서 와라, 명예로운 용사들."

낭랑한 목소리에 나는 알현실 한 걸음 앞에 멈춰 섰다. 아무리 생각해도 이상했다. 함정을 팠다고 봐야…….

"경계하겠지만, 아무것도 안 했어. 솔직히 말해 마물로 너희를 막으면 좋았겠지만, 전투를 보니 어려울 것 같아서 말이야……. 방침을 바꿔서 너희와 대화하기로 했다."

대화? 의문과 함께 이변이 일어났다. 우리를 공격하려던 마물이 일제히 멈췄다.

게다가 바깥 전장에도 변화가 생겼다. 성벽 외부 전투는 혼전의 양상을 보였는데 갑자기 마물이 후퇴하기 시작했다.

"너희 중 누군가는 사역마로 전장을 관찰하고 있겠지?"

셰르다트가 우리에게 물었다.

"생물이 없는데 새가 상공을 선회하니까 이상해서 말이야. 공격할 수도 있었지만, 계속 파견할 테니 내버려뒀어."

내가 전장을 관찰하는 줄 알고 있었군.

"그러니 여기 있는 누군가는 외부의 전투가 멈췄다는 걸 알 겠지."

"······그래, 멈춘 모양이군."

내 말에 셰르다트가 미소 지었다.

"공격을 멈춘 건 아까 말했듯이 대화를 위해서야. 정전은 아니야. 결판은 당연히 낼 거지만, 방법을 이야기하고 싶어."

"공격을 멈출 테니 네 방법을 받아들이라는 말인가?"

"바로 그거야. 그쪽도 희생자가 늘고 있어. 거래 조건으로 나쁘지 않을 텐데?"

이해가 안 되지만, 우리가 바라던 바였다. 셰르다트는 정말로 바깥의 마물을 멈췄다.

"······일단 들어나 볼까."

내 말에 셰르다트가 좋다고 대답했다.

"그래······ 알현실에는 네 명만 들어오도록 해. 물론 그중 하나는 소필리아 왕녀여야 하고."

이유는 몰라도 우리가 이대로 밀어닥치면 힘들다는 뜻인가?

"가볍게 요구를 들어줄 만큼 멍청하지 않은데?"

내가 대답하기 전에 알트가 말했다.

"멈춘 건 진짜인지 몰라도 네 명이 들어가면 알현실을 닫고 마물로 공격할 셈이잖아?"

"믿지 못하는 건 이해해."

셰르다트가 알트의 말에 어깨를 으쓱했다.

"그럼, 그래······ 이렇게 할까?"

딱, 손가락을 튕겼다. 우리를 포위한 마물들이 비명을 지르며 녹아내려 사라졌다.

"성에 있는 마물…… 알현실 주변 복도에 있는 마물을 전부 없앴어."

"선심 쓰는군그래."

"나는 오히려 너희가 선심 쓴다고 생각해. 계속 싸우면 전력은 줄여도 조만간 졌을 거야. 하지만."

셰르다트의 시선이 소피아에게 쏠렸다.

"여기에 전쟁의 지주인 왕녀가 있어. 그녀를 쓰러뜨리면 나의 승리다. 그쪽도 괜히 희생을 늘리지 않고 전투를 끝낼 수 있지. 서로 득 보는 게 있어."

그렇군. 의도하지는 않았지만 셰르다트에게는 역전할 기회였다.

생각하지 못한 상황인데 어떻게 해야 할까. 상황은 우리가 유리하니 일부러 교섭할 것 없이 일제히 공격하는 것도 방법이었다. 비겁해도 마족을 상대로 그런 걸 따질 때가 아니었다. 외부 전투를 중단한 것도 다시 공격할 수 있기 때문이었다. 마물이 다시 공격해도 사기 높은 아군이라면 충분히 싸울 수 있었다.

그러나 그 선택을 하기엔 걱정거리가 하나 있었다. 게임에서는 다수의 기사와 함께 성에 잠입해 기사가 마물의 진격을 막고 주인공들은 알현실로 들어가 셰르다트와 결판을 냈다. 셰르다트는 「필사의 저항」이라며 조롱하고 자기가 유리하다고 떠들어댔다. 즉 게임에서는 셰르다트가 유리했다.

그러나 지금은 우리가 우세했다. 하지만 소피아가 오자 기회라는 듯이 교섭하려고 했다.

"제안을 거절하면 어떻게 되지?"

내 물음에 셰르다트가 「알잖아?」라고 말했다.

"이렇게까지 했는데 안 들어주면 뒤도 안 보고 도망칠 거다. 다른 방법이 없으니까."

역시나. 교섭이 결렬되는 순간, 셰르다트는 망설임 없이 사라질 것이었다.

"그리고 하나 더. 왕녀는 정령의 힘을 쓰지. 내가 도망치지 못하게 대책을 세워놨을 거야. 나는 마법으로 탈출할 거니까 알현실을 덮는 튼튼한 마력장벽을 세우면 도망치지 못하지. 그러니까 그럴 기미가 보이면 후퇴하겠어."

입구 외에는 밖으로 나갈 방법이 없는 알현실은 전이라도 하지 않는 한, 도망칠 수 없는데…… 마족은 전이마법이 없었다. 과거에 천사만 보유했는데 눈앞에 있는 적은 갖고 있을 것 같기도 했다.

일반적으로 생각하면 천사의 기술을 쓸 것 같지 않지만, 5대 마족 구디스가 연구했고 이 녀석은 제크에스가 연구한 수수께끼의 힘에도 관심을 보였다. 방법이 어쨌든 궁지를 벗어날 기술을 갖고 있을 가능성이 있었다.

그리고 셰르다트와는 당초 레스베일의 마력장벽으로 공간을 분리하고 나와 소피아가 전력을 다해 싸울 생각도 했었다. 그러나 지금 그러면…… 장벽은 순식간에 전개할 수 있으니 공간 분리는 가능했다. 그러나 알현실을 덮으면 강도가 불안하니 셰르다트가 전투를 피하고 장벽을 부수는 데 전력을 다하면 도망칠 수도 있었다.

"전투가 시작되면 나도 도망칠 여유가 없어져. 즉 여기서 결판을 낼 수 있다는 거다."

셰르다트가 말했다. 확실하지 않은 요소 때문에 교섭하고 싶지 않았고 내가 전력을 발휘해 타도하는 것도…… 도망칠 위험성을 고려하면 힘들겠군.

나는 그렇게 판단하고 소피아에게 물었다.

"저렇게 말하는데…… 어떡할까?"

"좋습니다."

소피아는 고개를 끄덕였다. 그녀도 눈앞의 적을 놓칠 수 없었다. 나도 모략을 펼치는 셰르다트를 놓쳐서는 안 된다고 생각했다.

"그러면 누가 싸울지 신중하게 선택해. 시간은 많으니까."

셰르다트가 느긋하게 말했다. 마치 자기 생각대로 풀리고 있다는 듯이.

"……레스베일."

나는 뒤에 갑옷천사를 불러냈다.

"알현실 밖에 대기하는 사람들을 호위해."

"참 신중하네……. 뭐, 당연한가?"

셰르다트가 중얼거렸다. 레스베일을 통해 느껴보니 셰르다트가 알현실 주변의 마물을 전부 없애긴 했다. 그리고 전장에서 여러 번 사용한 마법진도 없었다.

정령이 있어서 함정을 파봤자 바로 들킬 테니까. 반대로 말하면 그만큼 우리에게 믿음을 주기 위해 애썼다. 이번 전투의 총대장이 눈앞에 있으니 그 목을 딸 것을 생각하면 별거 아니었다.

셰르다트도 공격하지 않으면 마왕에게 무슨 일을 당할지 몰랐다. 그러니 소피아를 무찌르기 위해 최선을 다할 것이었다.

"에이나."

나는 그녀에게 말했다.

"누가 싸울지 내가 정해도 될까?"

"루온 공이 이미 정해두지 않았나?"

그랬다. 알현실에 들어온 사람은 나와 소피아, 그리고 오르디아와 리제. 총 넷. 입장하자마자 문이 닫혀서 갇혔다.

나는 만약을 위해 레스베일에게 이곳을 격리하는 마력장벽을 세울 준비를 하라 지시하고 셰르다트에게 물었다.

"교섭하려고 네 명이라고 한 건가?"

"그것도 그렇지만, 네 명이라고 말하면 너희가 남을 거라 확신했거든."

"뭐?"

되묻자 셰르다트는 웃었다.

"이때까지의 싸운 걸 보면 누가 선택될지 뻔하고 선택된 자들은 나에게도 이득이야. 하나는 발크스 왕국의 왕녀. 다음은 지일다인 왕국의 왕녀. 거기에 배신자와 두 왕녀를 인도한 전사…… 실추를 만회할 수급으로는 충분하잖아?"

우리 동향을 관찰하고 누가 남을지 예측해 명예를 만회할 조건을 제시했군.

"모든 것은 폐하를 위해서, 인가."

나의 지적에 셰르다트가 그렇다고 대답했다.

"이 셸지아 대륙에 침공한 것까지는 좋았지. 하지만 예상 밖에도 인간들이 저항했고 정신 차려 보니 거점을 세운 동포가 차례로 패배했다. 이건 우리가 잘못했다기보다는 인간이 애썼다고 해석하는 게 맞겠지."

"인간을 인정하는 발언을 하다니 의외군."

나는 셰르다트를 노려봤다.

"몇 번 만나지는 않았지만…… 그 악의가 묻어나는 성격을 보면 인간을 깔볼 줄 알았는데."

"말이 심하네……. 우리 마족은 인간을 업신여기고 이렇게 당하고도 우습게 여기는 놈도 있어. 하지만 나는 달라. 인간은 위협적이고 성가신 존재라고 인식을 바꿨다. 종족적으로는 깔보고 있지만."

……정말 짜증나는 마족이다.

"이번 전투는 고민이 많았어. 병력을 아무리 쏟아도 너희에게 대항하지 못했어. 예외는 이 성에 있던 마물들인가. 뭐, 나도 상당한 마력을 주입해서 그 녀석들이 못 버텼으면 방법이 없었지."

셰르다트는 웃으며 말했지만 마디마디마다 살기가 전해졌다.

"하지만 인간이 어리석다고 생각하는 건 사실이야. 지금 상황만 해도 그래. 나를 죽이려고 성에 몰래 침입하다니 괜찮은 작전이야. 외부에 있는 강적을 밀어내고 성을 공격하는 것보다 훨씬 쉽고 부담도 적어. 하지만 성에 침입한 부대 중에 총대장인 왕녀가 있다니, 멍청하지 않아? 여기서 죽으면 그걸로 끝이다."

"만약 오지 않았다면 당신은 도망쳤겠죠."

소피아가 냉정하게 말했다. 그러자 셰르다트는 「그랬을지도 모르지」라며 인정했다.

"부정은 하지 않을게."

"……마족 셰르다트."

그녀는 이름을 부르며 마족에게 검을 겨누었다.

"전부 끝냅시다. 길었던 당신과의 전투도 이걸로 끝입니다."

"그래, 좋아. 그러면 시작해볼까?!"

셰르다트가 큰 소리로 외쳤다. 발크스 왕국 최종결전의 막이 올랐다.

나는 사전에 소피아에게 셰르다트의 전법을 알렸다. 원래 사정을 아는 사람끼리 싸울 생각이었기 때문에 정보를 공유하는 멤버로만 싸우는 지금 상황은 아주 바람직했다.

그러나 게임과 다른 요소도 있을 텐데……. 그 예상은 바로 현실이 되었다.

"나도 넷을 동시에 상대하기는 힘들어서 말이야."

셰르다트는 말과 달리 밝게 말하고 옥좌 앞에 있는 계단을 내려오며 오른손에 마력을 모았다.

"물론 승산이 있으니 요구한 거다."

검은 빛이라고 해야 할 무시무시한 힘이 셰르다트의 오른손에 나타났다. 그것은 칠흑의 검으로 변했다. 칼날에는 괴이한 문양이 새겨졌고 진홍빛을 띠었다.

셰르다트가 직접 만든 무기. 평범한 무기가 아니었다.

"그 검…… 제크에스가 얻은 힘이 숨어있군."

"호오, 제크에스를 알다니…… 아니, 당연한가?"

셰르다트가 중얼거리고 검을 가볍게 휘둘렀다. 고작 그것만으로 주위에 검은 마력이 피어났다.

"그가 어떤 결말을 맞았는지는 모르지만…… 힘을 목도한 모양이군. 힘을 버티지 못하고 자폭한 것 같은데 실제로는 어땠지?"

우리에게 유리한 점은 셰르다트에게 우리에 관한 정확한 정보가 없다는 점이었다. 만약 아라스틴 왕국의 전말을 알았더라면 이렇게 가만히 있지 않았을 테니까.

"뭐, 그건 됐어. 아무튼 나는 그가 연구한 힘을 손에 넣었다. 그 결과가 이거다."

검을 치켜들자 마족 특유의 힘과 맞물려 이상할 정도의 마력이 발생했다.

하지만 확실하게 말할 수 있는 게 하나 있었다. 그것은…… 제크에스보다 뒤떨어진다는 점이었다. 직접 연구하지 않아서 차이가 났다.

그러나 마족과 인간이라는 타고난 능력 차이는 위협적이었다.

"……소피아."

"네."

그녀가 대답했다. 옥좌에서 셰르다트와 마주했을 때 어떻게 싸울지는 그의 전법을 가르쳐주며 검토했다.

어떻게 조우하느냐와 어떤 멤버로 싸울지 등 여러 상황을 상정하고 생각했다. 지금 전황은 그리 나쁘지 않았다. 다만 제크에스가 이용한 강력한 힘을 갖고 있었다.

지금의 소피아는 그에게 맞설 수 있었다.

그녀는 검에 힘을 모았다. 아라스틴 왕국에서 보여준 정령의 힘을 집약한 스킬. 내가 『스피릿 월드』라 이름 붙인 그녀의 비장의 카드. 하지만 발동에 시간이 걸렸다.

"왕녀도 뭔가 준비했군."

그녀가 준비를 시작하자 셰르다트가 웃고 갑자기 거리를 좁혔다.

눈이 번쩍할 정도로 민첩했다. 그러나 나는 즉시 소피아를 노린 검을 막았다.

묵직한 충격이 전신에 퍼졌다. 상당한 힘. 하지만 나는 버틸 수 있다……!

"이걸 막다니. 왕녀를 인도하는 너는 역시 강하군."

셰르다트가 담담하게 말했다.

제대로 당하면 오르디아와 리제는 다치겠다고 생각하자마자 두 사람이 힘겨루기에 들어간 우리의 좌우로 갈라졌다.

먼저 오른쪽에서 오르디아가 공격했다. 쌍검이 셰르다트를 갈기갈기 찢기 직전—.

"아쉽네."

셰르다트가 가볍게 몸을 물려 그의 검을 피했다. 마족은 순식간에 공격 범위를 벗어났다. 오르디아도 대응이 늦었다.

게임에서는 느끼지 못했는데 칠흑의 검을 들고 싸워보니 알겠다. 무인의 몸놀림이었다.

단순히 힘으로 몰아붙이는 건 안 통하겠다고 생각한 순간, 셰르다트가 발을 돌려 공격에 나섰다.

목표는 나. 좌우의 오르디아와 리제에게는 눈길도 주지 않았다.

나는 다시 셰르다트와 검을 맞부딪쳤다. 칠흑의 마력이 내 몸에 닿았지만 마력장벽 덕분에 이상은 없었다.

즉시 오르디아와 리제가 달려들었다. 이번에는 나도 셰르다트가 도망치지 못하게 힘을 실었다. 도망치면 내 검이 그를 치는 상황에서 좌우의 두 사람이 셰르다트를 공격했다.

"넷이라 말했을 때부터 이런 상황은 예상했어."

두 사람의 공격이 그의 옆구리에 명중했다.

맞댄 검으로 충격이 전해졌다. 그뿐이었다.

그는 칼을 맞고도 웃음 지었다.

"내가 손에 넣은 힘을 공격에만 쓸 줄 알았어?"

그 순간, 칠흑의 검에서 마력이 뿜어져 나왔다. 진한 마력에 오르디아와 리제가 즉시 물러났다.

힘을 방어하는 데도 쓸 수 있다니! 어중간한 공격은 안 통했다. 내가 제 실력을 발휘하거나 소피아의 『스피릿 월드』를 써야 했다.

소피아가 스킬을 발동하려면 아직 시간이 필요했다. 그 사이, 셰르다트의 공격을 어떻게 막지?

"이제 생각할 여유는 없을 거야."

셰르다트가 말과 동시에 세 번째 공격을 선보였다. 공격 대상은…… 리제.

즉각 응전하려고 했으나 분출한 마력으로 신체능력을 강화했는지 내 예상보다 한 발 빨랐다. 내가 지원하기 전에 두 사람이 맞붙었다.

리제를 돕기엔 아주 조금 시간이 부족했다. 그리고 셰르다트는 그 잠깐의 시간으로 충분했다.

"우선 하나……."

검을 옆으로 그었다. 리제는 목을 노린 공격을 할버드를 들어 방어했다

셰르다트의 검이 가볍게 할버드를 잘랐다. 순간 오싹했지만 그녀는 자세를 낮춰 공격을 종이 한 장 차이로 피했다.

"제법인데."

셰르다트가 중얼거리고 곧바로 물러났다. 그는 우리를 언제든 죽일 수 있다고 생각했다. 끈질기게 쫓지는 않을 셈이었다.

그러나 리제는 달랐다. 마법으로 만들었다고는 해도 할버드가 부러졌는데 일부러 앞으로 나갔다. 무기도 없이 맨손으

로…… 아니, 아니야!

"무슨 속셈이지?"

셰르다트는 여유를 잃지 않았다. 그러나 상황은…… 뒤집어졌다.

리제의 전진은 셰르다트의 후퇴보다 빨랐다. 그녀는 상대의 품에 파고드는데 성공하고 주먹을 내질렀다.

무기 없는 단순한 정권지르기는 위력도 없고 통하지 않을 터였다. 그러나 마족의 반응은―.

"윽……?!"

작은 신음. 그것은 리제와 오르디아의 공격이 통하지 않은 상황을 타파하는 것이고 마족이 입은 첫 대미지였다.

오르디아도 곧바로 끼어들었다. 절호의 기회라고 깨닫고 쓴 스킬은 골렘에게 썼던 『블랙 화이트』. 셰르다트에게 검이 닿자 그의 몸이 흰색과 검은 마력에 휩싸였다.

"크, 악……!"

오르디아의 공격도 효과가 있었는지 비명을 질렀다. 나는 다음 공격을 위해 왼손을 뻗었다.

"장엄한 하늘이여, 어둠을 뚫고 세상을 내달려라. 여명의 뇌왕!"

소피아가 쓴 『라이트닝』보다 두꺼운 번개. 미네르바 왕비가 쓴 상급 마법 『디바인 로드』였다.

흑과 백의 범류로 움직이지 못한 셰르다트는 내 마법을 정통으로 맞았다. 이제는 비명도 들리지 않는 격렬한 낙뢰 소리가 알현실을 내달렸고 주위가 섬광에 휩싸였다.

　오르디아와 리제는 일단 마족과 거리를 뒀다. 나도 마법을 쓰며 천천히 물러났다.

　"……공격당하고 셰르다트의 방어가 조금 약해졌다."

　오르디아가 리제를 보며 말했다.

　"특수한 힘이 몸에 있는지, 장비에 있는지는 몰라도 어느 정도 차분해야 제 역할을 할 테지."

　"외부의 힘이니까. 확실하게 제어하지 않으면 효과를 유지할 수 없을 거야."

　나는 대답하고 마법으로 새 할버드를 만든 리제에게 물었다.

　"아까 그 무술, 셰르다트의 방어를 뚫었어?"

　"위력은 대단하지 않지만, 제대로 맞으면 마력이 겉이 아니라 속을 뚫고 지나가는 스킬이야."

　무술 상급 스킬 『용맥』이었다. 주먹이 직격하면 방어를 무시하고 대미지를 주는 스킬. 주로 내구력이 강한 상대에게 효과적인데 사정범위가 짧아서 사용하기 어려운 스킬이었다.

　실제로 리제도 공격하기 위해 셰르다트에게 접근해야했다. 위험했지만 그녀는 승산이 있다고 봤다.

　"성에서 싸우는 걸 보고 나와 오르디아의 공격은 자기한테 안 통한다고 생각하지 않았을까? 그래서 소피아 앞에 선 루온에게 화살을 돌린 거야. 내가 아까 무기 없이 덤볐잖아. 적에게는 무모한 돌격으로 비쳤을 거야. 그게 바로 내가 노린 거지만."

"다 작전이었다고? 그래도 위험한 도박이었어."

"적의 움직임을 예측해서 괜찮다고 봤어. 무술 쪽 몸놀림이라 공격 궤도도 읽었고."

다양한 스킬을 습득한 리제라서 가능했다. 세르다트는 힘을 제어하기 위해 검술을 체득했을 뿐 기량은 대단하지 않았다.

리제가 「단지」 하고 말했다.

"공격이 통하지 않았으면 위험했겠지만, 그때는 루온이 어떻게 해줬겠지?"

"주먹을 내지른 직후는 도울 수 있는 타이밍이긴 했는데……."

대답한 직후, 내 마법이 사라지고 세르다트가 나타났다. 겉모습은 그대로인데 눈에 분노가 타올랐다.

"방심하려던 건 아닌데 말이야."

"아니, 방심했어. 너는 몰랐겠지만."

리제가 냉철하게 말했다. 그와 동시에 소피아의 마력이 더 강해졌다.

준비는 끝났다. 그것은 세르다트도 알았다.

"종국이 가까워졌군……. 그쪽은 어떻게 할 거지?"

이번에는 소피아가 한 발 앞으로 나갔다. 그 검에 정령의 힘을 모은 마력이 담겼다.

"뭐, 그렇겠지."

세르다트는 소피아에게 맞서 어둠을 펼쳤다.

그것은 소피아에게 반격하려는…… 아니, 그 정도가 아니라 카운터로 죽이려고 했다. 소피아가 직접 다가오다니 천재일우의 기회였다.

그렇다면 우리는…… 소피아를 지키기 위해 자리 잡았다. 셰르다트는 미소 지었다.

"역경에 빠졌군. 하지만…… 그것도 재미있겠어."

"무슨 일이 있어도 공을 세울 모양이군."

내가 지적하자 셰르다트가 숨기지 않고 그렇다고 대답했다.

"이대로 퇴각해봤자 나는 사라질 거다. 그러면 내기하는 게 낫지. 만약 이기면 전부 다 뒤집을 수 있으니까."

"그 소망은…… 이루어지지 않아."

내가 선고하자 셰르다트가 달렸다. 최종결전. 이 공방으로 모든 것이 끝난다.

나는 상대의 의도를 파악했다. 소피아 앞을 가로막은 우리를 검의 힘으로 유린할 생각이었다.

소피아가 셰르다트와 붙어서 이길지 미묘했다. 만약 이겨도 마력이 상쇄될 것이었다. 그녀의 비장의 카드로 이긴다고 한정할 수 없었다.

확실하게 마무리하려면…… 내가 먼저 덤볐다. 셰르다트는 사납게 돌진했다. 내 검을 피하는 시늉도 하지 않았다.

그 순간, 내 검이 셰르다트의 오른쪽 어깨에 박혔다. 팔은 잘리지 않았고 그는 어깨에 칼이 박히고도 전진하려고 했다.

"소용없다!"

그는 힘으로 밀고나가 내 검을 쳐내고 소피아에게 달려들었다. 나는 한 발 물러난 뒤 소피아를 지키기 위해 앞을 가로막았다.

셰르다트가 그녀와 맞부딪치면 어떻게 될지 몰랐다. 같이 죽을 기세였다. 이번에는 오르디아와 리제가 달렸다.

두 사람의 공격이 셰르다트에게 제대로 들어갔다. 리제는 복부, 오르디아는 정수리에…….

묵직한 소리까지 난 공격. 셰르다트는 몸을 기울였지만 순식간에 다시 일어나 웃기까지 했다.

"공격하는 줄 알면 못 막을 정도는 아니라고!"

마족이 소리 질렀다. 눈에서 이성이 사라졌다. 그것은 사냥감을 물어뜯으려는 짐승의 눈이었다. 마력을 한계까지 끌어올리고도 미지의 힘의 영향으로 더 고조됐다.

고통조차 느끼지 못하는지 셰르다트는 돌진했다. 내가 아직 막고 있다고는 하나, 정면으로 부딪치면 본래 실력을 내지 않고는 막지 못할 기세였다. 아군이 가까이 있어서 요란한 마법도 쓰기 어려운 상황.

뒤에서 소피아가 맞서 싸울 기미를 보였지만 나는 그 전에 어떻게 해야 할지 판단하고 움직였다.

리제와 오르디아가 만든 작은 틈을 이용해 셰르다트에게 주먹을 날렸다. 그는 아까 리제가 쓴 『용맥』인 줄 알았을 것이다.

그건 통하지 않는다. 소리는 들리지 않지만 셰르다트의 미소가 확신했다.

그것은 큰 오산이었다.

그 순간, 셰르다트의 복부에 『용맥』이 꽂혔다. 방어를 무시한 공격에 또 당한 마족의 기세가 멈췄다.

"커, 헉……?!"

쥐어 짜낸 목소리. 그럴 만도 했다. 리제와 내 스킬은 위력이 달랐다. 내 주먹은 셰르다트를 멈출 위력을 발휘했다.

그는 자신이 치명적인 허점을 드러낸 것을 깨닫고 고개를 들었다. 또렷하게 봤을 것이다. 내 뒤에서 빛나는 검을 내리치려는 소피아를…….

리제와 오르디아가 후퇴했다. 그녀가 검을 내리치자 정령의 힘을 모은 비기가 마족을 집어삼켰다.

알현실, 입구 근처까지 피한 우리는 눈앞의 광경을 응시했다.

소피아의 『스피릿 월드』로 생긴 빛나는 거목이 땅, 물, 불, 바람의 힘과 함께 발크스 왕국에 강림했다.

"저번보다 세지지 않았어?"

겉보기에는 그리 달라지지 않았다. 그러나 두 번째라서 그런지, 훈련의 성과인지 마력이 전보다 많이 담겼다.

"이름을…… 루온 님이 지어주신 것도 컸습니다."

거목을 주시하며 마족을 경계하던 소피아가 말했다.

"이름 덕분에 이 스킬의 이미지가 선명해졌습니다. 그래서 이만한 위력을 발휘했다고 생각합니다."

"그렇다면 다행이야."

빛이 사라졌다. 셰르다트는 서 있었지만 멈춰 서서 고개를 숙이고 미동도 하지 않았다.

셰르다트의 마력이 소진된 것이 명확하게 느껴졌다. 그는 이제 싸울 힘이 없었다.

"끝났군, 마족 셰르다트."

내 말에 그는 천천히 고개를 들었다. 분노가 담겼지만, 그것도 어딘지 힘이 없었다.

"결판은 났다. 유언 정도는 들어주지."

"필요…… 없어."

셰르다트는 소피아를 바라보았다.

"너를 이 세상에서 지울 기회는 얼마든지 있었다. 하지만 고통을 맛보게 감옥에 가두고 무시했지. 그 인과가 이렇게 돌아올 줄이야."

빈정거리며 웃었다. 셰르다트의 마력이 흩어지기 시작했다.

"웃는 것도 지금뿐이다. 폐하는…… 폐하의 힘은 모든 것을 유린한다. 몇 번을 이긴들 최후에 웃는 것은 우리다."

"그렇게 되게 하지 않을 거야. 절대로."

내가 힘주어 말하자 셰르다트는 마지막으로 웃고…….

"……으윽?!"

갑자기 신음했다. 사라지기 직전, 고통과 함께 사라지는 줄 알았는데 갑자기 공기를 뒤흔들다시피 마력이 태동했다.

"어……?"

갑작스러운 변화에 소피아가 셰르다트를 응시했다. 그의 몸에서 검은 안개가 피어올랐다.

마력이 흩어지지…… 않았다. 마력은 명백한 의도를 가지고 셰르다트를 휘감기 시작했다.

"무, 무슨 일입니까……?!"

"가능성은, 하나야. 레스베일!"

나는 이름을 불렀다. 문 밖에 있던 레스베일이 장벽을 세우고 마력이 새어나가지 않게 처치했다.

"셰르다트의 몸이 무너지려고 하니까 그가 손에 넣은 힘이 마족의 몸을 빼앗으려고 폭주하는 거야……!"

"제크에스 오빠 때는 이러지 않았는데……."

"마족이라서 그럴지도 몰라. 이대로라면……."

모래 밟는 소리가 나며 셰르다트의 몸이 어둠에 휩싸이더니 그가 악마처럼 변했다.

『……크아아아!!』

짐승의 포효가 알현실에 울려 퍼졌다. 나는 동료들 앞으로 나갔다.

"여기는 내가 맡을게."

"하지만."

"내가 맡게 해줘. 유노, 소피아와 같이 있어."

"알았어."

"너희는…… 방어에 전념해."

유노가 주머니에서 나오자 나는 제크에스와 싸웠을 때처럼 마법검 『백왕검』을 만들었다.

"마왕은 그 힘을 제어할 수 없어서 손대지 않았겠지."

셰르다트가 사납게 달려들었다. 검이 아니라 오른손으로 내리치려고 했다. 그 손에는 어느새 손톱처럼 날카롭게 돋은 칠흑이 나와 있었다.

나와 셰르다트가 정면으로 격돌했다. 그 순간, 조금 전과 비교도 되지 않는 압도적인 힘이 내 양팔을 타고 전해졌다.

제크에스는 이 힘으로 페우스와 어깨를 나란히 했다. 그리고 제크에스와 셰르다트 사이에는 상당한 힘의 차이가 존재했다. 폭주한 눈앞의 적은 제크에스보다 강할지도 몰랐다.

"상황 파악할 여유는 없어 보여……!"

나는 칠흑의 손톱과 힘겨루기를 하며 검에 마력을 주입했다. 그리고 양팔을 마력으로 강화해 적의 팔을 쳐내고 최상급 스킬 『신위절화』를 발동했다.

방사 형태로 퍼진 마력 칼날이 셰르다트에게 닿은 순간, 폭발하며 그를 날려버렸다. 그러나 적은 곧바로 자세를 바로잡았다. 게다가—

『효과가 없군.』

가르크가 말했다. 칼날의 탁류를 맞고도 셰르다트는 태연했다.

"엄청난 마력장벽이야. 힘으로만 돌파할 수 있겠어."

소피아의 『스피릿 월드』로도 뚫을 수 있을지……. 방어만 따지면 특수한 방어력을 보유한 마왕과 어깨를 나란히…… 아니, 강도는 마왕을 능가하지 않을까?

"지금 스킬은 중복 대미지를 주는 타입이야. 이게 안 통하면 단발 스킬뿐이야."

나는 머릿속에서 스킬을 골라 공격했다. 셰르다트도 맞서서 다시 검을 부딪혔다.

이번에는 셰르다트가 쉽게 물러났다. 나를 우회해 동료들을 노리는 줄 알았으나 단순한 공방으로는 끝이 안 난다고 깨달은 모양이었다. 힘을 끌어올려 나를 단칼에 끝낼 준비를 했다.

"······책략을 꾸미던 상대라고 생각할 수 없을 만큼 강제적이네."

나는 일부러 앞으로 나갔다. 셰르다트는 내 검을 쳐내려고 팔을 휘둘렀지만 나는 힘으로 밀어붙였다.

검이 마족의 몸에 박혔다. 결정타는 못됐어도 적의 자세를 무너뜨리기에 충분한 공격이었다.

나는 공격당해 멈춘 마족을 다시 공격했다. 혼신의 일격을 맞히기 위해 검을 내달렸다.

이 스킬은 장검 스킬 중 가장 순간 화력이 좋은 스킬이었다. 이름하야 『무명수련』. 이번에는 다른 효과가 덤으로 붙었다. 폭주한 그에게는 통할 것이었다.

그리고 공격이 명중하자 폭발적인 마력이 검을 타고 쏟아졌다. 셰르다트는 마력의 범류에 집어삼켜졌다. 굉음이 들리고 시야에서 마족이 사라지더니 눈앞에 푸른 기둥이 솟구쳤다.

나는 즉시 후퇴했다. 전력을 다한 스킬. 이것도 통하지 않으면······.

빛이 사라지고 셰르다트가 나타났다. 충격에 눈에 띄게 느려졌지만 공격당하기 전과 별반 다르지 않았다.

"방어력이 대단하네."

『이 힘이 그렇게나 이상하다는 거겠지.』

가르크의 목소리가 머리에 울렸다.

『제크에스 왕자도 그렇고 어마어마한 힘을 손에 넣었지만, 마왕이 왜 조사를 금했는지 이해되는군. 이 힘은 마족도 벅찰 거다. 자칫하면 눈앞의 마족 같은 결말을 맞을 테니.』

"셰르다트는 그걸 알고도 힘을 받아들인 거야……?"

『알고도 마왕을 향한 충성심으로 조사했을 가능성도 있지.』

"그럴 수도 있겠어."

나는 몸에 마력을 모았다. 가르크가 그것이 무엇인지 알아차렸다.

『그 마법은, 내가 준 건가?』

"응, 맞아."

대답하며 몸의 마력을 쌓아올렸다. 한편, 셰르다트는 겉보기에는 그다지 달라지지 않았는데 신음만 할 뿐 공격하지 않았다.

그도 그럴 것이 나는 아까 쓴 『무명수련』에 스턴 효과를 부여했다. 게임에서는 일정시간 못 움직이게 하는 스킬인데 현실에서 실전에 사용한 것은 처음이었다.

상급 마물과 마족에게는 거의 통하지 않아서였다. 현실에서는 수행 시절에 마력장벽으로 방어하는 적에게는 효과가 없다고 증명했다. 따라서 원래는 셰르다트에게도 통하지 않았어야 했다.

그러나 지금은 폭주한 데다 셰르다트가 보유한 본래 마력도 사라졌다. 수수께끼의 힘이 몸을 빼앗은 상황이라 통했다.

그러나 스턴 효과는 아주 잠깐뿐. 내가 준비하는 그 잠깐 사이에 셰르다트가 한 발 앞으로 나왔다.

『으아아아아아!』

울부짖는 소리가 알현실을 메웠지만 이미 늦었다. 겨우 구속을 풀었을 때 내 마법이 발동했다.

"축복받은 대지여. 나의 힘에 응해 세계를 구하는 빛이 되어라. 저자를 속박한 사슬을 해방하라!"

주문과 함께 발동한 마법이 순식간에 알현실에 퍼지며 시야가 새하얗게 물들였다.

순백의, 그늘 한 점 없는 세계. 가르크가 가르쳐준 마법은 이른바 일정 공간에 세계를 만들고 그 공간에서 마법을 종횡무진 쏟아 부었다. 이름을 붙이자면……『모형정원의 세계』라고 할까.

새하얀 세계가 구성되자 셰르다트의 기척이 달라졌다. 이상한 힘을 지닌 내 마법을 경계했지만 대처할 방법이 없었다.

그 순간, 대량의 흰색이 셰르다트에게 명중했다. 그것은 검과 창을 본뜬 것부터 해일과 같은 마력이 덮치는 모양도 있었다. 마족은 피하려고 했으나 폭력적인 마력의 범류에 몸을 맡길 수밖에 없었다.

그때, 다시 포효가 들렸다. 그러나 하얀 세계에 목소리가 목소리를 흡수했고 힘만 잃었다. 마족은 한계에 다다랐지만 마법은 끝나지 않았다.

셰르다트의 머리 위에서 마력이 커졌다. 적도 알아차렸지만, 고개를 드는 것이 고작이었다.

하늘에서 쏟아지는 하얀 번개. 거대한 마력이 셰르다트의 몸을 감싸고 섬광과 폭발소리가 발생했다.

마치 세계를 지탱하는 거대한 기둥이 셰르다트에게 쏟아지는 것 같았다. 하얀빛에 의해 생긴 돌풍이 나를 쓰다듬었고 하얀 마력 입자가 모형정원의 세계에 흩어졌다.

셰르다트는 사라지고 잠시 하얀 세계만 보였다. 눈앞에 환상적인 광경이 펼쳐지다가 이내 하얀 공간이 조각조각 떨어져 나가고 원래의 알현실이 나타났다.

엉망진창이 된 셰르다트만 남았다. 검은 힘은 대부분 사라졌고 서 있는 게 고작인 상황이었다.

"……이걸 당하고도 서 있다니 대단하다고 해야 하나?"

나는 천천히 걸어갔다. 그리고 눈앞의 셰르다트…… 빈껍데기의 눈앞에 섰다.

"끝났어. 안 들릴지도 모르지만."

셰르다트가 천천히 주먹을 들었다. 마지막 저항…… 나는 묵묵히 검으로 막았다.

검과 주먹이 닿은 순간, 불꽃이 튀는 소리가 들렸다. 무슨 짓을 할 힘이 없을 텐데…… 그때, 내 시야가 갑자기 조금 전의 마법처럼 하얀 세계에 휩싸였다.

정신 차리고 보니 나는 똑같은 알현실에 있었다. 그러나 나는 입구 쪽에 서 있었고 눈앞에는 셰르다트가 있었다.

그것도 폭주하기 전의 모습으로. 어떻게 된 일인지 생각하다가 반투명한 내 몸을 보았다.

"이건…… 제크에스 때처럼……."

검과 주먹이 닿은 순간, 기억을 읽은 건가? 의아해하며 주위를 둘러봤다. 뒤에 문이 열렸지만 아무도 없었다. 셰르다트가 무릎을 꿇었다.

그리고 옥좌 앞…… 그곳에 어둠이 뒤얽혀있었다. 셰르다트는 둥글게 생긴 그것에 신하의 예를 갖추었다.

『……성을 제압했나.』

어둠에서 목소리가 들렸다. 그것은…… 남자의 목소리인데 뭐라 표현하기 어려운 무언가가 있었다.

분노, 슬픔, 또는 기쁨…… 그런 희로애락이 결여돼 듣는 이를 떨게 하는 위엄 넘치는 목소리. 나도 목소리를 들은 순간, 몸이 덜덜 떨리는 착각에 빠졌다.

목소리의 주인은…… 마왕이 분명했다. 그리고 이 기억은 수도 피린테레스를 습격한 직후였다.

"네. 작전대로 기습해 왕성을 탈취하고 왕과 왕녀는 감옥에 가뒀습니다. 어떻게 할까요?"

『처우는 맡기겠다. 하지만 지금은 우리 상황도 정리해야 한다. 본보기로 처형하면 적이 들고 일어날 테니 성급한 결정은 피해라.』

이성적인 말이었다. 마왕은 인간이 반항하면 좋지 않다고 생각했다.

"알겠습니다. 저는 이곳을 거점으로 활동하면 되겠습니까?"

『그러도록. 회유한 귀족과 연락해 체제를 견고히 해라.』

셰르다트는 머리를 조아렸다. 마왕에게도 발크스 왕국은 중요한 곳이라 직접 지령을 내렸다.

"한 가지, 여쭈어도 되겠습니까?"

셰르다트가 갑자기 머리 숙인 채 입을 열었다.

『상관없다. 말하라.』

"……침공 전에 문헌을 뒤져보니 과거에 천사가 이 대륙에서 다양한 연구를 했습니다. 구디스 공이 천사의 유적에 잠든 것과 관련된 조사를 폐하께 여쭈었을 겁니다."

『그렇다.』

"그 연구의 중요한 부분일지도 모를 사실을 발견했습니다."

잠깐 침묵이 감돌았다. 마왕이 말을 기다렸다.

셰르다트는 잠깐 뜸을 들이고 말했다.

"천사가 연구한 것 중에는 그들도 정체를 모르는 불가사의한 힘이 있었습니다. 게다가 천사들은 그 힘을 제어하는 것을 지상명제로 삼았습니다. 만약 그들의 연구를 조사해 힘을 다룰 수만 있으면 이번 전쟁도 완벽하게……."

『안 된다.』

마왕의 한마디에 셰르다트는 입을 다물었다.

『천사의 유적 조사는 허락한다. 다만 그 힘에 간섭하는 것은 금한다.』

이유나 설명은 없었다. 셰르다트는 이해할 수 없었지만, 그는 고개를 들고 얌전히 미소 지었다.

"알겠습니다. 모든 것은 폐하의 뜻대로."

어둠이 사라졌다. 그는 잠시 허공을 바라보았다.

"폐하도 접근을 금지하다니……."

셰르다트가 중얼거리고 천천히 일어섰다.

"건드려서는 안 되는 것…… 아니, 폐하는 그 힘이 무엇인지 아시는 모양이야."

나도 그렇게 생각했다. 마왕이 금한 이유는 셰르다트가 말하는 힘이 무엇인지 알기에 경계하는 것 아닐까?

그리고 셰르다트는 어떻게 느꼈는지 몰라도 마왕은 그 힘을 거부하는 뉘앙스였다. 건드리면 안 되는 정도가 아니라 마왕이 두려워하는 듯한……. 지나친 생각인가?

"아냐, 됐어. 폐하의 명령은 절대적이야. 내가 조사하지만 않으면 돼."

그렇게 제크에스와 나눈 대화로 이어지나.

셰르다트는 어떻게 생각했는지 결국 진의는 알 수 없었다. 그러나 이 녀석은 마왕의 반응을 보고 힘을 손에 넣고 싶었는지도 몰랐다.

"다음 계획에 들어가자……. 앞으로가 기대되는군."

셰르다트가 뒤로 돌았다.

"……루온 님?"

뒤에서 소피아의 목소리가 들렸다. 정신 차리니 원래 풍경으로 돌아왔다.

내 앞에는 셰르다트의 잔해가 쓰러져있었다. 엉망진창이라 형태를 유지한 것 자체가 기적이었다. 그러나 그것도 이내 재가 되어 사라졌다.

"······응, 괜찮아."

돌아보니 소피아, 리제, 오르디아가 나를 주시했다. 제일 먼저 소피아가 입을 열었다.

"조금 전의 마법은 뭡니까?"

"가르크에게 배운 거야."

"그러면 그 위력도 이해가 가네."

리제가 알겠다는 표정을 짓고 할버드를 없앴다.

"마족 셰르다트는 죽었어. 최후는 뭔가 자폭 같았지만."

"반쯤 그랬지. 지나친 힘을 얻은 결과로 폭주한 끝에 사라졌어. 소피아의 검을 맞고 내버려뒀어도 힘을 다 방출하면 사라졌을 거야."

나는 사역마를 통해 바깥 정세를 살폈다. 마물이 사라지진 않았지만, 지휘계통이 붕괴됐기 때문인지 뿔뿔이 흩어졌다. 기사들이 그 틈으로 돌격해 마물을 분쇄했다.

아무리 강한 마물이라도 당황하면 인간이 기세로 눌러버릴 수 있나보다.

"밖은 괜찮아 보여. 아, 지원군도 도착했어."

남북에 있던 포레의 부대가 도착했다. 포레의 부대는 전장을 달려 마물을 해치우며 성문을 향해 달렸다. 성으로 오려는 모양이었다.

그러나 마을에 있는 마물은 굼뜨긴 해도 아직 힘이 있었다. 피린테레스를 진정으로 해방하려면 마을에 있는 적을 전부 처리해야했다.

"……마을에 있는 마물을 쓰러뜨려야 하니까 조금만 더 힘내자. 기사 포레가 오는 모양이니 일단 합류부터 할까?"

"네."

소피아가 대답했다. 우리는 문을 열자 동료들이 우리를 걱정하고 있었다.

"루온 씨, 끝났어?"

알트의 물음에 나는 고개를 위아래로 끄덕이고 대답했다.

"응, 마족 세르다트는 죽었어. 성과 밖에 마물이 있어서 전투는 끝나지 않았지만."

"여기까지 왔으니 끝까지 함께할게요."

필리가 말했다. 옆에서 콜리가 맞다고 맞장구쳤고 다른 사람들도 그러자는 표정이었다.

"좋아. 그러면 우선 기사와 합류하러 마을로 가자. 소피아, 성 안의 적은?"

"나중에 처리해도 될 겁니다. 우리만으로는 성의 적을 처치하긴 힘듭니다."

"그것도 그러네. 좋아, 돌아가자."

모두 마을 밖으로 나갔다. 도중에 마물이 헤매다가 복도에서 튀어나왔지만 커티와 쿠자가 마법으로 처리했다.

곧 밖으로 나가자 성과 마을의 경계인 문이 보였다. 활짝 열린 그곳으로 나갈 수 있었다.

그때, 마물을 쓰러뜨리며 맹진하는 일당을 발견했다.

"······되게 서두르는데."

알트가 쓴웃음을 지었다. 그도 그럴 것이 기사들은 한눈팔지 않고 말을 달려 필사적으로 왕녀에게 가려고 했다. 그 기세는 우리가 다 걱정될 정도였다.

선두에 있던 포레가 우리를 봤는지 기사에게 호령하고 속도를 늦추며 다가왔다.

"왕녀님! 무사하셨군요!"

"네, 포레도 무사해서 다행이에요."

그녀의 말에 포레가 「과분한 말씀」이라 말하고 물었다.

"마족은······."

"쓰러뜨렸습니다. 남은 건 마을과 성에 있는 마물뿐이에요."

"오오······! 그러면 서둘러 잔당을 소탕하겠습니다."

포레가 병사에게 지시하려다가 생각이 바뀌었는지 소피아를 보았다.

"왕녀님, 호령을 부탁드려도 되겠습니까?"

"알겠습니다."

그녀는 흔쾌히 승낙하고 하늘을 향해 검을 들었다.

"피린테레스 해방을······! 나를 따르라!"

왕녀의 말이 끝나고 병사와 기사의 함성이 마을에 울려 퍼졌다. 우리는 다시 전투에 몸을 던졌다.

잔당 처리에는 시간이 필요해서 완전히 제압하기까지 하루가 넘게 걸렸는데 병사의 사기가 높아서 오히려 소피아가 말리느라 애를 쓸 정도였다.

전투는 주로 발크스 왕국군이 했고 연합군은 대부분 밖에서 적 지원군의 습격을 경계했다. 성에 돌입한 사람들은 마지막까지 싸웠다.

그리고 다음 날 오후, 나는 승리의 함성을 들으며 성을 바라보았다.

"드디어 끝났어⋯⋯. 가르크, 어때?"

『음, 마물의 기척은 사라졌다. 피린테레스는 해방됐다.』

"고생했어, 루온."

유노의 말에 나는 살짝 고개를 끄덕이고 어깨를 짓누르는 피곤함을 느꼈다.

"밤낮없이 싸울 수 있는데 왠지 피곤해."

『그만큼 루온 공에게도 부담스러운 전투였던 게지.』

"그런가? 하지만 이걸로 끝난 건 아니야⋯⋯."

하늘을 우러러봤다. 소피아를 처음 도왔을 때 나는 침공당하는 마을을 바라만 봤다. 그 모습이 뇌리에 떠오르고 이내 눈앞의 풍경에 덮였다.

"소피아와의 여행도 여기서 시작됐어. 일단락 짓기는 했네."

"루온, 끝난 것처럼 굴지 마."

"나도 알아. 집중하지 않으면 안 된다는 거."

한 가지가 생각났다. 폭주한 셰르다트의 주먹에 닿았을 때, 살짝 엿본 그의 기억에 관해.

"……가르크, 말할 시간이 없어서 지금 말하는데 셰르다트와 전투 마지막에…… 그의 기억을 봤어."

『제크에스와 싸웠을 때도 그런 말을 했지. 그때와 똑같은가?』

"응. 도저히 우연 같지가 않아. 역시 제크에스와 셰르다트가 둘 다 손에 넣은 힘 때문이지 않을까?"

『그렇다고 단정해도 될 거다. 우리도 조사하지 못한 땅속에 잠든 힘…… 조만간 다뤄야할지도 모르겠군.』

"마왕을 쓰러뜨리면 이 힘을 알아봐야 하나……?"

"루온, 약속했잖아. 이 나라에서 뭐든지 하겠다는 약속."

유노가 지적했다. 응? 잠깐만.

"소피아한테 그 말할 때 유노는 없었는데?"

"소피아가 말해줬어."

"……뭐, 사실이긴 한데 나와 상관없이 처음부터 정해진 것 같다는 기분이 드네."

"실제로 그래. 아, 참고로 소피아가 먼저 말한 게 아니라 리제가 꼬치꼬치 물어봤다고 해줄게."

"그럴 줄 알았어."

한숨을 내쉬었다. 마왕과의 전쟁이 끝난 뒤에도 할 일은 많았다.

"어떻게 할지는 다 끝나고 나서 생각해도 늦지 않아. 아무튼 남부 침공 걱정은 덜었어."

"그러고 보니 루온, 남부 침공은?"

"아직 징조만 나타나는 단계야. 카난 왕이 여러 나라를 하나로 묶고 발크스 왕국이 해방됐어. 곧 마왕이 움직일 거야. 사태가 갑자기 바뀔 수도 있지만, 당장은 아닐 테니까 잠깐 편히 있을 수 있을 거야."

『마왕도 물러설 수 없는 전투다. 공들여 준비할 거다.』

가르크의 의견에 나는 깊게 고개를 끄덕였다.

"그쪽은 어때? 가르크."

『음, 대항마법은 완성했고 지금은 준비 작업에 들어갔다. 루온 공이 지정한 곳과 남부 침공 주전장에도 만약을 위해 준비 중이다.』

"그러는 게 좋겠어. 마왕이 다른 곳에 가는 것만 고려하면 되겠다."

『당장 구축할 수 있는 태세는 갖췄다. 하지만 확실하게 봉인하려면 둘 중 한 곳에서 마왕을 상대하고 싶군.』

"……남부 침공의 주전장에 마왕이 없는데 신령이 나타나면 예상 밖의 일이겠지만, 어떻게든 되겠지."

『음, 어떻게든 해보겠다.』

믿음직한 말이었다. 그러면 남은 건…….

"이제 소피아가 마왕을 무찌를 때 쓸 검을 만들어야 하잖아. 가르크, 그건 어때?"

『클로디우스 왕과 재회한 저택에서 말했듯이 이야기해놓았다. 코로나레시온에 가면 당장에라도 소재 만들기에 들어갈 수 있다.』

"마왕전까지 시간이 있으니 그 사이에 준비해야겠어."

상황에 따라서는 남부 침공에서 최종결전이 벌어질 수도 있었다. 그러니까 할 수 있을 때 하는 게 나았다.

"이건 소피아와 이야기해서…… 아, 인간의 힘도 빌려야 하니까 서둘러야 하나?"

『소재 만드는 시간은 얼마 걸리지 않는다. 잠깐이어도 왕녀가 발크스 왕국 부흥에 쓸 시간은 있어.』

"거기에 맞춰서 검 만들 준비를 해야겠어."

나는 주위를 둘러봤다. 마을 여기저기에 주위를 경계하는 기사와 병사가 보였다.

현재 소피아는 다른 곳에 있지만 그녀 주위에는 동료들로 이루어진 호위만이 아니라 나라의 기사들이 상주했다. 솔직히 내가 낄 상황이 아니라서 말할 수 있을지 불안했다.

"뭐, 여기 머물면서 상황을 봐야지."

"그러고 보니 루온, 유격대는 어떻게 되는 거야?"

"잠깐 여기 머물다가 해산하면 좋겠지만, 남부 침공을 생각하면 계속 있어줬으면 좋겠어. 그 전투에 뛰어들지는 그들의 판단에 맡기려고."

성에 잠입한 사람들은 남을 것 같았다. 그들은 고마운 존재이니 직접 물어보자.

나는 유격대가 머무는 텐트로 돌아갔다. 주민이 없어서 마을에 머물지 못했다. 한동안 이런 상황이 이어질 것이다.

유격대원들은 주위 경계 정도만 하고 일단은 침착했다. 그러다 알트와 캐룬을 발견했다. 그들은 커티와 대화하고 있었다.

"……어라, 루온."

다가가자 그녀가 불러서 물어봤다.

"호위는 안 해도 돼?"

"기사들이 오니까 왠지 있기 불편해서. 호위 임무가 끝나진 않았지만, 내 역할은 끝난 것 같아."

"사라는?"

"사라는 잡무를 맡아서 아직 할 일이 있는 모양인데…… 곧 여기로 오지 않을까?"

나라를 해방했으니 발크스 왕국의 정규군이 소피아를 호위하는 것은 당연했다.

"뭐, 우리는 그렇다 치고…… 루온, 앞으로 어떡할 거야? 목적은 달성했는데 그다음은?"

"먼저 물어보다니 의외네. 독자적으로 알아낸 정보이긴 한데 마족이 발크스 왕국과는 별개로 다른 짓을 하는 것 같아."

"그러면 큰 전투가 또 있다는 말이야?"

"그럴지도 몰라. 나도 그 이야기하려고 온 거야. 다들 어떻게 할지……."

"난 갈게."

제일 먼저 알트가 뜻을 밝혔다. 이어서 캐룬이 「어쩔 수 없지」라고 대답하고 말했다.

"나도 같이 갈게. 연회는 그 뒤에 하자고."

동료들이 웃었다. 다음에 올 마왕전…… 그들의 전의는 충분했다.

"어떻게 할지는 개인의 판단에 맡기고 공식적으로 이야기가 나오면 다시 물을게."

나는 그 말을 남기고 마을로 돌아가려고 했다. 소피아와 에이나가 손을 떼지 못하는 상황이라 할 일도 없었다.

"마을 좀 둘러볼까?"

"루온 님."

문득 소피아의 목소리가 들렸다. 놀라서 쳐다보자 그녀가 옆에서 다가왔다.

"……호위가 없는데."

"에이나가 잘 설득해줬습니다. 정령의 가호가 있으니 괜찮다고요."

그녀가 웃으며 말했다.

"루온 님…… 앞으로 성에서 지내셔야 합니다만."

"그 이야기를 그렇게 꺼내내……. 뭐, 그건 어쩔 수 없지."

"네, 그리고 저도 왕녀의 책임을 다해야 해서 남부 침공이 시작되기 전까지는 자유롭게 움직이지 못할 것 같습니다."

"그건 당연한데…… 가르크와 남부 침공 전에 검을 만들기로 했는데 괜찮겠어? 소피아도 동행해야 해."

"확실하게 말해놨으니 아버님도 이해해주실 겁니다. 마왕전 준비는 우선사항이니까요. 그리고."

소피아가 쓴웃음 지으며 말했다.

"잠깐…… 같이 가주시겠습니까?"

"나?"

"네. 루온 님께 꼭 보여드리고 싶은 곳이 있습니다."

앞으로 바빠지면 이렇게 같이 있을 시간도 없을 테니 지금 같이 있자는 건가.

"응, 알았어."

유노는 어떡할 거냐고 물어보려던 때, 갑자기 유노가 주머니에서 나왔다.

"나는 리제한테 갈래."

이유도 말하지 않고 날아갔다. 뭔가 되게 자연스러운데. 이거 혹시 전투 시작되기 전에 합의라도 했나?

뭐, 상관없지. 딱히 해가 되는 것도 아니니까. 나는 소피아의 말에 따라 이동했다. 마을을 지나 성 쪽으로 가기에 성으로 가는 줄 알았는데 도중에 길을 벗어났다.

중심가를 벗어나 도착한 곳은—.

"……시계탑?"

"네."

마을 변두리에 있는 성 상층 높이의 건축물. 가까이 가니 고개를 꽤 높이 들어야 했다.

"종종 풍경을 보러 오곤 했습니다. 들어가죠."

소피아의 안내를 받아 건물로 들어갔다. 계단을 올라가니 큰 종이 하나 있었다. 거기서 보이는 풍경은……. 시계탑보다 높은 것은 성과 산뿐이라 무척 전망이 좋았다.

"이런 풍경은 소피아의 방에서도 볼 수 있지 않아?"

"방에서 보는 것과 크게 다릅니다."

"달라?"

"성을 벗어나 스릴 있다고 해야 하나…… 스릴 있어서 인상이 바뀝니다."

소피아가 웃으며 말했다.

"비밀 탈출로로 밖에 가끔 나왔다는 거네?"

"그렇습니다."

"꽤 놀았구나."

"자주 온 것도 아닌데 그렇게 말하는 건 아닌 것 같습니다."

"……얼마나?"

"열흘에 한 번 정도."

"많은데."

소피아가 활짝 웃었다. 아름다운 미소에 나도 따라 웃었다.

이런 표정이 자연스럽게 나왔다. 나라를 해방해서 그녀의 마음이 밝아진 것 같았다.

"……정말."

잠시 뒤, 소피아가 말을 꺼냈다.

"이렇게 다시 조국 땅을 밟은 것은 루온 님 덕분입니다. 감사합니다."

"감사는……."

"됐다고요? 하지만 꼭 말하고 싶었습니다."

부드러운 미소. 그녀는 경위가 어쨌든 결과적으로 나의 협조를 얻어 조국 해방을 이루었다. 그래서 직접 예를 표하고 싶었다.

"……하지만 이걸로 끝이 아니야."

"네. 마왕전이 기다리고 있습니다. 여기서 지면 모든 것이 수포로 돌아가니 반드시 이겨야 합니다."

소피아의 눈이 아래에 펼쳐진 마을로 옮겨갔다.

"이제 두 번 다시, 비극을 반복하지 않기 위해서라도…… 반드시, 무찌르겠습니다."

"그래."

나는 소피아처럼 풍경을 응시했다. 그녀의 결의가 이루어지도록 나도 최선을 다하자.

"……그리고 루온 님."

그녀가 나를 불렀다. 고개 돌려서 보자 그녀가 내게 말했다.

"새삼스럽지만, 루온 님께 보답해야 하는 일이 있어서요."

"그거 감사하는 의미는 아니지?"

"네, 그렇습니다. 지금 제가 할 수 있는 건 한정적이지만…… 루온 님이 바라신다면 들어드리겠습니다."

보답……. 유노가 있었다면 「소피아와 결혼을」이라고 떠들 상황이군.

그런 걸 요구하면 소피아가 당황할 테니까 그럴 생각은 없었다. 으음, 어떻게 할까.

"당장은 생각나지 않네……. 아니다, 그건가."

"그거요?"

"그럼 이렇게 하자. 마왕과의 전쟁이 끝나고 대륙의 평화를 되찾았을 때, 원하는 게 있으면 소피아에게 말할게."

"결판이 난 후에, 알겠습니다."

소피아가 승낙했다. 왕비에게 약속한, 정면으로 마주하는 때가 될 것이다. 나는 분명히 그때 그녀에게 모든 것을 털어놓겠지.

마왕과의 결전으로 한발, 한발 다가가며 마음을 정리하자. 그때가 올 때까지 말을 고르고 소피아에게 전달될 수 있게 열심히 생각하자.

나는 결심하면서 그녀를 온힘을 다해 지키겠다고 굳게 맹세했다.

그리고 발크스 왕국의 수도 피린테레스는 부흥을 개시했다. 셰르다트가 수도를 박살내지 않아서 시간이 오래 걸리지는 않는다고 진단받았다.

마물 때문에 돌아오기 무서울 수도 있지만, 그 문제는 정령이 불식시켰다. 국가의 기사와 중신은 소피아와 함께 있는 정령과 협의해 결과적으로 「정령의 가호로 마을에 날뛰던 마물을 쫓아낸 것」이 되었다.

이 대륙 사람들에게 정령의 힘은 거대했다. 그 소문 덕분에 이 도시에 수많은 인간이 돌아왔다.

"이거 대단한데……."

나는 거리를 걸으며 중얼거렸다.

전투가 끝난 지 약 열흘. 클로디우스 왕도 귀환했고 발크스 왕국의 정치체제가 빠르게 복구되기 시작했다. 지방에는 아직 마물이 있지만 정규군이 토벌하고 치안 유지도 가능하기 시작했다.

　각국에서 모인 연합군과 유격대는 해산했어야 하지만, 지금은 수도 근교에 잔류 중이었다. 다시 마족이 습격할 가능성을 고려해 대비한다는 것이 표면적인 이유고 사실은 남부 침공에 대비해 해산하기보다 남는 편이 낫다는 게 이유였다.

　유격대원 중에는 떠난 사람도 있지만 소수였다. 대부분은 기다리기로 결단을 내렸고 특히 성에 잠입한 동료들은 다음 전투에 대비해 훈련에 매진하기까지 했다.

　"게임 주인공들과 좀 더 같이 있게 되겠어."

　나는 어깨에 앉은 유노에게 설명했다. 그녀는 이야기를 들으며 주위를 둘러보면서 부흥하는 마을을 관찰했다.

　"이봐, 비켜!"

　"아고."

　상인이 내 옆을 지나갔다. 거리를 지나는 사람 모두가 이 나라가 해방된 것을 기뻐했다.

　"정말 대단해."

　유노가 나와 같은 생각을 했다.

　"인간은 정말 씩씩하구나."

　"그러게. 저들의 힘이라면 이 나라는 순식간에 부흥할 거야."

　나는 사람들의 이야기에 귀를 기울였다. 재회를 기뻐하는 모험가, 기쁘게 거래하는 상인. 그리고 웃으며 일하는 마을 사람들.

그들 사이에서 많이 들리는 소피아 이야기. 해방전으로 가장 인기가 많아진 것은 그녀였다.

"그러고 보니 소피아 말인데."

유노가 입을 열었다.

"이 도시에 있던 나쁜 힘이 소피아가 지닌 정령의 힘으로 정화됐다는 소문을 들었어. 정령 덕분이 아니라 반쯤은 소피아 덕분인 거로 됐더라고."

"새로운 무용담이 추가됐네. 실제로 4대 정령과 계약했으니 못할 것도 없지 싶다."

"소피아가 들으면 놀린다고 화내겠어."

나는 웃고 거리에서 성을 올려다보았다.

"왕은 살았고 이번 전투로 소피아의 자질이 온 나라에 퍼졌어. 소피아도 여행을 통해 왕이 되기 위한 깨달음을 얻었지. 결과만 놓고 보면 최고의 결말이야."

"게임보다?"

"응, 틀림없이 그래."

"그걸 이룬 건 루온의 힘이야, 틀림없이."

그녀가 꼬집어서 나는 쓴웃음 지었다. 나는 소피아에게 손을 빌려줬다. 그러나 이 결말은 소피아의 노력 덕분이었다.

"뭐라고 할까, 루온은 그런 쪽으로 겸허해."

"겸허하다고?"

"겸허해. 당당하게 난 대단하다고 주장해도 아무도 뭐라 하지 않을 텐데."

유노가 갑자기 골똘히 생각하고 말했다.

"······그런 성격이 아니라서 루온이 신뢰받는 건가?"

"난 성격이 소시민적이니까. 으스대는 방법도 몰라."

"그건 글쎄다······. 그런데 루온, 발크스 왕국에서 일한다는 이야기는 어떻게 됐어?"

"전쟁도 안 끝났으니까 보류. 클로디우스 왕과 중신들은 바빠서 나한테 신경 쓸 시간도 없어."

왕을 포함한 정치의 중심이 되는 사람들은 눈코 뜰 새 없이 바빴다.

한편, 소피아는 왕의 배려로 일단 정치에는 관여하지 않고 부흥을 도우며 정령 코로나레시온이 있는 곳에 가서 소재를 입수하고 마왕을 무찌를 검을 만들 준비를 진행 중이었다. 4대 정령과 신령이 도우니 조만간 실행할 수 있을 것이다.

"가르크의 『라스트 어비스』 대책도 거의 준비가 끝났대. 맞지?"

『음, 그렇다.』

그의 대답에 나는 알았다고 대답했다.

"우리는 맞설 태세를 갖췄어. 남은 걱정은 리엘이 여러 번 반복해도 이기지 못한 남부 침공뿐이야."

"괜찮을 거야, 반드시."

유노가 말했다. 리엘도 「이렇게까지 전력을 갖춘 적은 없었다」고 했다. 카난도 착실하게 준비했다. 게다가 그는 모든 것을 아니까…… 할 수 있는 일은 다 했다.

그리고 마왕…… 이것만은 미지수였다. 5대 마족 중 넷을 토벌하고 셰르다트를 격파했다. 게임에서는 이 모든 것을 실행해도 시나리오의 본론이 바뀌지 않았지만 현실은 어떻게 될지…….

거리를 지나 성으로 돌아가는데 에이나가 눈에 들어왔다.

"아, 루온 공. 마을에 갔나?"

"무슨 일이야?"

"카난 왕에게 보고가 들어와서 부르려고 했다. 대륙 남부에 명확한 징조가 나타나기 시작한 모양이다."

"드디어."

"소피아 님이 사정을 아는 사람들을 모으는 중이다. 곧 회의자리가 마련될 거다."

"알았어. 나는 방으로 돌아가서 언제든 대응할 수 있게 준비해놓을게."

"부탁한다."

에이나가 자리를 떴다. 그 뒷모습을 지켜본 후 나는 하늘을 올려다봤다.

아름다운 푸른색을 보며 생각했다. 무척 긴 여정이었다. 대륙이 붕괴되지 않게 발버둥치며 여기까지 왔다.

"반드시…… 세상을 구하자."

나는 하늘을 향해 중얼거렸다. 여행을 시작했을 때, 멀다고 느꼈던 전투가 드디어 시작되려 했다. 하지만 불안하지 않았다. 내 마음을 아는지 구름 한 점 없는 하늘이 앞으로 벌어질 전투를 축복하는 듯했다.

〈『현자의 검 7』에 계속〉

현자의 검 6

초판 1쇄 발행 2021년 4월 10일

지은이_ Junki Hiyama
일러스트_ Yomi Sarachi
옮긴이_ 이은혜

발행인_ 신현호
편집부장_ 윤영천
편집진행_ 김기준 · 김승신 · 원현선 · 권세라 · 유재슬
편집디자인_ 양우연
관리 · 영업_ 김민원 · 조인희

펴낸곳_ (주)디앤씨미디어
등록_ 2002년 4월 25일 제20-260호
주소_ 서울시 구로구 디지털로 26길 111 JnK디지털타워 503호
전화_ 02-333-2513(대표)
팩시밀리_ 02-333-2514
이메일_ lnovelpiya@naver.com
L노벨 공식 카페_ http://cafe.naver.com/lnovel11

KENJA NO KEN 6
ⓒ Junki Hiyama 2018
All rights reserved.
Originally published in Japan by Shufunotomo Infos Co., Ltd.
Translation rights arranged with Shufunotomo Infos Co., Ltd.
Korean Translation rights ⓒ 2021 by D&C MEDIA Co., Ltd.

ISBN 979-11-278-5915-2 04830
ISBN 979-11-278-4074-7 (세트)

값 7,800원